浅草鬼嫁日記　二
あやかし夫婦は青春を謳歌する。

友麻　碧

富士見L文庫

目次

魔都、平安京《へいあんきょう》――

魑魅魍魎《ちみもうりょう》がうごめく、呪われた時代だ。

生まれ持った莫大《ばくだい》な霊力のせいで、私は常にもののけの類《たぐい》に狙われていた。

「晴明《せいめい》、助けて、助けて。昨晩も不気味な声が聞こえたの。私を攫《さら》って、食らうと言っていたわ……っ」

「ご安心ください茨姫《いばらひめ》様。私が結界を張り、あなたをお守りいたします」

その者は美しい金の髪を持つ、類《たぐ》い稀《まれ》な陰陽師《おんみょうじ》だった。

複数の式神を使役し、魔を払う力でこの平安京を守っている。

ずっと年上と聞いているけれど、見た目は出会った頃から変わらない。

若い青年の姿のままだが、老成している。その空気は、乱れない水面《みなも》のようで……

感情を欠片《かけら》も悟らせない雰囲気は、人間離れしたものだと、誰もが感じるのだろう。

巷《ちまた》で彼は、狐の子と言われていた。

「ねえ、晴明。その髪のせいで狐の子と呼ばれているみたいだけど、あなたの金の髪は特別よ。だってとても美しいもの。……私はこの赤みがかった髪のせいで鬼の子と呼ばれて……お母様を悲しませるのよ。穢《けが》らわしい血の色だ……って」

「……血は、決して穢らわしいものではありません。それは、強い命の色」

「命の、色……？」

「あなたの星は、強い運命の導きの下、今まさに二つの分岐点に立っておられる」

「………」

「強くおなりなさい、茨姫。その力を、決して目覚めさせることの無い様に」

晴明の言葉の意味を、今ならば理解できる。

髪は日に日に赤く鮮やかに染まり、私は余計に父に疎まれ、母を悲しませた。

そうして、春の夜、庭のしだれ桜に座る美しい鬼、酒呑童子《しゅてんどうじ》と出会う。

これは運命。

時は満ちた。

そう誰かが囁《ささや》いた気がして……私もまた、鬼と成り果てる。

晴明の読んだ星は、この運命を、憂いていたのだろうか。

第一話　元あやかし夫婦の休日

それは一学期の学期末テストが終わってすぐの土曜日。

私、茨木真紀《いばらきまき》は浅草《あさくさ》ひさご通り沿いの超オンボロアパート〝のばら荘〟に住んでいる、ただの人間の女子高生だ。

台所の米びつの下に隠しているあるものを取り出し、さっきから唸《うな》っている。

「商品券……今日までか。あ、米びつのお米、少ない……うーぬ」

ついでに幼馴染《おさななじみ》で同級生の天酒馨《あまさけかおる》も、私の部屋に居座って賃貸情報の冊子とにらめっこ。

「うーん、うーん……安くても七万円代……きっちいなあ」

馨は九月末に一人暮らしを始める。浅草で良《い》い部屋を探しているのだった。

「ねえ馨、組長に貰《もら》った商品券、期限が今日までなの。暇なら買い出しに付いてきてよ」

「お前……バイト三昧《ざんまい》の俺が、なぜこの土日をオフ日にしたか分かってるのか？　土曜は家でゴロゴロしてテスト週間の疲れを癒《いや》し、日曜は賃貸物件を見に行くからだ」

「も〜、休日のお父さんみたいなこと言わないでよね。私だってお家でゴロゴロって好きだけど、商品券は使ってしまわないと勿体《もったい》ないでしょ？　それに、由理《ゆり》にお礼をあげたいの。英語のテスト対策ではお世話になったからねえ」

「……由理に何をやるつもりだ？」

「んー……あれ、由理って何が欲しいのかしら。というか欲しいものなんてあるのかしら。手に入らないものなんて……貧乏人の私たちがあげられるものなんて……」

同級生の幼馴染に、継見《つぐみ》由理《ゆり》彦《ひこ》という男子が居る。彼は浅草の老舗《しにせ》旅館の息子なのだ。

「まあお礼なんて気持ちだ。こうなったら自分が欲しいものをあげるのがいい」

「私が欲しいものって言ったら、今のところ第一位が最新のクーラー。第二位がブルーレイレコーダー。第三位がクーラーをつける電気代、よ」

「おい、俺が近所のドンキで買ってきてやった2980円の扇風機があるだろうが」

馨がビシッと指差す。そこには、まだ新しいピカピカの扇風機が。

今日も蒸し暑いので、さっきからずっとフル回転中。

東京の夏は暑い。浅草ももちろん暑い。

我が家のクーラーは年代物すぎて効き目が微妙な上に、電気代がかさむのよね。大家さん、早く燃費の良い最新のに替えてくれないかしら……

「じゃあ馨は？　馨は今、何が欲しいの？」

「俺……一位、賃貸の初期費用。二位、新生活に必要な家具。三位、快適なネット環境」

「そんなの全部、あんたのお父さんが出してくれるでしょ。まだ高校生なんだから」

「できるだけ頼りたく無いんだよ」

「そういうとこよ。あんたのそういうところが、子供らしくないし可愛げがないのよ。私を見てよ、頼る時は頼るし、貰えるもんは全部貰うわ」

「……お前のそういう図々《ずうずう》しいとこ、ぶっちゃけ尊敬してる。お、いい物件」

馨は良さげな物件を見つけたのか、ペンでぐるぐる囲んで条件を読み込んでいる。

「なあ。どこか行くなら、昼飯食ってからにしよう。外で食うと金かかるし」

「じゃあお昼は冷やし中華にしましょ！」

「……おお、我が家でもいよいよ冷やし中華はじめますか」

無意識にここを我が家とか言っちゃってる馨。

「馨、ベランダのプチトマトもいできて。あんたが丹精込めて育ててるやつよ」

私はパンパンと手を叩《たた》き、さっそく台所へ。馨はしぶしぶベランダへ。

我が家ではいくつかの野菜を栽培しているのだが、代表格は馨がベランダで育てている
プチトマトと、私が押入れで育ててるもやし。

夏の定番、冷やし中華に、両方をたっぷり使いましょう。

「麺《めん》を茹《ゆ》でている間に、具を切っちゃいましょ。手鞠河童《てまりかっぱ》に貰ったきゅうりと、ツナ缶と、一枚だけ残ってるハム……あ、煮卵作ってたんだった」

卵は常に安売りを狙って、馨や由理を引き連れて大量買いする。

一パックは絶対に煮卵にしておいて、こういう時に食べるのだ。すりおろしニンニクとお醬油《しょうゆ》を染み込ませた、トロッとおいしい半熟煮卵。

「ほれ、プチトマトだ。……いっぱいなってたぞ」

馨がいそいそと台所までやってきて、なんだか嬉《うれ》しそうに手のひらいっぱいのプチトマトを見せつけてくる。

弾《はじ》けんばかりにまるまる張った、ツヤのある真っ赤なプチトマト。

馨の熱心なお世話の甲斐《かい》あって沢山実った。たまらず一つつまみ食い。

「あ、お前。洗いもせず食べやがって。意地汚いぞ」

「だって、このプチトマト甘くて美味《おい》しいもの」

「だろ？　肥料とか水やりの仕方とか、結構こだわったからなあ」

「あんたってほんと甲斐甲斐しいわよねえ」

ゴロゴロゴロ。馨の手のひらからボウルに転がるプチトマト……

これを水で洗いながら、私は馨にもう一つ指示を出す。

「今度は押入れで育ってるもやし、あれ持ってきて。全部収穫して食べるから」

「はいはい。……相変わらず旦那《だんな》をこき使う鬼嫁だな」

……あ、こいつ自分のこと旦那って言ったぞ。無意識みたいだけど。

馨が言われた通り、手作りもやしがたっぷり育ったザルを持って戻ってきた。

もやしは緑豆や小豆《あずき》、玄米なんかで自家製する事ができるが、我が家は小豆で作っている。この時期は三日くらいですぐ収穫できる、お手軽で栄養満点な、我が家の主戦力だ。

「でもそろそろ小豆が切れかけてるわね。〝小豆洗い〟から小豆を買わなくちゃ」

「ならかっぱ橋道具街に行くか？」

「そうねー。組長から貰った商品券、かっぱ橋でも使えるし……あ、由理へのプレゼントもいっそかっぱ橋で探しましょう」

さっき米びつの下から取り出した商品券。

これは〝浅草地下街あやかし労働組合〟という、浅草あやかしのほとんどが所属する労働組合のボスに、とある謝礼で貰ったものだ。

とあるっていうか、前の百鬼夜行に浅草地下街の一味として出席したお礼。馨なんて、あの百鬼夜行で肩をバッサリ斬られて、大変だったんだから。

そう。

私と馨は、人ならざるもの〝あやかし〟が見える。

なんて言ったって、二人して元あやかしだ。

前世は千年前を生きた大妖怪、酒呑童子《しゅてんどうじ》と茨木童子《いばらきどうじ》の夫婦だったのだから。

簡単に身の上を説明すると、私の前世が茨木童子で、馨の前世が酒呑童子。

私たち元あやかし夫婦は、当時の陰陽師とか退魔師とかに退治されて、死んじゃったところで現代の浅草に転生した。

人間として、一から人生やり直し。

もやしとかプチトマト育てて、平穏な日々を共に過ごしている。

まだ高校生なんだけど、熟年夫婦並に所帯染みた生活を送っている訳だ。

「もやしは我が家の貧乏飯のエース……また育てなくちゃ」

平たい桶《おけ》の中で育ったもやしは全部摘んで、さっとお湯に通して、しっかり水気を絞る。

茹でておいた中華麵をガラスのお皿に盛り付け、その上にもやしや具材を綺麗《きれい》に並べて、
最後に半分に切った煮卵を、黄身が見える様にポンと載っける。

あとは、酢とお醬油、お砂糖とごま油で作ったタレをまわしかけて出来上がり。

うーん、ごま油の良い香り……プチトマトの赤が可愛いなあ。

要するにめっちゃ美味しそう。

ちゃぶ台の上には、すでにそれぞれのコップやお箸《はし》が並んでいた。

冷たい麦茶と冷やし中華。いかにも夏のお昼って感じ。

「いただきまーす」

お酢が効いた甘酸っぱいタレを絡め、冷たくてモチモチの中華麵をつるつるいただく。

お野菜やハムを巻き込みながら食べるのが最高ね。

もやしのシャキシャキした音が、この六畳間に良く響く……

「馨、おいしい？」

「うん、美味《うま》い」

扇風機しかない我が家だけど、二人で過ごす、当たり前の様な休日のご飯時が大好き。

暑い暑い夏。だけど冷やし中華を食べながら、チリンチリンって窓辺で鳴る風鈴の音を聞いていると、どことなく涼しい気がしてくるのだった。


午後、浅草国際《こくさい》通りを抜け浅草寺《せんそうじ》エリアより西側に位置する〝かっぱ橋道具街〟に辿《たど》り着いた。我が家からはほど近く、よくお世話になる。

ここは調理道具や食器、食品サンプルなど、〝食〟に関する品物を数多く売っている、全国的にも有名な商店街だ。

今日、私は白いレースの襟がついた、ネイビーのワンピースを着てのお出かけ。

馨も普段の学ランと違い、黒いVネックのインナーの上から、白い半袖《はんそで》のシャツを羽織っている。背が高くスタイルが良いので、安物のジーンズも様になる。

「ねえねえ、何が良いかな、由理へのプレゼント」

「渋い湯飲みで良いんじゃないか？　似合うぞー、あの精神年齢おじいちゃんには。あ、見ろ。食品サンプルの店だ」

食品サンプルのお店は特に観光客が押し寄せている。

お寿司《すし》、てんぷら、ソフトクリーム……本物と見紛《みまが》う可愛い食品サンプルが目白押し。

「これ、手鞠河童たちがブラックな労働環境で作らされてた……アレじゃねえだろうな」

「さ、さあ？　でも見て。大トロのお寿司のマグネット……このツヤッツヤしてるのめちゃくちゃ美味しそう」

「食うなよ。絶対食うなよ！」

馨ってばかなり本気で心配しているけど、流石の私も食品サンプルは食べないわよ。

「あ、そうだ。由理のイメージの食品サンプルって無いかな。お団子とか、てんぷらとか」

「食品サンプルをプレゼントするのか？　……でも、確かに由理は面白がるかもなあ」

「あ、ねえこれ見て！」

私は目に飛び込んだある食品サンプルを手に取り、馨の前に見せつける。

「どこからどう見ても、イカのスルメよこれ。キーホルダーになってる」

手触りまでイカのスルメみたい。本物と思って齧《かじ》ってしまいそう。

「でもあまり由理って感じじゃないよなあ」

「どちらかというとあんたのイメージね。あんたイカのスルメ好きじゃない。酒飲みだった酒呑童子の名残かしらねえ」

「あ、やめろ。前世のトラウマ抉《えぐ》るの禁止」

「学校のカバンにでも付けてみなさいよ。天酒君かわいーギャップ萌《も》えーとか言われて、親近感湧いた女子があんたに告白の列を作る」

「ああっ、やめろ。そんなの地獄だ！」

いわゆる前世のトラウマを思い出しているみたいで、馨は頭を抱えている。

馨ってこれで結構な美男子だから凄《すご》くモテるんだけど、女子たちの一方的な好意がとことん苦手なのよね。酒呑童子の時代に、モテる事に懲りたみたい。

「よし、じゃあ今度は俺がお前にぴったりの肉を……肉の食品サンプルを探す」

「もう肉って言ってるわね」

対抗心が湧いたのか、メラメラ燃えてお肉の食品サンプルを探す馨。

あ。タコ足ウインナーとか、可愛くていいなー。私っぽいと思うんだけどなー。

しかし馨が嬉々《きき》として見つけ出したのは、肉……というか、食べた後の肉の骨。

「ちょっと！　フライドチキン食いちぎった後、みたいな骨なんですけど！」

「だって真紀さんは肉食い娘じゃないですかー。茨木童子だった頃はでかい骨付き生肉、仁王立ちして堂々と食いちぎってたしなあ」

「……あれ、そうだっけ？」

過去の不都合な記憶はすっかり忘れております。

「あ。見て馨、これ由理っぽいわよ。栗羊羹《くりようかん》！」

「お、らしいらしい。あいつ小学校の遠足のおやつで栗羊羹持ってきた奴だからな」

というわけで、由理へのお礼の品には、渋い〝栗羊羹〟のキーホルダーをチョイス。

四角くてシンプルで、栗の黄色の断面が可愛い、おしゃれなキーホルダーにも見える。

「ねえ馨、あんたにもこのスルメのやつ買ってあげる。数学ではお世話になったし。由理と違ってスパルタだったけど」

「はあ？　別にいいよ、俺のは」

「でも、だって楽しかったし……」

こうやって、お互いに選びあったその過程がとても楽しかったので、他愛の無いものでも思い出の品があったらなと思ったのだが。

「……なら、お前のは俺が買う。それならいいぞ」

「ほんと⁉　わーい」

というわけで、由理のお礼以外にも食品サンプルのキーホルダーを購入することに。

「なんか若いカップルっぽいことしてる？　私たち」

「若いカップルは食品サンプルを買い合ったりしません」

馨がこのキーホルダーを何に使ってくれるのかは知らないが、私が買ってもらったものは学校のカバンにつけようと思う。

見た目はともかく、私にとっては馨が買ってくれた、愛《いと》しさ溢《あふ》れるアイテムだ。

「さあ、次は小豆だな」

「ええ。あっちに行かなくちゃね」

かっぱ橋道具街の賑《にぎ》わった大通りではなく路地裏に入った。古びた看板が並んだ細い道を、ある順番に則《のっと》って曲がりこむと、途中、不思議な広場に出る。

……空気が変わる。

高い煉瓦《れんが》の建物に囲まれた広場の真ん中には、色とりどりの妖火《ようか》を灯《とも》した大きな柳の木があり、その根元には矢印つきの看板が無数に立てられている。

先ほどまでの賑わいは、一つも聞こえてこない。

ここはすでにあやかしたちの管理する固有の結界空間〝狭間《はざま》〟なのだ。

「あ、茨木の姐《あね》さん！」

「風太《ふうた》、あんたここで何してるの？」

柳の木の根元に座り込んでスマホをいじっていた、外ハネ茶髪の若者が一人。名を田沼《たぬま》風太という。今時のチャラついた大学生だが、本当は豆狸《まめだぬき》というあやかしだ。私の住むアパートのお隣さんでもあり、丹々屋《たんたや》という蕎麦屋《そばや》の息子でもある。

「これバイトだよ。俺時々、浅草地下街が管理する狭間の案内人をしてるんだ」

「あんたが？　蕎麦屋を手伝わなくて良いの？」

「実家の蕎麦屋のバイトより、このバイトの方が稼げるんだよね。正午から20時までで、一万五千円。楽チンだし最高」

「おい、なんだそのバイト。俺にも紹介してくれよ！」

馨がすかさず目を光らせた。しかし風太は「ダメダメ」と得意げに指を立てる。

「だってこれ、浅草地下街に所属するあやかし限定のバイトだもん。いくら元酒呑童子でも、人間になった馨さんじゃ無理かなー」

「ぐ……っ。人間に転生した事が徒《あだ》に」

「あんた何言ってんの？」

心底悔しがる馨に、珍しく私がドン引き。

「夏休みに大学のサークルで沖縄行くんだー。スキューバダイビングしてくる。お土産はちんすこうで良いかな」

「相変わらず狸のクセにリア充ねえ」

「姐さんたちは？　狭間の入り口にきたって事は、どっかに用事？」

「ええ。小豆洗いが使っている狭間〝数珠川《じゅずがわ》〟へ行きたいの。小豆が欲しくて」

「なら今日は五番通路から行くのが近道だよ。まっすぐ進んで、三つの狭間を越えた先」

風太は首から下げていた金の鍵《かぎ》を、柳の木の幹にある窪《くぼ》みに差し込んだ。

すると柳の枝がさわさわと揺れ、「数珠川」と書かれた木の札を、カラカラと柳の枝から垂らす。ついでに案内の妖火も一匹、私たちの側にチョロリと降りてくる。

「じゃ、いってらっしゃーい」

札を受け取り、矢印の書かれた無数の看板の中から〝数珠川〟を見つけ出した。

その矢印に沿って歩き、五つの鈴が逆さに吊《つ》り下げられた五番通路の入り口で、一度鈴を鳴らしてから進む。

そこは暗く細い、トンネルのような場所だ。上を見上げれば、細く薄《うっす》らと空が見えるのだけど、それはあまりに遠く感じる。

妖火だけが、静かに道を照らしていた。

外はあんなに蒸し暑かったのに、ここは暑いとか寒いとか、そういう感覚があまり無い。どことなくひんやりする時はあるけど、これはただの、霊気による悪寒かな。

浅草は日本でも有数のあやかし密集地帯。

前回の百鬼夜行の開催地だった〝裏凌雲閣《うらりょううんかく》〟が浅草最大の狭間だが、他にも無数の小さな狭間が隣接しあって存在し、今でもあやかしたちの商いに活用されている。

風太が居たところは、この界隈《かいわい》の入り組んだ狭間全てに繋《つな》がる、総合案内所だ。

狭間って不安定だから、毎度あそこから入らないと、迷ってしまって目的地にたどり着けなかったり、出られなかったりするのよね。

そういう現象を、人間たちは〝神隠し〟と言ったりする。

「あ、見て馨。狭間で結婚式してるわ」

道の途中、手前の狭間が垣間《かいま》見えたりするんだけど、そこは綺麗な花畑。

化け猫の女とのっぺらぼうの男が、今時なウエディングドレスとタキシードを着て式を挙げている。あの格好でお面をつけているのが、あやかし流だなあと思ったり。

白いレースを幾重にも重ねたウエディングドレス……綺麗だなあ。

お嫁さんも幸せそう。父と母と思われる化け猫が、並んで涙をぬぐっている。

両親にとって、娘の嫁入り、その花嫁姿ほど嬉《うれ》しいことは無いのかもしれない。

「…………」

「狭間一つ貸切って挙式なんて、凄いな」

「現世だと、あやかしの姿を晒《さら》したまま結婚式なんてできないから、小さな狭間をあやかしたちに式場として貸し出してるって。前に組長が言ってたわ」

「……へえ。儲《もう》かりそうな話だな」

「ねえねえ馨、私たちも狭間で結婚式しましょうよ。あやかしをみんな呼べるわよ」

ねえねえ、ねえねえと、馨のシャツの裾《すそ》を引っ張る。

馨はしかめっ面のまま、あからさまにぷいっとそっぽを向いた。

「ふざけんな。こんな妖気《ようき》漂う場所で結婚式なんてするか」

「じゃあお寺か神社？　お寺なら大黒《だいこく》様のいる浅草寺で仏前式ができるかしら。神社なら牛御前《うしごぜん》のいる牛嶋《うしじま》神社がいい。白無垢《しろむく》着て人力車で浅草駆け巡るの。あ、でもやっぱりウエディングドレスもいいなー」

「おい、妄想が過ぎるぞ。今時和式と洋式両方する必要無いだろ。俺たちは両親や親族に配慮する必要も無いし」

「……両親……そうね」

たとえ結婚するとしても、私の場合、花嫁姿を見てくれる親はいない。

馨の場合も、両親に気を使うような結婚式をする必要は無いだろうな。

「つーか結婚なんてなー」

「あ！　ならハワイはどう？　前にテレビで特集してるの見たの。青い海の見える小さなチャペルで、大事な人たちに囲まれてお祝いされるのよ。あれは素敵だったなあ」

「……え」

馨はいきなり顎《あご》に手を当て「ハワイの挙式っていくらかかるんだ？」とか悩んでいる。

しめしめ……馨の扱いは分かりきっているのよ、私。

でもここ最近、馨ってばあからさまに「誰がお前と結婚するか！」とは言わなくなったのよね。百鬼夜行の後からかな……

「あ、数珠川ついた」

お互いにあれこれ考えながら歩いていると、目的地についた。広々とした畑が目に飛び込む。その中をキラキラした銀の川が流れているのだが……

シャカシャカ……シャカシャカ……

何かがこすれ合う音が、無数に響いて聞こえてきた。

それに、どこか懐かしい甘い香りも鼻を掠《かす》める。

「ひっひっひ。ひっひっひ。小豆洗おか～、数珠流そか～」

川岸で不気味な笑みを浮かべ、鼻歌を歌いながら笊《ざる》の中の小豆を洗いまくっている何かが居る。悪魔じみた尖《とが》った耳を持つ、法師姿の小柄な男の子だ。

ギラついた目でひたすら小豆を洗っている光景は少し不気味だが、それもまたあやかし。

「小豆洗おか～、人取って喰《く》おか～」

「豆蔵《まめぞう》、人は食べちゃダメよ」

「!?」

小豆色の瞳《ひとみ》と小豆色の髪、爪まで小豆色のその男の子は、歌と小豆を洗うのを止めて、曲げていた背中をピシッと伸ばした。

「おっ!? 真紀っぺじゃん!?」

私を見つけると、いたずらっぽい笑顔で「ひひっ」と笑う。

しかしすぐに「げっ」と顔を歪《ゆが》めた。

「馨っちもいるじゃん!?」

「なんだ、随分嫌そうだな、おい」

「だって〜。せっかく真紀っぺが俺っちに会いに来てくれたのに、旦那《だんな》付きじゃな〜」

小学生みたいな見た目のくせに、なかなかませた事をいう。

それもそのはず、彼は歴《れっき》とした成人あやかしだ。とはいえ小豆洗いたちは長寿で体の成長が遅いので、二十歳でも人に化けると小学生にしか見えないのだが。

彼は〝小豆洗い〟の豆蔵という。

「なんだ、どうした？　小豆を買いに来たのか？」

「そうなの。豆蔵の小豆で作ったもやしがないと、私たちも生活できないからね」

「だろうだろう？　俺っちの小豆は一級品！　そこらのものとは含まれた霊力の質が違う。この狭間の、数珠川の水で育てているからな！」

浅草のお菓子には、揚げまんじゅうや羊かん、きんつばやあんみつなど、餡子《あんこ》を使ったものが多い。ここで生きていると、どこかで必ず餡子を摂取する。

甘いものが大好物なあやかしたちは、特にこれらを好んで良く食べる。

霊力を食べ物から補う必要のあるあやかしたちにとって、ここ狭間〝数珠川〟の水で育てられた小豆はとてもありがたい代物だ。一粒一粒にしっかり霊力が含まれているし、何と言っても小豆洗いが洗った小豆は美味しい。

餡子にしてもよし、赤飯を炊いてもよし。この小豆で作ったもやしも、スーパーで買ったものよりしゃきしゃきしていて栄養あるからね！

「そこにある、袋に詰めてるの持って行きなよ。真紀っぺのお願いならタダでやるぜ」

「タダはダメよ。タダより高いものはないんだから」

「そこはタダで貰《もら》っとけよ」

馨に横腹を突《つ》かれたが、私は商品券を取り出して「これで」と。

約一キロはありそうな小豆の袋を、五百円の商品券一枚で買い取ろうとする。

これはこれでなかなか図太い、と我ながら思った。

「真紀っぺには敵《かな》わねえなあ。あ、そうだ。うちの小豆で作ったぜんざい食っていきな。俺っちそろそろ3時のおやつの時間だ」

河原から少し離れたところで、使い古された大鍋《おおなべ》が焚《た》き火にかけられている。

小豆の花の精たちに見張りをさせ、この小豆を甘く煮込んでいたのだ。

「さっきから漂っていた甘い匂いの正体ね。食べる食べる！　さっき食品サンプルを見てきたところで、正直お腹が空《す》いてたの」

「昼飯に山盛りの冷やし中華を食べたのにな｜」

「あんなのもう消化されてるわよ」

作り物の世界とはいえ、豆蔵の所有する狭間〝数珠川〟には空がある。

日曜日の陽だまりの、私たち以外誰もいない空間。

その静かな空の下、網で四角いお餅《もち》を焼いて、炊いたばかりの小豆の甘煮にトッピング。

作りたてのぜんざいだ。

「ぜんざいはおしること違って、豆が残っているのが好きだわ……」

「ひひっ、このまま食べるのもシンプルに小豆の味を楽しめていいんだが……バター入れても美味《うま》いんだぜ」

「えーっ。何それ邪道〜。でもなんだろ、すごく魅惑的……」

豆蔵は横に置いていた保冷箱から、市販のバターを取り出した。

このぜんざいにバターを一欠片《かけら》入れると、なんとも言えない魔性の食べ物の出来上がり。

まだ温かなぜんざいにバターがとろけて、お餅と甘い豆にそれを絡めて食べると……

「ん――っ、美味《おい》しい。まろやかで甘じょっぱいのがたまんない」

甘いのにちょっと塩気がある組み合わせって、大好き。

塩豆大福とか、塩キャラメルとか……これも塩バターぜんざいよ。

「おい、あまりがっつくなよな。お上品に食え」

「馨こそ餅を喉《のど》に詰まらせて、また入院なんて事になったら嫌よ。ありえそうだから」

「…………お、沢庵《たくあん》だ。ラッキー」

いつの間にか並んでいた沢庵。これをぜんざいの合間合間にポリポリつまむ馨。

「それにしても、豆蔵の小豆で作るぜんざいは本当に素晴らしいわね。毎日食べたいわ

「俺っちと結婚してくれたら毎日作るぜ！　真紀っぺに苦労はさせねえよ！」

本気なのか戯言《ざれごと》なのか、男前なことを言い切る豆蔵。

馨が少し面白くなさそうな顔をしているのが、私からしたら面白い。

「豆蔵、私は茨木童子の生まれ変わりよ。あんたたちが私に恋い焦がれるのは、その虚像をいつまでも引きずっているからよ」

「そんなことねえよ！　浅草のあやかしたち、みんな一度は真紀っぺに助けられてる。俺っちのことだって、路地裏で外部の悪妖《あくよう》に食われそうになった時、真紀っぺが釘《くぎ》バットで吹っ飛ばして助けてくれたじゃねーか。かっこよすぎて惚《ほ》れちまったぜ」

「……おい豆蔵。真紀はやめとけ。こいつは鬼嫁だぞ。尻《しり》に敷かれてＡＴＭにされ……」

「馨？」

「はい、すみません」

名前を呼んだだけなのに謝りだす馨。

人のお茶碗《ちゃわん》にわざわざぜんざいを継ぎ足す。

「ちぇっ、わかってるって真紀っぺが馨っち一筋なのは。でもほら、百鬼夜行で正体バレちゃっただろ？　あれから変な奴にストーカーとかされてないか？　危ないぜ、女子高生で一人暮らしだし」

「んー？　組長が私のアパートに霊符を貼りまくったし、浅草は浅草寺の加護が強いし、何よりあやかしのみんなが見守ってくれるからねえ」

外で変なのに声をかけられたりするのは、霊力の高い人間としてありがちなことだが、私の場合バット一本で吹っ飛ばしてるし問題ない。

ただ、ここ最近みんなが過保護に私を心配するもんだから、ちょっと調子が狂う。

「まだ誰も動いてないだけで、これから何が起こるかわからないだろ」

落ち着いた声音で、馨が言った。空のお椀をじっと見つめたまま。

「そうだぜ。そこんとこ馨っちがしっかり守ってやんなきゃな。旦那様なんだから」

「う、うるせえな。分かってるよ」

「ひっひっひ」

豆蔵は焦る馨を見て、愉快だと言わんばかりに笑った。

三日月形の口元。その悪戯《いたずら》な笑顔には、なんだか癒される。

「ひとつ教えてやんよ。小豆洗いの笑顔を見ると、娘の嫁入りが無事成功するんだぜ？」

「嫁入りが？」

「そうそう。だから真紀っぺも馨っちとさっさと結婚して、幸せにしてもらいな！」

「…………」

じーっと、隣の馨を見上げる。

馨は渋い顔をして冷や汗タラタラ流しながら、「まだ先の話だ」と。

「じゃあいつ結婚する？」

「就職決まって、大学卒業後じゃねえの」

さりげなく聞いたからか、馨はごく当たり前のように答え、僅《わず》かな沈黙の後に「あ」と。

本人が一番びっくりした顔になって口を押さえる。

「大学を卒業したら、馨は私と結婚してくれるのね？」

「ち、ちが……っ、謀ったなお前！」

「豆蔵、聞いたわよね！」

「もちろんだぜ真紀っぺ。男に二言は無いよな〜馨っち〜」

「お、お前ら〜〜っ！」

……馨はやっぱり、最近少し素直だわ。

ツンツンしているのは相変わらずだけど、時々こうして、私にポロっと本音みたいなものを聞かせてくれる。

馨はやっちまったって感じで、やはり顔を手のひらで覆ってるけど。

「ち、調子に乗るなよな真紀。普通はそうだろって話だ。今はどうせ、結婚なんてできないんだからな」

「分かってる分かってる。私だって、待つわよそのくらい」

あと何年だっけーと指を折りながら。これがかかあ天下へのカウントダウン……

「でも馨っち〜。余裕かましてると、真紀っぺを他の男に取られちまうよ？」

「はあ？　逆だろ。……俺が別の女に取られたらどうすんだよ、真紀」

チラリとこっちを見る馨。

多分、奴は私を試すようなことを言ってみたんでしょうけど。

私は本気でそのことを考えてしまい、持っていた割り箸《ばし》を真顔で握りつぶした。

「……その時はあんたを地の果てまで追いかけて、取り戻すわ」

「血走った目してんじゃねーよ。怖えーよ！」

豆蔵と馨は身を寄せ合って震えている。そんなに殺気立っていたかしら。

「……ん？」

ほんの、一瞬。意識するより先に感じ取った何かに反応し、私は立ち上がった。

小豆の畑の向こう側——今何かが、こちらを見ていた気がする。

鋭い、金属じみた冷たい視線……

「真紀、どうした？」

「なんだか、視線を感じた気がしたんだけど……」

「ああ、もしかしたら小豆の畑を世話している弟たちかもなあ。俺っち兄弟多いから」

「……そ、そっか。そうよね」

でも、そんな視線だったかしら。

敵意でも悪意でも無い。だけど、豆蔵の兄弟の視線と言うには、あまりに鋭い。

どこか奥深い記憶の底で、知っている気がする。感情の無い、視線。

細く……香る……古《いにしえ》の空気。懐かしいとすら、感じるのに。

それでも、この私や馨ですら、その視線の正体を捉《とら》えきることは出来なかった。


夕方だ。黄昏《たそがれ》時は、霊力が一番ざわざわする時間帯。

豆蔵とさよならをして、案内所を経由し無事に現世のかっぱ橋道具街に帰還する。

「土曜の夜って一番好き。明日《あした》も休みだから、のんびりした気分になれて」

「明日は俺、部屋を探しに行くからな。今日みたいに買い物に付き合ったりできないぞ」

「分かっているわよ。私だって、明日は用事があるもの」

「まさかまた、あやかし関係の厄介ごとを引き受けたんじゃないだろうな？　お前、言ったたろ。今はあんまり一人で出歩いたり、目立つ様なことはー」

あ。馨がまたなんか言いだしたぞ……

「ねえ馨、今日の晩御飯どうする？」

「あからさまに話を逸《そ》らしたな！　あからさまだったよな‼　ったくお前は……はあ。もう知らん。……夕飯は甘くないもの、だな」

「あ、もしかしてぜんざいで胃もたれした？　じゃあマーボー豆腐よマーボー豆腐」

「おお、良いじゃねーか。俺好きだぞ」

「わかる。私も大好き。安上がりだし、何よりお米に合うし。長ねぎはあるから……あとは豚ミンチと……しめじ入れると美味しいからしめじも買って帰らなくちゃ」

「なら帰りにスーパー寄って、豆腐は近所の豆腐屋ってコースか」

私は茜色《あかねいろ》の空を見上げて、それ以外に家に無かったものを思い出している。

馨がいる時に、買っておかないといけないものは……

「ねえ馨、小豆の袋、重くない？」

「これか？　一キロだぞ。大したことない」

「あ、そう？　じゃあ五キロのお米、追加で買って良い？　お米が少なくなっていたから、商品券で買ってしまいたいの。これで商品券も使い切ると思うし」

「俺に持ててか？　俺に米を持ってってか？　言っとくがお前の方が怪力だと思うぞ」

「小豆は私が持つから！」

目尻《めじり》を吊《つ》り上げ、小悪魔に笑う。

馨はしらーっと私を見下ろしていたが、やがて何かを諦《あきら》め、男らしく頷《うなず》く。

「よし……了解だ。別に小豆だって俺が持つぞ」

「あれ。なんだか良い旦那《だんな》っぽいわよ馨。休日のお父さんみたい！」

「やけを起こしているだけだ」

そうして私たちは帰りがけのスーパーで必要なものだけを買う。

夕暮れも終わりかけたちょっぴり切ない空気の中を、二人で並んで家路を歩く。

「新婚さんみたいに手でも繋《つな》いで帰る？　馨」

「は？　新婚じゃない上に荷物大量のこの状態で？　お前の手は熱いから嫌だ」

「えー、何よそれ」

照れ屋の馨は、やっぱり手を繋いではくれないけど……

あ、スカイツリーついた。今夜は鮮やかな、水色。

道の隙間から見えるこの界隈《かいわい》の象徴は、日没を境に点灯し、夜を照らす。

「ねえ。……早く、結婚したいわねえ、馨」

そして、薄暗い空に伸びる光の塔を見上げながら、私はぽつりと呟《つぶや》いた。

「……お前、今日はやけに生き急いでるな」

「だって……本当の家族になりたいわ」

「…………」

商店街に並ぶ店の提灯《ちょうちん》が、ぼんやりと赤い灯を灯《とも》し、長い夜の営みを始める。

ここが、私たち元あやかし夫婦が揃いも揃って生まれ変わった、浅草という街。

《裏》 馨、新居を探す。

東京メトロ銀座《ぎんざ》線から直結、日本最古の地下商店街、〝浅草地下街〟。

このレトロな商店街の最深部に人知れずひっそりと存在するのは〝浅草地下街あやかし労働組合〟だ。

「で、天酒。……どんな物件を探しているんだ？」

「うーん、上限は家賃五万円代まで、ですかね」

「なかなか無茶言うなあ、お前。知ってると思うが、浅草って観光地なんだぞ」

俺、天酒馨は日曜の朝っぱらから、この浅草地下街の本部に来ていた。

ここは、浅草を中心にこの近辺のあやかしたちの労働を守り、生活を手助けする組織だ。ついでに浅草にある訳あり物件、パワースポット、狭間《はざま》などの管理もしている。行き場の無いあやかしたちに、格安で物件を貸し出したりするのも、この組織の仕事だ。

以前、真紀が一人暮らしをする際もお世話になったし、俺も自分の複雑な事情をよく理解してくれている浅草地下街に紹介してもらうのが、一番だと考えた。

物件を紹介してくれているのは、ここの組長・灰島大和《はいじまやまと》さん。

見た目こそヤクザかマフィアかと言いたくなる黒スーツ姿。強面《こわもて》だが、実際はとても良《い》い人だ。良い人すぎて心配になる時もある。浅草近辺に住むあやかしは、皆この人に一度は世話になったことがあるのではないだろうか……

「浅草で家賃五万なんて、オンボロか訳あり物件しかないぞ」

「あ、別に良いですよ。あやかしまみれのアパートやマンションでも」

「ならいっそ茨木のアパートにしちまえよ。あいつの部屋の真下が空いてただろ」

「……真紀と近すぎるってのは、高校生という身の上的にどうなのかな、と」

「お前なあ、毎日毎日飽きずに通い婚してるくせに、今更何言ってるんだか。俺にはいまだ、お前たちの関係が捉えきれねえよ」

「そうですか？　でも、そういえば真紀の奴、昨日……」

――早く家族に、なりたいわね。

零《こぼ》すように、そんなことをつぶやいた。遠く、スカイツリーを見上げて。

昨日のあいつが、やけに結婚とか家族とかにこだわって見えたのは、やっぱり、もうすぐあいつの両親の……

「そういや、茨木のアパートを選んだ時もお前が居たよな、天酒。あいつの両親が交通事故で亡くなって、茨木は遠いところに住んでいる親戚《しんせき》の下へは行かず、ここ浅草で独り暮らしをすることにした。お前や継見が居たからな。……そういえば、命日は来月か……」

「……はい。真紀が一年で一度、一番調子が狂う日です」

真紀の両親は、山沿いの国道で玉突き事故にあった。

お盆より少し前の時期。日帰りで、大学時代の恩師の法事に出ていた。

謎の多い事故だったが、聞いた話では、黒い野良犬か何かが飛び出してきたとかで、先頭の車が急ブレーキを踏んだのだ。

真紀はたまたま、夏休み中に行われていた学期末テストの補習に出なくてはならず、こちらに残っていた。苦手な英語と数学で赤点をとったというのもあるが、あいつ自身には関係の無い法事だったからな。

もし真紀が赤点を取ってなくて、気まぐれに両親についていき、その事故に巻き込まれた可能性があったかと思うと……俺は今でもゾッとする事がある。

「でも……真紀はあれで、自分の両親のことが好きでした。俺と違って今世の家族を大事にしていたんです。だから、あいつはあれから赤点を取りません。勉強嫌いなのに、テスト前は必死に勉強するんです。特に英語と数学は……もう二度と、赤点を取らない様に」

自分が両親と共にいれば、両親は死ななかったんじゃないか。

どうにかして救うことができたかもしれない、と。

あいつは今でも、そう思っている。

「……あの時は、かわいそうだったな。あんなに泣く茨木を見たのは、初めてだった」

「…………」

中学二年生の夏。その知らせを聞いた時も、葬式中も泣くことは無かったのに……

真紀が泣いたのは、確か火葬の時だ。

煙突から上る煙を見上げながら、我慢できずにボロボロ、ボロボロと泣いていた。

そんな真紀を俺は抱きしめることしかできなかったが、それでも彼女が泣き止むことは無かった。

『こんな私を、大事に育ててくれた人たちだったの。疎んだり、怖がったり、閉じ込めたりしないで……美味《おい》しいご飯をくれて、話を聞いてくれて。たくさんたくさん、可愛いって、愛してるって……言ってくれた人たちだったのに』

あの時の、真紀の言葉が、忘れられない。

あいつもまた、前世の両親に酷《ひど》い仕打ちを受けたトラウマがある。

それなのに今世の両親をあんなに信じられたのは、茨木真紀として今世に生を受けた時から、覚えの無いほど、無償の愛情を注がれ育てられたからなのだろう……

世の中って理不尽だ。

そんな大事な人ほど、簡単にいなくなったりする。

「……よし。じゃあ三件ほど見て回るか」

組長は緩んでいたネクタイを締め上げ、俺を駐車場へと連れていく。

「隣に座れよ。シートベルト忘れるなよ」

「あれ、今日は大和さんが運転するんですか？　いつも矢加部《やかべ》さんなのに」

あのサングラスつけた、大和さんの秘書兼ボディーガードみたいな人。

「矢加部は今日家族サービスの日だからなあ。あいつ無口だけど所帯持ちだし、ちゃんと休日作ってやらねえと。大丈夫大丈夫、俺もちゃんと免許持ってるし。まだ二年目だけど」

「えー。何か怖いっす」

浅草地下街あやかし労働組合の緑桜紋が入った、怪しい黒塗りの車に乗せられて、いざ物件の内見に出発。

「ところで天酒。茨木の周辺で変わったことは無いか」

「変わったこと、ですか。今の所、特にありませんね。……茨木童子の生まれ変わりだってバレて、変な輩《やから》があいつを付け狙うかと思ってたんですけど」

「まだ様子見って所なんだろうか……。ただのJKって言っても、あいつの力は人間離れしてるからなあ。並みのあやかしじゃ太刀打ちできねえだろうしな」

「半殺しにされて終わり、ですからね」

とはいえ、あまりに何もなく平穏な日々が過ぎていくから、それがかえって怖い。

まるで、嵐の前の、静けさの様で……

「あれから、陰陽局《おんみようきよく》は……なんの動きも無いんですか？」

「うーむ、それだ。奴ら、茨木や八咫烏《やたがらす》の深影《みかげ》の扱いを巡って内部で揉《も》めているらしい。そろそろお呼び出しがありそうなもんだがな」

「相変わらず、上から目線の嫌な奴らだな」

「そうピリピリすんな天酒。でけえ組織だから何かと面倒くせえ事があるんだろうよ。話の分かりそうな奴らも少しはいるし、こっちも上手《うま》く渡り合っていくしかねえ」

そんな会話をしていたら、さっそく一件目のアパートにたどり着く。

「……わあ」

そこは目の前がゴミ屋敷、隣が大人の汚れた歓楽施設という、とんでもない環境に埋《うず》もれ建つ、家賃激安月4万3000円の〝パーク・ヨシワラ〟だった。

アパート自体はまあ想像できたレベルのボロさだが、なんといっても周辺が……

「これ……高校生に勧める物件ですか？」

「おい、一件目に酷い感じの物件を見せつけるのは、不動産屋の常套《じようとう》手段だ。月5万以内だと基本こんな感じだ……ってことで」

……中を見るまでもなく、これなら真紀のとこの方がなんぼもマシだと思ったが、とりあえず部屋を内見。

「お。でも部屋は……普通ですね。真紀のとこよりちょっと広いくらいですか。これで四万円代なら安いですよ」

「まあな。このアパートは使い勝手は良いんだが……」

大和さんは苦々しい笑顔を浮かべる。と同時に、彼の周りにポンポンポンと、綺麗《きれい》な着物を纏《まと》った色気たっぷりの女の幽霊が三人ほど出現。

「あらやだーっ！　大和坊ちゃん！」

「一乃《かずの》は元気にしてるかい？」

「んもー。大和坊ちゃんはわっちのもんでありんすー」

あ、ヤバい。大和さんの生気がみるみる吸われている。

「まあこういうことだ。この辺は昔、かの有名な遊郭〝吉原《よしわら》〟のあった場所で、しかも大火によって焼け死んだ花魁《おいらん》たちの幽霊がうようよいやがる。お前ならイケメンだし、ちやほやしてもらえるんじゃないか？」

「…………」

俺は無言で退出。幽霊とかそういう以前に、さすがに無数の女に囲まれて生活するってのは、真紀に何て言われるか分からない。

いや、何か言われるだけで済むのか？　多分、撲殺されちゃうんじゃないだろうか？　大和さんが後から出てきて「ほらな？」と。

「何がほらな、ですか。真紀以外の女と暮らせる訳無いでしょう……俺を間接的に殺したいんですかあなたは……」

「ったくよ、天酒はなんだかんだ言っても茨木一筋、茨木にベタ惚《ぼ》れだよなー」

「え？　は？　なんだって⁇」

「すげえよあいつに尽くせるって……って言ったんだ」

「そこは俺も、そう思います」

はい、なのでここはNG。

と言う訳で、さっさと次の物件へ向かわんと、黒塗りの車のドアに手をかける。

「あれ？　馨と組長じゃない」

しかしここで思わぬ人物が現れた。

真紀だ。噂の真紀が釘《くぎ》バットと思《おぼ》しき包みを持って、ぽかんとした顔でそこに居る。

やばい！　なんかやましいことしたみたいに冷や汗が出てきた！

「ま、真紀！　お前なんでここに⁉」

「なぜって……、昨日言わなかったっけ？　今日はパパとママのお墓参りに行っていたのよ。いつもこの近所のバス停から行くでしょ？」

「昨日は墓参りに行く、なんて言ってなかったけどな。すぐに話を逸《そ》らされたけどな」

「そんなことより聞いてよ馨。あのお寺でね、『お前が茨木真紀かー』って急に襲いかかってきたあやかしたちが居たの。まあ護身用のバットで吹っ飛ばしたけど」

「……あやかしが？」

大和さんと顔を見合わせる。やはり、もう真紀を狙った輩が動いているのだろうか。

「……怪我とか、してないか？」

「あら、珍しく心配してる？　私がそこらのあやかしに負ける訳ないじゃない」

あっけらかんと、勝気に笑う真紀。

「でも帰りに吉原神社の前を通ったら、あそこの捻《ひね》くれ弁財天に『おいブス』って絡まれたから、軽く女の戦いしてきたわ。まあ一発殴って勝ったけど」

「女神にワンパンで勝つJKって……」

「ますます人間離れに拍車がかかってるな茨木。頼むから神々との揉め事はよしてくれよ」

大和さんがげっそりとした顔をして、真紀にひとこと言っておく。

そりゃそうだ。浅草の神々って、古くから土地と庶民の生活に馴染《なじ》んできた神様が多い。

そのせいか人間よりずっと人間味があって、わがままで自由奔放だ。

大和さんはあやかしだけでなく、そういう神様にも手を焼いている。

「馨と組長は、お部屋探してるとこ？」

「そうだ。たった今、一件見てきた所だ。幽霊まみれだった」

　これを聞いた真紀があからさまにビクッと肩を上げた。そして勝気な態度を一変させ、か弱い乙女モードをオンにして組長の黒塗りの車に乗り込む。

「お前……そういや幽霊が苦手だったな。でもさっきまで墓場に居たんだろ？」

「現代のお墓は死者がしっかり供養されてるから幽霊は出ないのよ！　妖火とかはいるけど。街中を浮遊している浮遊霊や悪霊の方がよっぽど怖いわ。さあ組長出発よ！」

　そんなこんなで真紀も加わり二件目の物件へ。

　場所でいうと、吉原よりさらに奥。そこは家賃4万円の一軒家。1階に大家さんが住んでいて、2階を貸し出しているという事だった。

「……おお、ここはなかなかいいじゃないですか。1DKで四万ぽっきりだなんて」

　広々とした作りで、風呂《ふろ》とトイレも別々。まだ綺麗な木造建築。

　しかし大和さん、さっきからなんかそわそわしている……

「おやあ、内見に来たのかい坊やたち？」

「……え？」

　扉を開けて、のっそのっそと入室したのは……

　超でかい、ゴツい、筋肉隆々……白いぴっちりシャツに短パン穿《は》いたオネエ口調の男。

その姿に異様なプレッシャーを感じて、俺も、真紀ですら言葉を失い、後ずさり。

その人はまず俺をロックオンし、目をギラつかせ舌なめずりした。

「やだー。聞いていた通りかわいい坊やだこと。食べちゃいたい〜」

なんだこれは、あやかしか？

いや、あやかしとは違う感じだ。でも禍々《まがまが》しいオーラを放ってる。

なら神か？　もしや邪神か？

体が警告している。冷や汗が凄《すご》い。真紀も戦闘態勢だ。霊力をピリピリさせて、釘バットを袋から取り出そうとしている。やっぱり厄介な霊的存在なのだ！

「こちら、大家のカツオさんだ。言っておくが……ただの人間だからな！」

ガラッ！

大和さんの宣言を聞くや否や、俺と真紀は2階の窓を開け、もう何かを考えるより先にそこから飛び降りた。2階から飛び降りるくらいどうってことない俺たちだけど、シュタッと着地した先から、猛烈に走って逃げる。

「えええっ‼　おい！　おい――――っ、待てえええええお前たちいいい！」

大和さんの声が背中に聞こえる。でももう無視だ。奴は生贄《いけにえ》として置いていく。

俺と真紀が苦手なもの、それは実のところ〝ただの人間〟である。

俺の場合、カツオさんとやらに普通に身の危険を感じたのと、真紀の場合、ただの人間にはむやみに攻撃できないのと。まあ真紀はいまだ、人間ってもの自体が苦手か。

　どこまで走ったかな。

　この真夏に俺たちは多分、ひたすら走って走って、気がつけば昨日買い物に行った国際通りのスーパーの前で息を整えていた。要するに、真紀の家の近所だ。


「おい！　俺を置いて勝手に帰るな！　俺が……生贄になっただろうがっ！」

後から大和さんと合流した。大和さんの着ていたシャツはなんかよれっとしている。

顔のあちこちに分厚い唇の形の何かがあるのは、見えてないフリをした。

「なんであんな危険な物件を紹介してくれやがったんです大和さん……」

「い、いや〜。物件的には安くていい部屋だから、一応見せとこうと思って。それにうちはカツオさんに随分お世話になってるしよ。あの人、霊感とか全く無いんだけどありとあらゆる格闘技に精通していて、うちの組員を指導してくれてるんだ」

「すみません大和さん。三件目の物件なんですけど、もう……」

正直疲れ果てていた俺は、新たな事故物件に出会う事を恐れ、一旦《いったん》おちついて家賃や条件から見直そうかと思った。しかし大和さんは「三件目ならこの近所だぞ」と。

　そして堂々とした顔で、真紀のアパートの前まで俺たちを連れて行く。

「………」

ええ、そうですね。今の今まで見てきた物件に比べたら、この通い慣れた〝のばら荘〟が、半端なく素晴らしい物件に見える。

「天酒～。そもそも俺が茨木にここを紹介した時点で、ここが一番いい物件だったわけだ。商店街に近く学生も安心安全。住民も全員あやかしとはいえ、身分の分かっているいい奴ら揃い。おまけに茨木の側にいてくれるとありゃ、ありがたい話だ」

「結局、最初からこのつもりだったんですね、大和さん」

「お、怒んなって天酒。あ、でもあれだぞ。お前を信頼しているからこそ、だぞ」

ものは言いようだな。

しかしまあ、俺だって分かっていた。なんだかんだ、ここになるんだろうなって。

真紀の家に通うのも近いし、間取りもよくわかっているし、何より真紀に何かあった時、すぐに対処できる……やっぱり、真紀を狙う輩《やから》は現れ始めているみたいだし。

だけど俺って捻くれてるからさ……少しだけ、待ったをかけてしまったのだ。

「馨、馨！　あんたこのアパートに住むの⁉」

「……嬉《うれ》しいのか、真紀」

「うん、うん！　だってそっちの方が絶対楽しいし。わーいわーい」

いつもの小悪魔で勝気な笑みではなく、素直で満面の笑みで、万歳三唱を始める真紀。

……はい、分かりました。こんなに可愛らしく喜ばれたら、俺はもう拒否できません。

「おーし。契約成立だなー」

「やったー。今夜は豚スキでお祝いよー」

何かに敗北したような気分だ。

だけど、真紀が凄く凄く嬉しそうにしていたので、一つも問題は無い。

決まってしまえば……早くここに引っ越したいな、とか思ったりする。

「なあ、真紀……」

「ん？」

「……いや。近くに住むからって人のこと呼び出したり、こきつかったりするなよな」

「何よそれ。人のこと鬼嫁みたいに」

「鬼嫁だろうが。正真正銘、鬼嫁だろうが」

アパートの部屋まで……かかあ天下の尻《しり》に敷かれてしまう、哀れな俺。

待っているのは、茨《いばら》の道だろうか。

それとも、寂しいことなど一つもない、平穏な日々だろうか。

第二話　飛ばない鳥、飛べない鳥

夏休み直前の、蒸し暑い夜だった。

今は夕飯の支度を終えて、六畳の居間で一休みしているところだ。

「ヒョー、ヒョー」

奇妙な鳴き声と共に、ツキツグミというあやかしの雛鳥《ひなどり》が開けていた窓からスイーと入ってきて、テレビの前のちゃぶ台上にポテッと落下する。

白くて丸い。お餅《もち》にくちばしがくっついているようなフォルム。

あ、また雷おこしにがっついてる。

「こら。大きいの丸呑《まるの》みしちゃダメって前に言ったでしょ。喉《のど》に詰まらせると危ないし、それに……あんた最近、丸々してるわよ。ほんとお餅みたい」

「ヒョ〜？」

「とぼけた顔して。いい、今日はもうこの砕いたのだけにしときなさい」

私は見ていたテレビ番組から目をそらし、お気に入りの雷おこしを、一つ砕いてあげた。

ツキツグミの雛鳥は、おとなしくそれをついばみ始める。

「ふう」

私はまた、見ていた番組に視線を戻した。

夕方に放送される、野生動物を見守る系ゆったりドキュメンタリーだ。

今日は南極の皇帝ペンギンが主役。もふもふの灰色の羽毛が特徴的な赤ちゃんが、お父さんペンギンの隣でよちよち歩いている。

「へえ。皇帝ペンギンって、世界で一番過酷な子育てをするんですって。お父さんペンギンなんてお母さんペンギンが餌を獲《と》ってくる間、絶食状態で卵を温め続けるのよ〜。あんな寒い氷原で凄いわよねえ。イクメンってやつね」

ペンギンたちの鳴き声に反応したのか、ツキツグミの雛鳥が雷おこしをついばむのをやめて、くちばしの端っこにクズをくっつけたままポケーとその映像を見ていた。

「かわいい〜。ペンギンの赤ちゃんってすこぶるもふもふよね〜。下半身にずっしり身が詰まってそうな、もちっとフォルムがたまんないわー。いい抱き枕になりそう」

「ヒョーヒョー」

「え？　何？　馨《かおる》っていうお気に入りの抱き枕があるでしょうって？　うーん、でもねえ、あいつゴツゴツしてるから」

「誰がゴツゴツだって？」

いつの間にか、気難しい顔をした馨が後ろに。

「馨おかえりー。夏休みもまだだってのに、あんたもよく働くわねえ。ところで……」

アルバイトの帰りに、夜ごはんの一品になりそうなものを買ってくるのが馨。

彼の手にある袋がただならぬオーラを放っているので、さっそく覗《のぞ》き込む。

「あああっ、この包装紙はセキネのシュウマイッ！」

浅草《あさくさ》の美味《おい》しいシュウマイといえば〝セキネ〟。我が家からも近い、新仲見世《しんなかみせ》通りの端にある有名店だ。私もここのシュウマイや肉まんが大好き。

私があまりにはしゃぐので、冷蔵庫に常備している缶コーラのプルタブを開けながら、馨は少々得意顔になって説明する。

「帰りがけに寄って買ってきた。半額じゃないぞ」

「あんたにしては珍しいチョイスね。しかも半額じゃないお惣菜《そうざい》を買ってくるなんて……良いことでもあったの？　もしくはやましいこととか」

「ねーよ。ふと食いたくなっただけだ。……お前も食いたいかと思ってな。ふん」

テレビ前の小さなちゃぶ台の周りを意味もなく一周してから、奴は馨専用の座布団の上にどかっと座り込んだ。

「ん？　あれ……この鳥公、こんなにメタボ体型だったか？　ネズミが支配する某遊園地のキャラメルポップコーンを食べすぎてまるまる太った雀、みたいだぞ……」

馨がちゃぶ台の上にいるツキツグミに気がつき、この丸いフォルムに目をすぼめ、指で幅を測ったり首を傾げたりしている。雛は動じることもなく、テレビに夢中だ。

「それにしても腹が減ったな。今日はなんだ？」

「今日はね、あんたの好きなゴーヤスライスのおかか和《あ》えと、小海老《えび》入りニラ玉、もやしのお味噌汁《みそしる》よ。セキネのシュウマイがあるなら豪華な夕食ねー」

馨が「ほお〜」と悪くなさそうな反応をしながら、雛を両手で掬《すく》い窓から放った。

しかし雛は珍しく室内に舞い戻り、やはりテレビの前のちゃぶ台にボテっと居座る。

「ちゃぶ台の上には料理が並ぶから、お前みたいなちみっこいのは危ないぞ。あ？　だからってなに人の肩に乗ってんだ？　あれ異常にずっしり」

「ヒョ〜ヒョ〜」

「あ、やめろ。耳元で鳴くな。お前の鳴き声は昔から人の霊力乱す力があるんだからよ」

馨とツキツグミの雛のやりとりも気になるが、私はニラ玉を作ってしまわなくては。

小海老入りとはいえ、メインのおかずがニラ玉になってしまうのが我が家の夕飯だ。ニラを炒《いた》めすぎず、卵の形を崩すことの無いよう、ふわとろを意識して作るのがポイントだ。ふわりと香る、隠し味のオイスターソースの匂いが食欲をそそる……

「これを大皿に盛り付けて、大きなスプーンで取り分けて食べる。うん、家族」

「おい、これ持って行っていいか？」

「あ、ついでに取り皿もよろしく」

ツキツグミの雛を肩に乗っけた馨が、ニラ玉の大皿を居間のちゃぶ台まで持っていく。

私はその間に、薄くスライスして水にさらしておいたゴーヤを小鉢に盛り付け、鰹節《かつおぶし》をたっぷりかける。

馨の好物で最近よく食卓に並ぶ、夏定番の副菜だ。マヨとポン酢で和えて食べると、シャキシャキさっぱり美味しい。

馨が買ってきたシュウマイも、レンジ用のプラスチックの蒸し器で蒸し直し、このままちゃぶ台の中心に置いた。もやしとわかめのお味噌汁も。

「いただきまーす」

「いただきます」

私は食べたいものから食べる派なので、シュウマイを一つ取って、タレをつけることなく、そのままパクリ。馨はいつもお味噌汁から啜《すす》る。

「うーん、肉っ！　この肉々しいシュウマイこそ、まさしくセキネのシュウマイだわ。冷凍食品のシュウマイも安くて良いけど、このぎゅっと詰まったお肉の嚙《か》みごたえと、存在感のあるしっかりした味付けこそ老舗《しにせ》のお味……美味しい美味しい」

「お前、ゴーヤも食っとけよな。肉ばっかり食べてたら、この鳥みたいに太るぞ」

「分かってるわ。……でも確かに、最近ちょっと太ったかも。胸元が窮屈なのよねえ」

「……え？」

いつも無駄に気を張っている馨にしては、きょとんとした無防備な反応だった。

そして一瞬、人様の胸元に視線が……

「ちょっと、なに見てんのよ。今更そういうの気になるってわけ？　普段私が着替えてても、全く気にしてないくせに」

「幼稚園児の頃から一緒にいるんだから、着替えなんて日常の一環でどうでもよくなってんだよ。……しかしそうか、やっと」

「やっとって何よやっとって」

馨が一人ニヤついてニラ玉ばっかりつついている間に、奴より多くのシュウマイをパクパクいただいた。

一方ツキツグミの雛は、馨の肩に乗っかったまま、やっぱりテレビの画面から視線をそらすことは無かった。いったい何がそんなに気になっているんでしょうね……

翌日、私の目覚めはいつもより早かった。

なんだか変な感じがしたのだ。隣に妙な圧を感じるというか……

「……あれ？」

「ヒョ～……ペヒョ～……」

「………」、

隣で転がっていたのは、そう、皇帝ペンギンの雛だった。

こんな灰色毛玉のぬいぐるみ、私持ってたっけ？

ムギュッと掴《つか》んでみると、暖かくてもこもこで、何より身がギュッと詰まってる。

こ、これぬいぐるみじゃない。

奇妙な鳴き声に合わせて呼吸している。熱を持つ体が、もぞもぞ動いている。

顔を近づけ、すんすんと霊力の匂いを嗅《か》ぎ、よく観察してみる。

「もしかして、ツキツグミの……あの子？」

霊力の匂いが、あの雛鳥と同じだ。

昨日、やたらと熱心にドキュメンタリー番組を見ているなと思っていたが、特集されていた皇帝ペンギンの雛の姿になっている。

「もしかして、あんた〝化ける〟ことができるようになったの⁉」

この子だって、歴《れっき》としたあやかしである。特にツキツグミとは何者にでも化ける大妖怪《ようかい》〝鵺《ぬえ》〟になる可能性を秘めたあやかし。興味を抱いた姿に化けていてもおかしくない。

ぺたーっとうつ伏せになって寝ている皇帝ペンギンの赤ちゃんだが、私がもう一度もふもふの毛を撫《な》でると目を覚まし、あくびをした。

頑張って立ち上がり、よちよちとそこらを歩いている。

そして私を見つけるとこちらにやってきて、手みたいな小さな羽をパタパタさせた。

ぬいぐるみ大の皇帝ペンギンの赤ちゃんだなんて、可愛いすぎる！

「あ、危ないっ！」

小さな足がコードに引っかかりそうだったので、両脇を抱えてひょいと持ち上げる。

「ん、結構ずっしり。多分この前、豆蔵《まめぞう》にもらった小豆《あずき》袋くらいあるわねぇ」

「ペヒョ～ペヒョ～」

「なになに？　ぎゅっとしてって？」

ぎゅーっ。存在感、圧力、重さ、大幅アップのこの子を抱きしめてみる。

「ああ～。これは良《い》い抱き枕になりそう……」

ペンギンの赤ちゃんはお腹を空《す》かせているのか、ぐーぐー鳴る自分のお腹をさすりながら、私に向かって鳴いて訴えた。

「わかったわかった。ちょうどししゃもがあったと思う」

ペンギンの雛ということで、ししゃもをまるごと一匹与えると、これを見事丸呑み。

「ペヒョ～」

しかしこれだけでは満足できないみたい。お菓子の袋を目ざとく見つけて、それを両羽で持ってペタペタこちらにやってくる。

「え、雷おこし？　あんたほんとすきねぇ」

浅草名物といえば、やっぱりまずは雷おこし。

その中でも雷門《かみなりもん》の真横に店を構える〝常盤堂《ときわどう》雷おこし本舗〟の雷おこしは味も豊富で絶品だ。これはお気に入りの、練乳を混ぜたミルクピーナッツ味。

一袋を開けて、一つを小さく砕いてこのペンギンの赤ちゃんの前にかざすと、パクッとかぶりついてそのまま飲み込んだ。

もっともっとと催促されるがまま与えてしまう。結局、ぜーんぶ食べられちゃった。

「おーい真紀《まき》。起きているのか？」

「あ、馨だ」

いつものことだが馨が私を迎えに来た。扉を開いてやると、馨は私の足元にいるペンギンの赤ちゃんにぎょっとしている。

私はこの子を抱きかかえて、馨の顔の前にぐっと突き出した。

「見て、あのツキツグミの雛《ひな》よ！　今朝起きたらこんなことになってたの」

「あー、なるほど……別のものに化けられるようになったのか。少しは霊力を使いこなせるようになったんだな、このメタボ鳥。……でも相変わらずメタボだな」

「ペンギンの雛はこんなものよ。ふわふわぷくぷくしてて可愛いでしょ」

「う、重っ。ペン雛って漬物石感ある」

馨に渡すと、想像以上にずっしりきたみたい。

　ああ、朝ごはんもまだだ。のりを巻いた梅おかか入りおむすびをパパッと作って、簡単かつ私の大好きな朝食を軽く済ませる。お弁当にもおむすびを入れて、あとは昨日の残り物を詰め込んで……

「いい、あんたはお留守番よ」

「ペヒョ？」

「いい子にしてなさいね。あ、でも窓を閉め切っていたら蒸し暑いかしら」

「バケツに氷水張って、扇風機回しとくか」

　雛を学校に連れて行く訳にもいかず、氷水を扇風機の前に置いておき、冷風を部屋に送る。これ我が家の夏対策の秘奥義。お腹が空いた時の為に、雷おこしの袋を開けて、ちゃぶ台に置いておいた。

「……ペヒョ～……」

　しかしペンギンの赤ちゃんは寂しげな鳴き声だ。

　今まで野性味があったのに、この姿になったらいきなりあざとくなったわね……

　ペンギンの赤ちゃんは玄関先までペタペタついてきて、切ない瞳《ひとみ》で私たちを見上げる。

　それを見ると、こんな私でもこの子を置いていく罪悪感にかられ、胸をチクリとさせられたのだった。

その日の授業は、なんだか気が散って仕方がなかった。

あのペンギンの赤ちゃんが、家で何をしているのか気になる。

あの子はどうして、わざわざペンギンの雛に化けたのだろう。

今日は特別暑い日ではないけど、茹《ゆ》で上がってないかしら……

「へぇえ。あのツキッグミ、皇帝ペンギンの赤ちゃんに化けたの？」

民俗学研究部の部室でお昼ご飯を食べていた時、幼馴染《おさななじみ》かつ同じ部員の継見《つぐみ》由理彦《ゆりひこ》が、その話を聞いてクスクス笑う。なんだか嬉《うれ》しそうだ。

「でも、なるほどなあ。ツキツグミってのは親や主人に影響されやすい。あの子の場合、真紀ちゃんが主《あるじ》なわけだから、真紀ちゃんの観ていたもの、愛《め》でていたものに興味を持ったんだろうね。要するに、真紀ちゃんに愛されたいのさ」

相変わらずあやかしに愛されやすいねと、由理は意味深な物言い。

「そんな兆し、今まで無かったのに。私より私の食べてた雷おこしにご執心だったし」

「まあ青白い小鳥の姿で一生を終えるツキツグミがほとんどだけど、一度化ける術を覚えたら、自我がどんどん芽生えてきて感情もわかりやすくなるよ。学習して、変化の術を磨いていく。その最終進化形態が〝鵺〟というあやかしだ。そのうち人の言葉を覚えるよ」

「……なんだか赤ん坊みたいだな」

馨は何の気無しに零《こぼ》した言葉の様だったが、由理は「そうそう！」と大きく頷《うなず》く。

「まさにその通り。赤ちゃんなんだよ。性格も周囲に影響されて形成されてくし、要するにこの瞬間の教育が、そのあやかしの今後の性格や生き様に影響を与える。三つ子の魂百までってね」

由理のアドバイスを前に、私はおにぎりを頬張りながら「やっぱり子育てね……」と。

「まずは名前をつけてあげるといいよ」

「名前かあ……んー、なんだか責任重大ね」

今朝見た、あのペンギンの赤ちゃんの姿をもわもわと思い浮かべる。

うーうー唸《うな》って、一生懸命考え、そして……

「じゃあ〝おもち〟で」

「…………」

馨と由理の、残念な何かを見ている目ときたら。

「真紀……お前責任重大とか言ったあとに、ひでえ名前を付けるんだな。巷《ちまた》でキラキラネームが問題視されている昨今だぞ」

「う、うるさいわねえ、見たとおりで可愛いでしょ。言っとくけど馨はパパなんだからね」

「パッ、パパ⁉」

「由理はおばあちゃんポジション」

「……せめておじいちゃんにしてくれないかな」

馨はぎょっと顔を歪《ゆが》めていて、由理も笑顔のまま頬に怒りの筋が……

しかし私は構わず続けた。

「かつての酒呑童子《しゅてんどうじ》と茨木童子《いばらきどうじ》に実子はいなかった。でも育て上げたあやかしや眷属《けんぞく》は数え切れないわ。今世も、一匹のあやかしくらい立派に育ててみせなくちゃ」

「いや、今の俺たちはただの人間、ただの貧乏高校生だからな。それに俺は、父親なんて……なんか自信ねーな。だって養う奴がもう一匹増えるってことだろ。雛鳥だった時はなんか適当だったけど、今はちょっと存在感ありすぎっていうか、よく食いそうっていうか。甘やかしすぎて、誰かの如く横暴に育ったらどうしよう……」

「言葉のあやだって思ってあげるけど、もしかして馨、今私のこと〝匹〟でカウントした？　あと横暴って誰のこと？」

「……うーむ」

私の言うことなどまるで聞こえていないフリをして、腕組んで大真面目な顔してる馨。

「そんなに深く考えなくても大丈夫だよ。愛情を注いで育てれば悪いあやかしにはならない。まあ、何か分からない事があったら、この〝おじいちゃん〟こと僕が、前世の同系あやかし〝鵺先輩〟として指導をするよ」

「おお……」

「鵺先輩」

涼しい笑顔の由理を前に、手を合わせ彼を拝む私と馨。

前世の時代より、由理にはここぞというところで知恵を借り、助けてもらってきた。

だから私と馨は、いつまでも由理に弱いところがあるのよねえ。

……そう。由理もまた、私や馨と似た境遇の持ち主だ。

前世あやかし、今人間。

馨と私は、鬼〝酒呑童子〟と〝茨木童子〟の生まれ変わりだったけれど、由理はその友人であった〝鵺〟というあやかし。

これはツキツグミが質の良い霊力を養い続けた結果、奇跡的に進化して出現するあやかしで、歴史上でも数えきれるほどしか確認されていない。

私たちは約千年前の平安の時代を、あやかしとして生き、あやかしとして死んだ。

手っ取り早く言うと、千年前の陰陽師《おんみょうじ》とか退魔師に殺された。

にもかかわらず転生した先は現代日本。しかもただの人間とあっては、かつての大妖怪もかたなしだ。

今じゃ浅草に住むあやかしたちの、ちょっとした問題を解決することしかできないし、私たちも平穏な日々を望んで、人間らしい生活を心がけているのだから。

「あ、そうだ由理！　期末テストで苦手な英語の対策をしてくれたでしょう？　おかげでなんとか赤点は免れたわ。ってことで、これお礼」

私はごそごそとカバンを漁《あさ》り、あるものを取り出す。茶色くて四角い……

「え、これもしかして栗羊羹《くりようかん》の食品サンプル⁉」

「そうそう。わかる？」

「わかるわかる。リアルだねえ〜。これ貰《もら》っていいの？」

由理のテンションが少々高い。興味深いものをチョイスできたのかな。

「由理っぽいかなって思って。週に三回は栗羊羹食べてるし」

「そんなに食べてないよ。週に一回くらいだよ」

「そんなに食ってんのか……」

馨のツッコミは軽くスルーし、由理はそれをつまみ上げ、裏返しにしたり、撫でてみたり。少しずっしりくる重さのあるキーホルダーだが、なかなか気に入ってくれたみたいだ。

「ありがとう真紀ちゃん。ちょうどね、重さのあるキーホルダーが欲しかったんだ」

「ん、どうして？」

「僕の家、鍵《かぎ》のついた部屋がいくつもあるから、それを区別するのに必要なんだよ。最近は、小さなあやかしたちが過ごす部屋の鍵を僕が管理しているから、それにこの栗羊羹のキーホルダーをつけていようと思う。真紀ちゃんから貰ったものなら、失くしても真紀ちゃんの主張の激しい霊力を辿《たど》ってすぐ見つけられそう……」

「こいつの霊力、パンチが効いてるからな」

男子どもは、私を褒めているのか馬鹿にしているのかよく分からない話をしている。

由理のお家《うち》は、浅草の老舗《しにせ》宿を経営しているのだけど、もう使われていない旧館の一室に、人に化ける力のない、か弱いあやかしたちが集ってひっそりと暮らしている。

由理は人間に生まれ変わった今世でも、そういう力のないあやかしたちを助け、面倒を見ているのよね。

それでも彼は今、家族が一番大事だと言っている。

家族の住む家に、頼りにして訪ねてくるあやかしたちの全てを受け入れられないと、複雑な思いを抱えているのだ。


「おもちーただいまー」

放課後、皇帝ペンギンの赤ちゃん〝おもち〟のお世話&観察を部活内容とすることにして、一足先に自宅へと戻った。どうせ馨はアルバイトがあったし、由理は夏休み明けの学園祭の為、長い委員会に出ていたからね。

「えっ！」

部屋に入るなりぎょっとする。

なんとおもち、自分でテレビをつけて、子供向けの教育番組を熱心に観ていたのだ。

ついでに台所に置いていたバナナを一房持ってきて、器用に皮を剝《む》いて貪《むさぼ》ってる……

「あんた、でっぷりと座り込んでテレビ見ながらバナナ貪ってるなんて、家事を終えた午後のお母さんみたいよ」

「ペヒョ～」

おもむろに人のことを羽差すおもち。

「え、私の真似だって？　やめてよね私はまだ花の女子高生……」

嫌に学習能力が高いが、最初に真似をするのはやはり身近な存在ということか。

おもちはもっちりした図体《ずうたい》を起こし、だっこと言わんばかりに「ペヒョペヒョ」と鳴き、ちっちゃな両羽を上下にばたつかせる。か、かわいい……

思わず抱き上げ、頰ずりしてしまう。あー。ふわふわ～～。

「あんたの名前は〝おもち〟よ。……嫌？」

「……ペヒョ～」

別にいいよ、って感じの適当な返事。もふもふのお腹を撫《な》でる。

「ねえおもち、お散歩しましょう。私、千夜《せんや》漢方薬局に行こうと思ってたところなの。あんたのこと、スイに聞いてみなくちゃね」

ということで、すぐにおもちと一緒に家を出た。

ペンギンの赤ちゃんを抱いて浅草を闊歩《かっぽ》するＪＫなんて私くらいでしょうけれど、これは純然たるぬいぐるみです！　と言わんばかりのおすまし顔で……

大きな浅草国際通りに出て小道を少し入った所に、目的地である〝千夜漢方薬局〟はある。怪しい瓶詰めの干物が並んだショーケースに戸惑う客も多いと言うが、知る人ぞ知る、人気の漢方薬局だ。私は何度も来ているので、躊躇《ちゅうちょ》することもなく中へ入る。

「あ、茨姫《いばらひめ》様だっ！　こんにちは!!」

真っ先に私を歓迎してくれたのは、黒い浴衣《ゆかた》の上から白い割烹着《かっぽうぎ》を着た、線の細い男の子。長い前髪を赤いピンで留めていて、右の目もとは眼帯で隠れている。しかし美しい左の黄金の瞳をぱっちりと見開き、嬉しそうにして私に駆け寄ってきた。

彼はこの千夜漢方薬局の居候兼アルバイター。

八咫烏《やたがらす》というあやかしで、名を〝深影《みかげ》〟と言う。通称ミカ。

千年を生きる平安時代のS級大妖怪《ようかい》で、元茨木童子の眷属。

つい最近、再び私の眷属に下ったばかりだ。

「ミカ。今日もご苦労さま。しっかり働いてる？」

「はい！　今日は僕、おつかいの為に外に出たのです。……そこのドンキに牛乳とお砂糖を買いに行っただけなんですけど」

「へえ！　一人で外に出られるようになったんなら、すごい進歩よ」

「そ、そうでしょうか……っ」

暗い所を好み、異常な引きこもり癖のあるミカだが、私に褒められたのが嬉《うれ》しいみたいで、人差し指をつつき合いもじもじしている。

こう見えてつい最近まで荒れまくっていたミカ。

あの時の毒気はすっかり抜け、本来の素直で可愛い様子がうかがえる。よしよしと頭を撫でてあげると、肩をぎゅっと上げて喜ぶのだ。しかし……

「ん。何ですかその灰色毛玉」

ミカの左目の色が冷涼なものを帯びた。

私が抱き抱えている謎の生命体が視界に入ったようだ。

おもちはつぶらかつピュアな瞳《ひとみ》でミカを見つめ、「ペヒョッ」と鳴く。

「見ての通り、皇帝ペンギンの赤ちゃんよ。でも本当はツキツグミの雛《ひな》で〝おもち〟って名前なの。今日、初めてこの姿に化けられたのよ」

「これは、鳥ですか？」

「まあ……鳥は鳥よねペンギンって。飛べないけど」

「も……もしかしてっ、茨姫様の眷属なんですか⁉」

「んー、いや。眷属ではないけど、色々あって私が面倒を見ているの。見て、ふわふわもこもこで可愛いでしょう？」

私がおもちをむぎゅっとすると、ミカはこの世の終わりみたいな顔をして、よろめいた。

「そんな！　茨姫様に最も可愛がられている鳥系あやかしは、この僕であったはずなのにっ！　許せない許せない〜〜っ!!　愛くるしいのがまた憎たらしいっ！」

「ミカ、赤ちゃんあやかし相手に殺気を漏らすのをやめなさい。千年以上生きてるお兄ちゃんでしょ」

茨木童子の四眷属の末っ子だったミカは今でも甘えん坊。おもちに嫉妬《しっと》しちゃうなんていじらしい……けれどもう少し、主人依存と末っ子体質をどうにかしたいところ。

「ちょっと〜何ごと〜？　お店で騒がしくするの禁止だって、前に言ったでしょミカ君」

肩叩《たた》き棒で肩をトントンしながら奥の部屋から出てきたのは、派手な着物の上掛けを羽織った、胡散臭《うさんくさ》い片眼鏡《モノクル》の男だ。

「ええいうるさいスイッ！　茨姫様の前で偉そうに僕を叱るな殺すぞ！」

「ったくも〜〜。永遠の中学二年生、永遠の反抗期なんだから……」

スイはやれやれと、疲れた様なため息をつく。

「スイ、奥にいたのね」

「おや真紀ちゃん、来ていたのかい。ミカ君が騒がしいはずだ」

彼の名は水連《すいれん》。私はスイと呼んでいる。

人間とあやかし相手に商売をしている、この千夜漢方薬局の店主だ。

本来は水蛇《みずち》というあやかしで、彼もまた千年以上前から生きている大物妖怪なんだけど、今となっては枯れたアラサーおじさんだという本人談。

彼もまた、かつて茨木童子の四眷属《けんぞく》の一人だった。

「メタボなペン雛のぬいぐるみ持ってどうしたの？　すみだ水族館のお土産？」

「ううん。これぬいぐるみじゃないから。ていうかすみだ水族館にいるの皇帝ペンギンじゃなくてマゼランペンギンだから」

おもちは両羽をバタつかせ、私の腕の中でぐぐっと背伸びをする。

スイは驚いて片眼鏡を上げ、おもちに顔を近づけた。

「この子、ツキツグミが化けてるの。ほら、前に由理の家に迷い込んだツキツグミの雛の話をしたでしょ？　あの子」

「ああ、そういうことか。びっくりした〜真紀ちゃんのことだから南極行ってとっ捕まえてきたのかと……」

「ねえスイ。聞きたいんだけど、この子ってなに食べても大丈夫？　ペンギンの雛なら、ペンギンの雛らしい食事をしないとダメ？」

「いや、化けているだけなら何だって食べるよ。生態まで完璧《かんぺき》な皇帝ペンギンに化けきる必要はないだろうしね」

「じゃあ雷おこしやおせんべいは問題なしか。おもちの好物だから、ダメだったらかわいそうだなって思ってたのよ」

　ほっぺを指でつつくと、突然おもちがジタバタ暴れて、私の腕から飛び出した。ボールの様に地面で一度バウンドして、そのままぺたんこ座り。よいしょよいしょと立ち上がって、薬局の中をペチペチ歩き回る。

　側でスイの従順な眷属である野菜の精たちが、ハラハラしながら見張っている……

「まあ、何でも食べるとはいえ餌の与えすぎは良くないよ。美味《おい》しいものを覚えるほどに、好き嫌いが出てくるし、食べすぎたら太るし。健康的な食事に心がけてあげてね」

　スイが何だか、漢方医らしいことを言ってる。

「ここ最近は、肥満が原因で漢方薬を求めてやってくる人多い。人間にも、あやかしにも」

「……あやかしも肥満とか気にする時代なのね」

「現代の浅草には美味しい食べ物が溢《あふ》れているからねえ。それに現代日本は超便利だ。移動するにも電車、バス、車。ほとんど歩かなくていいし、運動なんてものは意図的にやろうとしないと、マジでしない。俺もしないしー」

「僕は細っこいから、この中年太り一歩手前の酒乱よりよっぽど体形を維持できてます」

「ちょっと、人のこと中年太りとか酒乱とか言うなミカ君！　春にあった台東《たいとう》区あやかし定期検診では標準体形だったから。全然余裕だから……多分」

「あやかしに標準体形とかあるの？」

「あるある～。種族と年齢と霊力値で判断するんだよ」

「……霊力値？」

初めて聞いた単語だ。スイは「ああ」と、私の疑問を察する。

「真紀ちゃんは霊力値システムの導入を知らないんだっけ？　自分の霊力を数値で測るんだ。陰陽局《おんみようきよく》が各労働組合に、所属あやかしの霊力値の提出を求めている。まあ、戸籍もなく化けて別のものに成り代りやすいあやかしの、身分証明の一つって訳。霊力値って基本は生まれた時から変わらないみたいだから」

「へえぇ。今そんな風なの？　霊力なんて〝感じて悟れ〟みたいなもんだと思ってたけど」

「昔はそうだったけどね～。肌で感じて、相手の力量を測っていた。今はもっとシステマチックなんだな」

「スイ自分の霊力値知ってるの？」

「まあねえ。でもこれは個人情報だから、秘密だよ。いくら真紀ちゃんでもね」

口元に人差し指を当て、胡散臭いウインクをかますスイ。

「じゃあ年齢は？　ていうか覚えているの？」

「んー。それに関しては、大ざっぱに答えてる」

「要するにあまり覚えてないのね」

それにしても、あやかしにも身分証明が必要な時代、か。

墨田区《すみだ》と台東区一帯のあやかしたちが所属すべき〝浅草地下街あやかし労働組合〟は、サービスが手厚いので年に一度の定期検診もできるのだとか。あやかし専門の医者と病院って、浅草にもいくつかあるからね。

「おっと、そうだそうだ。ちょうど牛嶋《うしじま》神社の牛御前《うしごぜん》様からお茶の注文があってね。というわけでミカ君、おつかいを頼むよ。ついでにご挨拶《あいさつ》してきなさい」

「ええええええっ」

スイはおつかいの袋をミカに押し付けようとするが、ミカが頑《かたく》なに拒否している。

「なんでいつも僕ばかり！　僕もう外に出たくない！」

「俺の扶養に入れてご飯食べさせてあげてるんだから、そのくらいしなさい」

「偉そうに命令するなスイのくせに！」

「まあまあ。ミカが嫌なら私が行こうか？　牛御前には会いたいし」

私は二人の喧嘩《けんか》に割り込み、スイの手からひょいと袋を取った。

「ちょっと真紀ちゃん！　ミカ君を甘やかすの、それほんと良くないと思うよ俺は。昔っから末っ子に甘いんだから」

「そう？　でもこの前ボッコボコにしちゃったし、まだ怪我が治ってないかもしれないし」

「だから〜、それはそれで羨《うらや》ましい話な訳っ！」

訳のわからない事を力説するスイ。一方、ミカはブルブルと震えて首を振る。

「いっ、茨姫様にお使いをさせるなんて絶対ダメです！　そんなら僕が行きます！　隅田《すみだ》川《がわ》だって泳いで渡ってみせますよ！」

「結局どっちなんだいミカ君」

「ええい、うるさいスイ。僕のおつかいを邪魔するなコロすぞーっ！」

「はいはい……ったく」

スイは呆《あき》れ顔で首を振る。肩たたき棒でまた肩を叩きながら。

結局、私がミカのお使いについていくという形で丸くおさまった。

「よっと。おもち捕まえた」

「ペヒョ〜？」

あちこちフラフラ歩いて回っていたおもちを後ろから捕まえた。おもちは自分の羽の先を咥《くわ》えて、何だか訳の分からない顔をしている。よしよし、いい子いい子。

「いってらっしゃい。日が長いからって、帰るのが遅くならないようにね。百鬼夜行の後から、外部のあやかしや陰陽局の連中がここら辺をうろついているみたいだ。真紀ちゃん、君を探っているんだよ」

「……ええ。この前も変なのに襲われたし気をつけるわ。大丈夫」

「本当⁉　大丈夫かなあ大丈夫かなあ。俺もついていこうかなあ」

「スイはお店があるでしょ」

スイの過保護なお見送りのもと薬局を出て、私とミカは一番近くの商店街へと入った。

「…………」

それにしても周囲の視線が痛い。

行き交う観光客が物珍しげにチラチラとこちらを見ているのは、私がペンギンの雛を抱いているからではなく、どちらかというとミカが気になるからだ。

ミカは黒い浴衣に下駄姿。ここまでなら特に浅草で注目を受けるほどではないが、眼帯と晒《さら》されている左目の金の瞳が、かなり人間離れして見えるのかも。

一応ミカは、浅草地下街あやかし労働組合が発行した書類上では、フリーターの18歳ってことになっているらしい。でも見た目はもうちょっと若いかなー。

「茨姫様のお家《うち》はこの近所なんですか？」

「そうよ。ここ真っ直ぐ進んだところにある商店街のボロアパート。もうすぐ1階に馨が越してくるから、それがちょっと楽しみなの。あいつも一人暮らし開始よ。お引越しはミカにも手伝ってもらうからね」

「もちろんです！　酒呑童子様の生まれ変わりだと知らずに、あの方を……僕が傷つけてしまいました。できることがあれば、何でもして、償いたいです」

先月の騒動の罪悪感があるのか、ちょっと申し訳なさそうにシュンとしているミカ。

ミカはこう見えて、かつて茨木童子の夫だった酒呑童子の事も慕っていたから。

「大丈夫大丈夫。馨はもう元気だし、全く気にしてないっぽいから。今日も張り切ってアルバイトしてるもの！」

ミカの背をバシバシ叩いた。ミカは小さく咳《せ》き込む。

「ペヒョ〜」

「ん、どうしたの？　おもち」

浅草寺エリアは浅草寺を無数の商店街が囲む賑《にぎ》やかな界隈《かいわい》なのだが、そのちょうど西側に伸びる、日本でも珍しい木道の〝浅草西参道商店街〟を通っていた時だ。

おもちが右の羽である店を差した。

「……メロンパン」

大きな〝めろんぱん〟の看板が目に飛びこんできた。ここは、元来蕎麦屋《そばや》なのにジャンボめろんぱんがバカ売れしている浅草の有名店〝花月堂〟本店である。

「ああ……焼きたてメロンパンの良《い》い匂いっ」

実は、浅草は最近ちょっとしたメロンパンの聖地と化している。

パンということで外国人も食べやすいからか、これを目当てに来る観光客も多いとか。

香ばしい香りを無差別に撒《ま》き散らし、通行人を引き止める。なんと罪深い……

「おもち、メロンパン食べたいの？」

「ペヒョヒョ、ペヒョヒョヒョ」

激しく羽を羽ばたかせて鳴くおもち。

うん、私も食べたい。ミカも店のショーケースに並ぶメロンパンに目が釘付《くぎづ》けだ。

「ミカも食べる？　私、いくつか買うから一緒に食べましょうよ」

「そっ、そんな！　茨姫様に買っていただくなんて、めっそうもないです」

ミカはブンブンと顔の前で手を振る。慌てて自分のがま口小銭入れを取り出すが、中には十円玉三つと一円玉二つ……

ミカは着物の袖《そで》で目元を隠してしくしく泣く。

「遠慮しなくていいわ。あんたは私のかわいい眷属なんだから。普段あんたのことをスイに任せっぱなしだし、たまにはご主人様面したいわけ。言っとくけど、私が奢《おご》ってあげるのは相当レアよ」

「そ、それは……っ、勿体《もったい》無いお言葉ですが」

ミカは感極まった表情だ。でもやっぱり私にお金を出させるのが、どうにも情けないと感じてしまうらしい。

「分かった。ならお土産の味見ってことで、一つをみんなで分けあって食べましょう」

「え？」

「ちょっとおもちを抱いてて、ミカ」

さっそくお店の列に並ぶ。店員さんに、「すぐに食べますか」と尋ねられた。

ここにはすぐに食べる用の焼きたてと、持ち帰り用のあら熱をとったものがあるのだ。

注意書きには、焼きたては柔らかいが潰《つぶ》れやすく、あら熱をとったものの方が潰れにくく蒸れにくいとある。

「んー。じゃあ焼きたて一つと、あら熱とったの三つで」

あら熱をとった三つは、牛嶋神社の牛御前へのお土産だ。焼きたては私たちの分。

浅草寺付近での食べ歩きは実のところ禁止されているので、店内で食べるか、どこか座れる場所を探すかってところなんだけど……

「平日の夕方であれば、きっとあそこが空いているわね」

浅草寺の境内の、本堂に向かって右側には、石のベンチが並んだ一角がある。

ここでは浅草寺エリアで買った食べ物を食べたり、一休みできる休憩所となっているのだ。私たちはそこに座って、さっそくメロンパンを袋から取り出す。

表面のクッキー生地が凸凹を描いた、丸々と膨らんだ大きな焼きたて。

これが見た目のダイナミックさとは裏腹に、凄《すご》く軽くて柔らかい。

「あ。指で押さえたところが簡単に潰れちゃった。私ちょっぴり力強いから……」

「え……ちょっぴり？」

「でもメロンパンはメロンパンよ。ほら見てー中の生地……まだほかほか」

「うぐっ」

　ミカの口に三等分にしたメロンパンの一切れを押し込む。おもちも私の膝《ひざ》をしきりにゆさゆさしておねだりしていたので、おもちを膝に乗せて小さくちぎって与えた。

「おいしい……」

　その味に驚いたのか、片方の金の瞳《ひとみ》をパッチリと見開くミカ。

　メロンパンを両手で持って、小動物みたいにちょっとずつ食べているのが可愛い。

　私は二口で食べてしまった……

「もしかして、ミカはまだメロンパンって食べたことなかったの？」

「はい。僕、ずっと魔淵《まぶち》として鎌倉《かまくら》の川の中に引きこもっていましたし、あやかしたちがお供えしてくれていた食べ物は、握り飯と魚と漬物、あと酒が多くて」

「今は？　普通の人間みたいな生活を、スイのところでしてるでしょう？」

「スイが作るご飯は、やたらと辛い味付けの料理か、苦い薬草をつかったものばかりなんです。そういうのばっかり食べてます、今の僕」

「ああ、スイは中国生まれだから、中華料理が好きなのよ。あやかしにしちゃ辛党よね。……じゃあミカは初メロンパンか。でもこれ、なかなか美味《おい》しいでしょう？」

「はい。上部の亀の甲羅みたいなのが香ばしく焼けていて、でも中は綿のように軽くて。

甘さがくどくないので、すぐ食べられそうです」

「私なんて一瞬で食べてしまうから、いつも馨にドン引きされるのよね。でもね、浅草でメロンパンってのがいいのよ」

和菓子派の私でも、学校の帰りとか、時々これを頬張りたくなる。このクッキー生地のサクサクがたまらない。

「ところで……おもちがさっきから静かね」

私の膝の上にぺたんと座り込んで、すでに鼻ちょうちんを作って舟を漕《こ》ぐおもち。

「この鳥……寝てるんですか？」

「赤ちゃんみたいねえ。食べたらすぐに眠くなるんだわ」

おもちの嘴《くちばし》やもふもふのおなかにくっついたパンくずを払って、そのまま抱えた。

「じゃあ、そろそろ牛嶋神社に行きますか。あんまり遅くなると、浅草と言えど変なあやかしはいるし、もっというと変な人間もいる。世の中物騒だからねえ」

「そん時は僕が茨姫様のために戦います！」

「それはダメよミカ。あんた陰陽局に目をつけられてるんだから、大人しくしときなさい」

「あ、はい……」

「大丈夫大丈夫。私が守ってあげるから」

ぽんぽん、とミカの丸まった背中を叩《たた》く。ミカは椅子の上で膝を抱えて、またしくしく泣いてしまった。

目的地である牛嶋神社は、台東区と墨田区を隔てる隅田川にかかった〝言問橋《ことといばし》〟を渡ったすぐ先にある。この言問橋からは、大きなものに遮られることもなく天に向かって突っ切って伸びる東京スカイツリーを拝むことができる。

「見て。夕方のスカイツリーって乙よねえ。私、スカイツリーって好きなの」

日没を境に点灯するこの電波塔は、夏のこの時間帯はまだ薄いシルバーのまま、空の色に溶けるように佇《たたず》んでいる。

「巨大な建造物ですよね。僕はあれを初めて見た時、たまげて空から墜落しそうになりました」

「ミカは何百年も鎌倉の川の中に引き篭《こ》もっていたんだもの。当然びっくりよねえ」

「現代は驚きの連続です。僕は、自分がいかに時代に取り残されていたのか、あの事件の後に、やっと痛感したのです」

ミカは片方しかない瞳で、薄い色の空に伸びる、銀色の塔を見つめている。寂しげな、だけど確かに小さな感慨を抱く、純粋すぎる黄金の瞳。

陽の長い夏の夕方。橋を駆け抜ける、生暖かい強い風が、私の赤みがかった緩やかな髪と、ミカの細い黒髪をなびかせた。

「これからよ、ミカ。これから陽の当たる場所に出て、多くのことを知っていけばいいわ。誰もがあんたを責めても、私はあんたの味方だから」

「……茨姫様」

ミカは私をまっすぐに見つめ、また小さく微笑み、頷《うなず》く。

「よし！　僕もスイのお店でお小遣いを稼いだら、茨姫様にメロンパンを奢り返します！」

「その意気だわ。ここでお金を稼げるようになったら、立派な浅草あやかしよ」

素直なところは、千年前から変わらない。だからこそ、この子があんなに憎しみを抱いて、大きな騒動を起こしてしまったことが、私にはまだ信じられない。

でもそれは確かに、この子があやかしとして今後も背負っていかなければならない、一つの罪なのだった。

牛嶋神社は〝本所総鎮守《ほんじょ》〟と呼ばれる、格式高い神社だ。

なんと東京スカイツリーの氏神様でもある。鳥居越しに、スカイツリーが良く見えるのよね。

「だーるーまーしゃーんーがーコロんだー。あー？」

「動かざること山の如しでしゅ……」

隅田川に生息する、緑の生モノ。

もとい手鞠河童《てまりかっぱ》たちが境内で〝だるまさんがころんだ〟をしている。

またどこかで見たことのある牛鬼《ぎゅうき》たちが、毒気の抜けた顔で境内の掃除をしたり、社の屋根を修繕したりしている。あれって……合羽橋《かっぱばし》の地下工場で、手鞠河童たちに違法な労働を強いていた牛鬼たちじゃないかな？

そういえば牛嶋神社が彼らを受け入れたんだっけ。

ここでまた手鞠河童と牛鬼たちの共演を見られるとは思わなかった。

しかも手鞠河童たちに「きびきび働くでしゅ」と唾《つば》を吐かれている。一瞬のブラックな光景は見ないことにしよう……

ふと、古《いにしえ》の懐かしい香りを含む風に誘われ、私たちはここ牛嶋神社の社の手前にある、有名な〝三輪鳥居〟の方へと視線を向けた。

これは通常の鳥居の両脇に、少し低めの鳥居が繋《つな》がって造られたもので、とても珍しいらしいのだが。

「……あ、先に参拝客がいる」

拝殿の前で、熱心にお祈りをしている人がいる。

よく見たらうちの学校の学ランだ。後ろ姿だけが見えるので顔はわからない。

私とミカは三輪鳥居を越えて、手水舎《ちょうずや》で手を洗い学ラン男子の少し後ろに並んだ。

学ラン男子はさっきからブツブツと長いお祈りをしている。

「牛嶋神社の牛御前様。歴史ある我が明城《めいじよう》学園UMA《ユーマ》研究会の名誉のため、何としてでも学園祭で研究発表の場をもらい、あのいけ好かない副会長をぎゃふんと言わせることができますように。この僕に神のお力を～～」

……UMA研究会？　彼は勢い良く頭を下げて、バッとこちらを向いた。

「うわっ、っと、すみませんっ。僕、長かったですよね……ほんと、すみませんっ」

そして慌ただしくへこへこする。

「え、あ……茨木さんっ!?」

その男子は私の名をポロっと口にした。

至って普通の人間だ。私を狙う様な、あやかしでも無い。

同じ学校の生徒だと思うけど、あえて言う。……誰？

「ああっ、次は浅草寺浅草寺。お参りしに行かなくちゃ」

その子は寺社巡りでもしているのか、急ぎ足でここから立ち去ってしまった。

なんだったんだいったい……

「人の子ですね。茨姫様、お知り合いですか？」

「ん～？　同じ学校の生徒だろうけど、私は知らないな～」

何を必死に祈っていたのだろう。学園祭がどうのこうのって言ってたけど。

それって、九月にある明城学園の学園祭のことだろうか。

「そういやクラス委員長をしてる由理も、学園祭関係で忙しそうにしてるわ」

「学園祭って何ですか、茨姫様」

「学校のお祭りよ。文化祭って呼ばれることもあるけど。色々な催し物をしたり、文化部の日々の成果を発表したり……屋台の食べ物を売ったり食べたり、騒いで暴れて怒られたり。若さゆえの過ちで、好きでも無い奴に告ったり」

「へえー」

「ミカもスィと一緒においでなさい。お化け屋敷とか毎年あるわよ」

「お化け屋敷？」

「うん、まあ……あやかしのあんたたちを、作り物の妖怪《ようかい》で脅かそうってのは相当難易度高いけどね。あ、でも女装コンテストとかもあって、これが凄く笑えるのよー」

私たちは学園祭の話をしているうちに、参拝しようとしていたのを忘れてしまっていた。

ぶっちゃけこのまま「帰りましょっか」という流れだったのだが……

「ちっ、ちょっとおおおっ！　ここまで来てスルーは無いのですお母様！」

「あ……牛御前」

私たちを甲高い声で呼び止めたのは、薄桃色の長い髪を三つ編みにした、柔らかい目元の美しい女神だ。まあ、最初に目につくのはその巨乳なんだけど……

裾《すそ》の長い薄布の着物と、桃色の羽衣。頭に生えた牛の角が特徴的。ついでに牛の尻尾《しっぽ》もついてます。

「せっかく久々に会いに来てくれたのに、挨拶《あいさつ》も無しだなんて酷《ひど》いのです！」

「ごめんごめん」

頬を膨らませプンプンに怒っている彼女に、メロンパンの袋を差し出す。

「これメロンパン。お土産よ。牛御前、パン好きでしょう？」

「あ、大好きですぅ。ミルクたっぷり使ってるやつが特に。あ、このメロンパン、この前お昼のワイドショーで特集されてた凄《すご》いヤツ……」

……ふう、ちょろい女神め。

お昼のワイドショーまでしっかりチェックしている現代的な女神様ではあるが、この界《かい》隈《わい》ではかなりの影響力を持つ女神だ。

さて、ここにいる牛御前にまつわる「牛御前伝説」。

これは様々な文献に残っているとても有名な伝説で、浄瑠璃《じょうるり》の題材にもされている。

時は平安。

源満仲《みなもとのみつなか》という豪族の下に、三年三ヶ月の妊娠期間を経て生まれた、牛の角と尾の生えた娘がいた。祟《たた》りだと恐れた源満仲は彼女を殺害しようとするが、この娘は心優しい〝とあるあやかし夫婦〟によって救われ、山中でひっそりと育てられる事になる。

しかし源満仲は、自らの娘を殺すことを諦《あきら》めなかった。

あろうことか、平安時代最強の退魔師でもあった息子・源頼光《よりみつ》に、娘を討伐するよう命じる。実の父と兄によって命を狙われた哀れな彼女は、今で言うこの関東の浅草にまで逃げ延び、隅田川に追い詰められ身を投げ込む。隅田川の神々やあやかしたちが彼女を助けたことで、なんとか頼光の軍勢を追い払ったのだとか……

そして彼女は、自分を救ってくれたこの地に恩返しをすべく、牛御前として牛嶋神社で祀《まつ》られる鎮守神となった。

ちなみに今の話に出てきた〝とあるあやかし夫婦〟ってのが、酒呑童子と茨木童子。

要するに私は前世で、ここ牛嶋神社の女神様である牛御前を人間の魔の手から救い出し、一時期我が子の様に育てていたのだ。

だから彼女は、今でも私を〝お母様〟と呼び、慕ってくれている。

人の子として生まれたはずなのにあやかしと成り果て、どんなに蔑《さげす》まれ命を狙われても、生きて生きて、生き抜いて。この地にたどり着き、今ではここ一帯を見守る神として祀られているのだから、私は鼻が高いわよ……

「お母様、先日はわたくしの子孫がご迷惑をおかけしたみたいですね。今はここでこき使っているので、安心してくださいまし」

「う、うん。なんかさっきから気になってはいたんだけど。あちこちで牛鬼が神社の修繕をさせられてるわね。ほがらかな顔して」
ここの牛鬼たちは以前、合羽橋に秘密の地下工場を作り、隅田川の手鞠河童たちを低賃金で奴隷の如く働かせていた。手鞠河童たちと深く交流のある女神として、また牛鬼の先祖として、牛御前は彼らの教育係を買って出たのだった。

「もうそりゃ、ビシビシバシバシ、ギリギリぐりぐりと。日々教育的指導をしてますから」

「相変わらずドSねー。誰に似たんだか」

「うふふ。可愛い可愛い隅田川の手鞠河童ちゃんたちにした仕打ちを、身にしみて分かってもらわなければなりませんからねえ」

牛御前の纏《まと》う空気が変わった。
神様らしい厳かな神力をピリピリさせて、ここの牛鬼たちを刺激している。
しかし牛鬼たちは何かゾクゾクしてるし嬉《うれ》しそう……。え、なにこの空間。

「ところで牛御前。あんたに子孫が居たとは驚きよ。恋愛アンチじゃなかったっけ？」

「…………」

空気がまた変わる。牛御前は固まり、そのまま哀愁を漂わせ遠い目をしてしまった。

「そこをツッコミますかお母様。わたくしにもかつて、一人の男に夢中になって恋にうつつをぬかす、ヤンチャな時代があったのです……」

「……ヤンチャな時代って」

「今となっては、男に頼らず一人たくましく女神業に勤《いそ》しみ、東京スカイツリーと隅田川を見守ろうと……それも一つの幸せってスタンスです。おかげで恋多き吉原《よしわら》神社の弁財天にバカにされますけど……女として終わってるって」

「母親ポジションとしても、あんたのそういうとこ少し心配になっちゃうわね……」

うーん。これは過去に男関係で痛い目に遭って、何かを拗《こじ》らせてしまった感じだわ。

「お母様が羨《うらや》ましいのです。お父様みたいな一途で素敵な男性と、もう一度巡り合って恋をするなんて。わたくしもそんな運命の出会いが欲しかったのです。お父様は理想の旦那《だんな》様ですよ。今日はお父様、いらっしゃらないのですか？」

「お父様？　お父様は近所のラーメン屋でアルバイト中だから。帰りに合流するつもり」

「うふふ。相変わらず、仲睦《なかむつ》まじいご夫婦ですね」

「あはは、そうかなー」

馨がいたら、ここですかさず「かかあ天下なだけだ」とか言いそう。

「ところで、わたくしさっきから気になっていたのですけど、お母様の傍にいるのはもしかして……もしかしなくとも八咫烏の深影様ですか？」

「い、今さらかっ！」

今の今までスルーされてたミカは、ちょっと機嫌が悪そう。

かつて茨木童子の四眷属《けんぞく》の一人だったミカも、牛御前とは知り合いだ。

当時、幼くおてんば、かつドSだった牛御前に、ぶちぶちとカラスの羽を毟《むし》り取られた事を覚えているのだろうか。ミカの警戒心が半端ない。

「ペヒョ～、ペヒョ～」

突然、私の抱えていたおもちがジタバタと暴れた。

おもちからしたら私たちの会話よりも、神社の境内にいる手鞠河童に興味津々みたい。

「ミカ、おもちを見ていてくれる。私、ちょっと牛御前とお話があるから」

「はい、分かりました」

おもちを地面に下ろすと、よちよちと可愛らしく歩いて、御神木の根元でだるまさんがころんだをして遊んでいる手鞠河童たちに近寄っていく。しかし、仲間に入りたいのにどうしたらいいのか分からず固まっている姿が切ない……

それをミカが、「頑張れ雛鳥《ひなどり》……っ」と手に汗握って見守っている。

なんだかんだと言って、歳の離れた鳥系あやかしの兄弟みたいで微笑ましい。

「あ。そうだ牛御前、これ千夜漢方薬局から。注文のお茶のこと忘れてたわ」

肩掛けの学生鞄《かばん》の中から、お茶の包みを取り出して牛御前に手渡す。

「まあ、ありがとうございます。わざわざお母様が持ってきてくださったのですか？」

「本当はミカがお使いを頼まれたんだけどね。でも私は、ミカとも牛御前とも、ゆっくりお話しがしたかったから」

「……相変わらずですね、お母様は」

牛御前はお茶の袋を受け取ると、拝殿の脇からスッと姿を現した大男に「お茶を淹《い》れておいで」と命令していた。

ん。この大男にもなんか見覚えがある。頬に傷があり、強面《こわもて》の……

「ああっ、あんた工場長！」

「へい！　お勤めご苦労様です、茨木の姐《あね》さん！」

「……なんか雰囲気変わった？」

「へい！　俺はもう牛御前様の忠実なる僕《しもべ》でございやす。本所総鎮守の牛御前様の為に、この命尽きるまで隅田川の平和を守る所存……」

「すっかり調教されてるわね〜」

牛鬼の工場長・元太《げんた》。春に合羽橋の地下で、一戦交えた事がある。

あの時はもっとこう、いかにも悪いことしてますって感じのおっさんだったのに、すっかり人の良さそうな笑顔を教え込まれている。別人だな、これは。

牛御前は拝殿の階段に腰をおろし、遠い遠い何かを思い出すように、ふとこんなことを言った。

「私は今でも、お母様とお父様に感謝しています」

「……千年前の話をしているのかしら」

「ふふ。ええ、そうですよ」

牛御前は袖《そで》を口元に当てコロコロと笑う。

しかしすぐに、その微笑みは憂いを帯びたものに変わった。

「あやかしと成り果て、父と兄に殺されそうになっていた私を救い出し、育てて下さった。あなた方は私を含め、居場所の無いあやかしたちに居場所を与え、惜しみない愛情を注いでいた。……最後はわたくしを、この土地まで逃がしてくださった」

「当たり前だわ。あなたは私たちの、大事な娘だったもの。失うのが嫌だったから、どこまでもあいつらから逃げて欲しかった」

元太が持ってきたお茶を、一口すする。

良《い》い香り。これは……あんずのお茶だわ。

古くからある香りって、懐かしい気持ちを呼び起こしてくれる。

牛御前は、あの小さな牛のちい姫だった頃から、あんずが好きだったな。

「お母様。わたくしは少し不思議に思うのです。あなた方が再びこの世に生まれ、こうして出会えたことを」

「牛御前は神様なのに、何かを不思議に思うことがあるの？」

「……ええ、もちろん。だってあなた方は神々と同等……いえ、それ以上の力を持っていた大妖怪《ようかい》でした。あなた方の運命を測ることなど、私たちでも不可能です」

「……運命、ねえ」

「でも、想像はできます。例えばあのまま平安の時代を生きながらえていれば、あなた方は確実に、この現世におけるあやかしたちの立場を変えていたでしょうから」

「…………」

「ここは人間たちの世界〝現世〟。だけど、酒呑童子と茨木童子、この番《つがい》の鬼は、その歴史を変えていたかもしれない存在でした。例えば、あなた方が源頼光および安倍晴明《あべのせいめい》に敗北しなかったら。倒されるのがもう少し遅かったら……。あなた方に、その血を継ぐ本当の〝子〟が居たのなら……現世《ここ》は、あやかしの世界になっていたかもしれない」

「ふふ……冗談やめてよ、牛御前」

皮肉な笑みがこぼれた。

遥《はる》か昔の、もしもの話をしたところで、今世で幸せになれるわけでもないからね。

「申し訳ありません、お母様。ですが……わたくしは少しだけ不安なのです」

「……不安？」

牛御前は空を見上げる。そして、彼女のすみれ色の瞳《ひとみ》は大きく揺れた。

まるで、神として何かを予感しているよう。

夕空はそろそろ夜の空気を帯び始め、空には星が姿を現す。黄昏《たそがれ》時の終わりだ。

ねえ……いったい何が不安なの？

「おい！」

ふと、風の流れが……神社に満ちた霊気の匂いが変わった。

「あ……。あいつ」

参道の先で、こちらをギロリと睨《にら》みつけている不良風の少年がいる。

微妙に伸びたオレンジの髪を後ろでちょんと結っていて、前ボタンを全開にした制服のシャツの下には「無敵」って書かれた派手な赤いTシャツが覗《のぞ》く。

色々な意味で腹立つ出《い》で立ちだ。

あいつの名は、確か——そう、津場木茜《つばきあかね》。

前回の百鬼夜行で出会った、陰陽局《おんみょうきょく》の退魔師だ。背に竹刀袋を背負っているけれど、中にはあの時も持っていた、対あやかし用の刀が入ってるんでしょうね。

「ちょっと、何メンチ切ってんのよ。ていうかいつの間にそんなところにいたの」

「チッ。うるせえよ」

奴はこんな悪態をついた。しかし律儀に鳥居の足元で一礼し、参道の脇を歩き、いちいち手水舎で手を洗い、やっとここまでやってくる。

「俺は青桐《あおぎり》さんに頼まれてここに来ただけだ。茨木真紀、あんたには一度陰陽局で話を聞かせてもらう」

「…………」

あ、あんまり格好つかないな……

なんて思っていたら、津場木茜はそれを察したみたいで「今の流れ、かっこ悪いとか思ってんだろ……チッ」とか言って舌打ちしてた。自覚あったんだな。

「まあまあ、茜君じゃないですか。学校の帰りですか？」

「……ん。牛御前様に。奉納の品っす」

びっくりしたのは、牛御前がこいつを普通に知っていたこと。そして津場木茜も、当たり前の様に牛御前に菓子折りを手渡していたことだ。

「う、牛御前……この不良退魔師と知り合いなの⁉」

「ほほほ。だってスカイツリーには陰陽局の支部がありますものね。茜さんはそこの所属ですし、私はスカイツリーの氏神ですから」

「ちょっと、なんでかつての敵と仲良くしてるのよ牛御前！」

「おほほ。時代は変わるのですよお母様。ビジネスライクというものです」

騒がしくしていると、ミカもおもちを抱えてこちらまで戻ってきた。

津場木茜はミカの方を一瞥《いちべつ》すると、また舌打ちをする。

「おい、うだうだ言ってねえでさっさと来い。そこのカラス野郎も連れて来いよな」

「……陰陽局のお呼び出しってことは、いよいよ〝深影〟の処分が決まったってこと？」

私とこいつの視線がぶつかり、少しの沈黙ができる。

「…………」

「でもねミカン坊や」

「ミカン坊や⁉」

「私は牛御前とお話をしているところなの。私に命令するんじゃなくて、牛御前に許可を取ったらどう？　一応、あんたのところがお世話になってる氏神なんでしょ」

元大妖怪らしい悪人面して、ニヤァと笑ってみせた。津場木茜はこれにムカーッと腹が立ったみたいだが、その割には素直に牛御前と向き合う。

「……すみません牛御前様、茨木真紀と八咫烏の深影をお借りしてもよろしいでしょうか」

「仕方が無いですね。あなたの頼みとあれば、聞かない訳にはいきません。もう少しお話ししたかったので残念ですが、連れておいきなさい」

「あれ？　牛御前、簡単に私たちを売ったわね？」

牛御前は「おほほ」と笑って、菓子折りのチーズスフレの包装紙をすでに破る体勢。

……し、仕方がない。誰かさんに似て牛御前も食い意地張ってたからな。

「この埋め合わせは必ずしします」

津場木茜は、意外にも律儀な態度だった。

牛御前は頷《うなず》き、立ち上がって制服のスカートを整えている私に向き直る。

「お母様、今度お父様と一緒にまた来てくださいな」

「……陰陽局から生きて戻ってきたらね」

「ふふ、そんなに警戒しなくとも、大丈夫ですよ」

牛御前は上品に手を振りながら、牛鬼や手鞠河童たちと共に私たちを見送った。

あの子はああ言うけれど、本当に、大丈夫かな……

「おら、さっさと乗れ」

「あいたっ！」

牛御前の言葉も儚《はかな》く、私はさっそく、神社の前に止められていた黒塗りの車に蹴《け》って乗せられた。ほら、見てこの仕打ち！

「こら貴様！　茨姫様に乱暴なことをするな殺すぞ……っ！」

これにミカがプンスカ怒ったんだけど、津場木茜も負けじとガンを飛ばす。

「ああ？　てめえこのカラス野郎、色々と見逃してもらってる自分の立場が分かってねえのかよ。少しでも妙なマネしやがったら、俺が問答無用でてめえを斬るぞ」

私はミカをなだめた。

津場木茜の霊力の緊張感から、その言葉が嘘ではないことは分かる。

「ミカ。ちっこいカラスになんなさい。これは命令よ」

「し、しかし茨姫様……っ」

「大丈夫大丈夫。私、もう人間だもの……」

ミカに命じて、力を制限した姿である、三つ足の愛らしい小カラスになってもらった。

この緊迫した空気の中、おもちだけが「ペヒョッ」と鳴く。今まで自分を抱きかかえていた者がカラスになったので、驚いたのだろう。

……前の座席に座る津場木茜が、車の鏡越しにこっちを睨んでいる。

私は二匹の、愛しい鳥のあやかしを膝《ひざ》に抱え、ぎゅっと抱きしめた。

今世こそ、幸せになりたい。

その目的を忘れる事がなければ、守るべきものは自《おの》ずと導き出されるはずだ。

だけど……

人間なんかに、支配されてたまるものか。

その思いは、やはり今でも、私の中で燻《くすぶ》っているのである。

第三話　陰陽局・東京スカイツリー支部

東京スカイツリーイーストタワー。

それは、東京のシンボルでもある電波塔〝東京スカイツリー〟に隣接される形で伸びる、複合型高層オフィスビルである。

陰陽局の〝東京スカイツリー支部〟というのがここに入っているらしいのだが……

「ちょっと、なによこれ」

22階のエレベーター乗り換えの際、津場木茜《つばききあかね》は私の背中に謎の黒い霊符を貼り付けた。

乱暴に、ベシッとね。

「ここにいる間はそれを貼ってろ。つーかそれが無いと陰陽局には入れねえ」

超へんてこなことに、陰陽局の支部は各階層に存在するオフィスや店舗などを表記する看板に書かれておらず、その存在自体、28・5階という隠し階層に存在するのだ。

津場木茜にはそこへ入る権利があらかじめあるのだろうが、私がそこに入るには、許可の命令が記された霊符がなければならないのだ。

なんだかこういうの見ると、凄《すご》い凄いと思っていた浅草《あさくさ》地下街の事務所のセキュリティが陳腐に見えるわね……

さて。当たり前の様にエレベーターは28・5階に止まった。

そこを出て、何もない無機質かつ真っ白な一本通路をまっすぐ進むと、晴明桔梗印《せいめいききょう》の記された扉に出会う。

「これ、とんでもない密度の結界ね。三重？　いや、五重？」

九字を用いた結界をデジタル処理して、少しずつずらしながら五重に張り巡らせている。

古い時代の結界より薄くて頑丈、低燃費。現代の術って凄いわね。

「ふふん、すげーだろ。どんな大物あやかしでも通しゃしねーぜ」

彼が得意げに扉の前に手をかざすと、それは自動ドアのようにスッと開いた。

どうやら陰陽局の人間の霊力を感知すると、開く仕組みになっているみたい。

「ようこそおいでくださいました」

扉の先で待っていたのは、ビジネススーツ姿の、清潔感溢《あふ》れる眼鏡の青年だ。

私、この人の名刺を持っている。確か名前は、青桐拓海《あおぎりたくみ》……

彼もまた陰陽局に所属する退魔師の一人だ。

私の探るような視線に気がついたのか、青桐さんはニコリと人の良さそうな笑顔になる。

「お久しぶりです、茨木真紀《いばらきまき》さん。百鬼夜行の際は、お世話になりました」

「……すっかり名前も調べられているってわけ。あの時、私は名乗らなかったはずだけど」

津場木茜も私の名前を呼んでいたし、当たり前といえば当たり前なんだけど……

私が皮肉っぽいことを言ったので、青桐さんは苦笑いして後頭部を撫《な》でていた。

「すみません、警戒してしまいますよね、このような急の呼び出し。ですがご安心を。我々はあなたに害を成す存在ではありません。東京の陰陽局は親妖《しんよう》派を掲げておりますから」

「親妖派？　でも鎌倉妖怪《かまくらようかい》を、あの場所から追い出したんでしょう？　そのせいで浅草が大変なことになったっていうのに」

「いえ……その、同じ陰陽局の名を掲げているので言い訳はできませんが、あれを実行したのは京都総本部の者たちです。総本部には過激な者たちが多いですから」

「…………」

肩に留まるちっこいカラス姿のミカも、じーっと青桐さんを睨んでいる。

この件について、ミカは無視できないだろうから。

「ここではなんですから、こちらへ」

青桐さんは私たちを、扉の向こう側へと招いた。さらに通路を歩く。

「……見られてるわねえ」

どこからか無数の視線と、ピリピリと鋭い霊力を感じ取ることができる。通路で人と出会うことは無かったが、皆、隠れてこちらを窺《うかが》っているのだ。しかし……

「さっきからすっげー気になってんだけど、そのペンギンはなんだ？　すみだ水族館に返して来いよ」

私の斜め後ろを歩いていた津場木茜が、いよいよおもちにつっこんだ。

「今の今まで何にも言ってこなかったくせに」

「あんたを連れてくるのに必死だったんだよ！」

……へえ。こいつ常に半ギレだったけど、一応必死だったのか。

なんだかんだ言っても子供よねえ。かわいいところもあるじゃないのよ。

「この子、本当はツキツグミなの。ねーおもちー」

「ペヒョ〜」

おもちの羽を持ち上げ、パタパタさせる。ほーらこんなに愛らしい。

「へえっ！　この子ツキツグミだったんですか？　上手に化けていますねえ。偉いですねえ可愛いですねえ」

前にいた青桐さんが勢いよく振り返り、こっちの想定以上におもちに大興奮。

おもちが青桐さんに向かって首を伸ばしたので、なんとなく流れで青桐さんが抱っこすることに。青桐さんはほっこり笑顔で、ふわふわのおもちを撫でている。

……この人、陰陽局の人間なのに、あやかしが好きなのかな。

「ちょっと青桐さん、そいつあざとい見た目してるけど化けたあやかし！　安易に触れないでください、あんたほんと、いつかぜってー呪われるっ！」

「えー、いいじゃないですか茜君。我々は何も、あやかしを退治するだけが役目ではありません。あやかしを知り、触れ合いを大事にしなければ。ほら可愛らしいですよ！」

「げっ！　ちょっ、あやかしとかこっちに向けないでください！」

津場木茜は青桐さんと違って、心底あやかしが嫌いみたいだ。

嫌いというか苦手なのか。おもちみたいなかわいい子でも、近づけられると蒼白《そうはく》な顔になってるし。

「ああ、すみません。私、どうもこの手の愛らしいあやかしに弱くて。どうぞこちらへ。そちらのソファにお座りください」

おもちに夢中になっていた青桐さんだが、私がぼけっとして立ち尽くしていたのに気がつき、ある部屋へと案内した。

そこはいたって普通の、小綺麗《こぎれい》な応接室。

だけど不釣り合いなお香の香りと、四隅の盛り塩と……

いたるところに張り巡らされた結界に、気がつかない私ではないわよ。

「単刀直入に確認します。茨木真紀さん、あなたは……確かに茨木童子《どうじ》の生まれ変わりなんですか？」

青桐さんの最初の質問は、まさに直球だった。

「ふん。名前からすでに茨木ってあるでしょ。要するにそういうことよ」

「いや、それは偶然なのか何なのか。……すごいですね、なんか」

「私も自分の名字が茨木だったのには運命感じたわ」

ミカを肩に乗せたまま、私はどうでも良い話を偉そうに語り、腕と足を組んだ。

ついでに私の隣で、おもちが用意してもらった棒キャンディーをペロペロしている。

「逆に聞くけど……何をどう話したら、私の前世が茨木童子だったたっていう証明になるの？　今更違いますって言ったら、あんたたちは私を見逃してくれるわけ？」

「……すみません。まどろっこしい尋ね方でしたね。いえ、その……あなたが茨木童子の生まれ変わりであるというのは、眷属《けんぞく》であった八咫烏《やたがらす》〝深影《みかげ》〟の証言、またこちらで回収した茨木童子の大太刀〝滝夜叉姫《たきやしゃ》〟の存在で、我々は確信しています」

「あっ、そうよ！　滝夜叉姫は私の刀だったんだから、返して」

ダメ元で手を差し出してみたが、やはり「無理だバカッ！」と津場木茜に怒鳴られる。

「申し訳ありませんが、あの大太刀をあなたにお返しする訳にはいきません。それは、あなたが茨木童子の生まれ変わりだと証明されても、です」

「まあ軽く銃刀法違反だしね。……で、結局どうやって証明するのよ」

「こちらで霊力値を測らせていただければ、歴史上に残っている茨木童子の霊力値の記録と照らし合わせて立証、というところなのですが」

「霊力値で……立証？」

私は現世に生まれ変わって霊力値など測ったことはないが、スイが定期的に行くあやかしの健康診断では、ここ最近霊力値を測るとか言っていたな。

「個人が保有する霊力限界値は、人もあやかしも、基本は一生変わることなどありません。なので労働組合などに入っているあやかしはそれを測り、その後の身分証明、本人確認の際に利用されます。あやかしは化けるものですから、霊力値が一致するかどうかで特定をするわけです。この数値は、真面目に生きるあやかしたちを守る為のものでもあります

「……ふーん、なるほどねえ」

理屈はわかった。しかしふと、不思議に思ったこともある。

「……ん？　でもよくよく考えたら、あんたたちどうして茨木童子の霊力値なんか知ってるの？　茨木童子が生きていた時代は、霊力値なんて概念無かったけど」

「…………」

この質問に、青桐さんと津場木茜は顔を見合わせ、きょとんとした。なにその反応。

「それは、秘密です」

そしてこの青桐さんの笑顔である。メガネが妖《あや》しく光っております。

「で、数値を測って私をどうするの。もしかして、どっかの研究施設に閉じ込めて朝から晩まであんなことやこんなことを……っ。そんな海外ドラマを昨日観たわよ！」

「チッ。被害妄想の激しい女だな。あんたに関してはそれでもう終わりだっつーの。あとはそこのカラスを今後どうするつもりかって話をするんだよ。あんたが主人なんだろ」

「津場木茜、あんたカルシウム足りてる？」

「はあ⁉　毎日コーヒー牛乳飲んでるっつの！」

やはりキレ気味にテーブルを蹴《け》る足ぐせの悪いヤンキー。「こら茜君！」と青桐さんに怒られている。

「まあいいわ、そんなにいうのなら私の霊力値ってのを測りなさい。……でもどうやって測るの、それ」

「それなんですけど、これを使います！」

青桐さんは得意げに眼鏡を光らせ、ドーンと机の下から大きな盤を取り出した。

文字や記号の描かれた四角い板に、高さのある円盤がのっかっている。その円盤の中心には、密度の高い霊力が込められた、特殊な水晶体が埋め込まれている。

「……知ってるこれ。陰陽師《おんみょうじ》が使う式盤でしょう」

昔、こういうの使ってる陰陽師がいた……

前世の話だ。その人は、多くのあやかしに狙われ悪霊にとりつかれやすい体質だった私を、幼い頃から守ってくれた陰陽師だった。

かの有名な、安倍晴明《あべのせいめい》。

最初は頼りにしていた私の恩人だったのに……最後には、私の仇《かたき》となった者。

「おっしゃる通り、これは式盤です。しかし通常の式盤とは違い、中央の水晶に触れた者の霊力値を測る機能を搭載した、デジタル式盤でして……」

「要するに、ここに触れてみろってこと？」

「ええ。ただ少し、本人の血が必要でして」

「良いわよ、別に」

青桐さんは細い針を用意していたみたいだが、私は迷わず自分の親指を噛《か》んで、血が溢れたところで式盤の水晶に親指を押し付けた。

青桐さんはともかく、あの津場木茜ですら、びびった顔をしている。

「だ、大丈夫か……痛そうだぞ」

「このくらい平気よ。ていうかなんであんた私の心配してんのよ津場木茜」

「はあ⁉　心配とかしてねーし」

「あはは。茜君は女の子が怪我するの苦手なんですよね」

「は、はああ⁉　そんなんじゃねーし！」

照れてるのかキレてるのかよく分からないヤンキー。

こいつコーヒー牛乳を飲むより、にぼし食べた方がいいんじゃないの。

「ま、怪我なんかして帰ると、馨《かおる》に何言われるか分かんないけど……」

私がぼろっとこぼしたその名に、青桐さんの目の色が少し変わった。

百鬼夜行でぬらりひょんと戦い、深影に深手を負わされた馨の名を、しっかり把握している。馨のことも気に掛けている証拠だ。

そのことに気を取られ、式盤から意識が離れてしまっていたが……

「⁉」

私の血を吸い込んだ水晶が、突如赤黒く濁った。

かと思ったら、式盤の文字が朱色の光を放ち、式盤から離れ私の周りを囲む。

「これ……っ」

文字は私の体にベタベタと張り付いて、滲《にじ》みながら体内へと染み込んでいく。

霊力値を測る？　違う、それだけじゃない。

「ち……っ」

指が水晶から離れない。離してくれない。

私の血を糧に……もしかして、記憶を暴こうとしているの？

「中止！　中止中止ぃっ‼　ええいっ、ぶち壊しパンチ‼」

「⁉」

式盤に押し付けていた親指を無理やり引き剝《は》がし、私はそのまま拳《こぶし》を作って、式盤にぶち壊しパンチを決め込む。とりあえず物理的に何かを壊したい時に繰り出すただの霊力パンチだ。ついでに場の空気も壊します。

式盤は当然、大きな音を立て、水晶片を撒《ま》き散らしてバキバキに割れた。

青桐さんと津場木茜は口をあんぐりさせ、言葉も無い、と。

だってテーブルも瓦《かわら》割りみたいに半分に割れちゃったからね。

「はあ……はあ……久々に本気のぶち壊しパンチ繰り出したわ」

私の拳は血まみれだった。水晶から無理やり親指を引き剝がしたっていうのもあるけれど、そのままパンチ決めたせいだと思う……

「おい！」

津場木茜は私の拳の血を多少気にしながらも、テーブルの残骸《ざんがい》越しに私の胸ぐらを掴《つか》む。

「霊力値を測る前に、うちの最新デジタル式盤をぶち壊しやがって……やっぱり人間の皮を被《かぶ》ったあやかしなんだろ、あんた。色々と普通じゃねーよ」

「…………」

私は何も答えなかった。ただ目の前の少年を見据える。

しかしこれに我慢ならなかったのは、私ではなく、大人しく肩に留まっていたミカだ。

彼はカラスから人の姿に化け直し、私の胸ぐらを掴む津場木茜の腕を掴んだ。

「あやかしを斬り続けた薄汚れた手で、茨姫《いばらひめ》様に触れるな人間の小童《こわっぱ》……殺すぞ」

黄金の瞳《ひとみ》は怒りを帯び、妖しく煌《きら》めく。

「チッ。そんなに死にたきゃ、俺が今ここで直々に斬ってやったって良いんだぞ。こんな要注意女の眷属、やっぱ生かしておけねー」

津場木茜はミカを睨《にら》みつけながら、言葉を吐き捨てる。

「あやかしは醜い。あやかしは卑劣だ。あやかしのせいで俺たち津場木家が背負った呪いの数を知っているか！……人に害をなす可能性があるのなら、俺はいつだって、この〝髭切《ひげきり》〟で、あやかしを……っ」

津場木茜は後ろに置いていた刀をチラリと見た。こいつがずっと持っていたものだ。

……そうか。この刀〝髭切〟だったんだ。

これは昔、茨木童子の腕を切った名刀で、私とは因縁深い代物だ。当時は、渡辺綱《わたなべのつな》という、頼光《よりみつ》の配下の者の刀だったけれど。

それと、この津場木茜という少年。あやかしに相当な憎しみを抱いている……

「茜君、やめなさい」

青桐さんが淡々と制した。津場木茜は物言いたげな横目で青桐さんを見たが、すぐに舌打ちをしてソファにドカッと座り込む。

私もミカに目配せする。ミカは無言の命令に素直に従い、再び小カラスに化けた。

「すみません茨木さん。式盤の調子が、少しおかしかったみたいですね」

「ふうん。そういうことにするんだ」

青桐さんは何も答えず、ただ眼鏡を静かに押し上げた。

そして懐からハンカチと霊符を取り出す。

「茨木さん、まずは手の治療を――……」

私の手の怪我を理由に、この人が話題を逸《そ》らした、その時だ。

「ちわーっす。出前お持ちしましたー」

緊迫感のある空気の中、勢い良く部屋の扉を開いた者が一人。

黒髪黒目、長身の美男。しかし手に出前箱を持ったラーメン屋のアルバイタースタイル。

「ええ、なんで⁉　馨っ！！？」

さすがの私もびっくり。馨だ。

「は⁉　どういうことだ、いったいどこから入ってきたんだよ！」

彼の登場にかなりビビったのか、津場木茜がソファを乗り越え、馨を前に抜刀する。

馨の後ろからは陰陽局の者と思われる奴らが数人、慌てて追いかけ、馨を囲んでいた。

要するに馨の出現は、ここの者たちですらすぐに気がつけないものだったのだ。

しかし馨はしらっとした表情のまま「はい」と津場木茜に出前箱を押し付ける。

「……って、ふざけんじゃねえええええ！」

これにイラついた津場木茜が刀を思い切り振ったものだから、出前箱がぱっくり斜めに切り落とされる。

「中身はすでにデリバリー済みだ。問題無い！」

キリッ。

馨のキリッと顔は素敵だけど、タイミングがあんまりかっこよくない……

意味不明な展開に、津場木茜は刀をプルプル震わせたまま、「はあ？　はあああ⁇」と。

混乱とイライラが複雑に混ざり合っている感じ。うん、まあそうなるわよね。

「真紀、お前こんなところで何してるんだ。オフィスのおっさんたちに出前を持ってきたんだが、エレベーターの乗り換え階でお前を見かけて……怪しいと思って慌てて探した」

馨がひそひそと、私の耳元で。私もひそひそと返す。

「あれ、もしかして浮気でも心配した？」

「は？　別にそういう訳じゃないが……」

もごもご。なんか言ってる馨。

「ていうか馨、ここすごい結界が張られてたでしょ？　よく入ってこれたわね」

「結界に完璧《かんぺき》は無い。非常階段から登って、途中で壁に結界の隙間を見つけた。何かの時の避難用の通路？　が上手《うま》く隠されていたが、まあ、九字を解いてそこから入った」

「………」

「ここは陰陽局だろ。俺ここのオフィスに出前で来るから、支部があるの勘付いてたぞ」

あの結界は、現代の術師たちの英知の結晶だったはず──

一般人に結界を通られたとあって、陰陽局の人間たちは内心穏やかではないだろう。

だけど、そうね。それは馨にとって、苦戦する代物ではないのかも。

だって馨は、あやかしたちがいまだ活用する高等結界術〝狭間《はざま》〟を生み出した大妖怪《ようかい》、酒呑童子《しゅてんどうじ》の生まれ変わりだもの。

あやかしたちが迫害されていた、あの平安の時代。

酒呑童子が狭間を生み出したおかげで、あやかしは全滅せずにすんだと言われている。

「あああっ！　お前、手！　なんだそれ、血まみれじゃないか……っ」

今更、ポッタポッタと拳から血を流す私に気がついた馨。

ぎゅっと眉間《みけん》にシワを寄せ、腰に挟んでいた綺麗《きれい》な手ぬぐいで私の拳をグローブみたいに包み込んだ。馨は私が怪我をするのをとことん嫌がる。

そして馨は、状況を見ている青桐さんや、いまだ構えている津場木茜を、ブリザード吹き荒れる冷たい無表情で睨みつけた。

「……こんな場所に真紀を連れ込んで、いったい何してやがった……真紀を怪我させたのもお前たちか……」

淡々とした怒りに呼応した霊力。

じわりじわりと迫るものに、ここの連中は気がついただろう。

青桐さんや津場木茜、ここに集っていた他の陰陽局の者たちを、馨は順番に確認している様だった。

そう言えば、馨は青桐さんやこのオレンジ頭のヤンキーを知らないんだった。

「落ち着いて馨。大した怪我じゃないわよ」

馨が本気で怒ると手に負えないので、いまだペロペロキャンディーに夢中のおもちを片手で抱き上げ、馨に押し付ける。

愛くるしいおもちを見てると、心落ち着くでしょ？

「チッ。いきなり乗り込んできて、ふざけたこと言ってんじゃねーよタコッ。そこの馬鹿力女が怪我したのは、そいつがうちの超高額式盤をぶっ壊したからだ！」

「……え」

馨、今の今まで余裕な立ち振る舞いだったのに、諸々の残骸を見て、何を悟ったのか冷や汗タラリ。

「自業自得だっつーんだ。弁償してもらってもいいんだぞ。一千万!!」

「す……っ、すみませんすみませんっ。ほら真紀、とりあえずお前も謝れ。ヤバい額を請求されると、今後の人生パーだ」

「馨……あんた」

私の頭を押して下げさせ、一緒に謝る馨。アルバイト経験豊富なせいか、ここぞという時に謝ることに慣れきってるわね。

「えっと……浅草地下街の天酒《あまさけ》馨君、ですよね。百鬼夜行での怪我はもう大丈夫ですか？」

青桐さんが尋ねるので、馨は彼をじっと見て、少ししてから答えた。

「見ての通り全快だ。……治癒の術が得意な奴がいるんでな。傷跡すらもう無い」

「そうですか、やはり浅草地下街は優秀な人材が多い。あ、どうぞお座りください」

どうやら青桐さんは、馨を浅草地下街の人間と認識している様だ。

まあ、前の百鬼夜行で、浅草地下街代表として戦ったから、分からなくもないが……

それとも、あえてここでは、そういうことにしているのか。

「青桐さん、こんな侵入者を同席させるんすか⁉」

「彼は前回の百鬼夜行の参加者であり、事件の当事者でもありますよ、茜君。できれば彼にも、お話を聞きたいと思っていましたから」

津場木茜は解せないという顔だったが、「茜君も座りなさい」と青桐さんに促され、おとなしくソファに座った。青桐さんは騒ぎを聞きつけここにやってきていた陰陽局の連中にも、目配せ。彼らは静かに、ここを離れた。

馨は私が座るソファに無理やり座る。

小カラスとペン雛《ひな》もいるし、いっぱいいっぱいというかギューギューというか……

「さて、と。色々とありましたが、仕切り直しましょう。霊力値を測ることはできませんでしたが、それはまたの機会に」

青桐さんは前かがみになって、指を組んだ。

「……もう一つ、お話ししておきたいことがあります。茨木さん……あなたの眷属《けんぞく》となった八咫烏、深影さんについてと、前回の百鬼夜行にまつわる事件について」

「もしかして、深影の黄金の瞳を奪った犯人について、何か分かったの？」

「まあ……まだ確信はないのですが。実はここ最近、日本各地で特殊な力を持つあやかしを狙った事件が連続的に起こっています」

「特殊な力を持つあやかしを狙った事件？　どういうこと？」

「深影さんの黄金の瞳もそうですが、要するに体の一部が奪われたり、行方不明になったり……。なんらかの理由で力を求め、こういった行動をしている者がいるということだと思われます。おそらくそれが、鎌倉妖怪〝魔淵《まぶち》組〟、大江戸《おおえど》妖怪〝九良利《くらり》組〟、そして陰陽《おんみょう》局《きょく》すら利用して……最後の最後に、八咫烏の瞳を手に入れた者」

「なるほど。それがあの事件の黒幕って訳。そいつはあやかしなの？　人間なの？」

「それすらまだ分かっていません。個人なのか、あるいはあやかしを狩り、金儲《かねもう》けに利用する組織の様なものなのか」

「じゃあそいつが全部悪いってことね。深影の罰は、このまま保留ってことで一つ……」

「あんたバカだな。そんな訳にいくかっつーの」

しかし津場木茜は相変わらずつっかかってくる。

「そこのカラスには何かしら処罰がねーと示しがつかない。本来は処分対象になるような騒動を起こしたんだからな。また人を襲わないとも限らねーだろ」

「うちの深影はもうそんなことしないわよ！　見てよこの愛らしい姿。かわいそうに、片方になっちゃったキラキラした金の瞳！　真っ当な社会人になるって、スイのお店で健気《けなげ》に頑張ってるんだから！　今日もドンキでお使いできたいい子なのよ！」

「真紀落ち着け。モンスターペアレントみたいになってるから落ち着け」

「うるさい馨！　私はミカを守るためならモンペにでもなるわよ！」

ミカは確かにやっちゃいけないことをしたが、あやかしが圧倒的不利なこの世の中で、主人となった私くらいミカを守ってあげなくては。

「ま、まあまあ。あの事件は陰陽局も落ち度があったのですから、一方的に深影さんを責めることはできません。そもそも鎌倉妖怪たちは何も悪いことをしていなかったのです。我々何者かにはめられ、陰陽局すらその者の意のままに動き、鎌倉妖怪たちを粛清した。あこそ、鎌倉妖怪たちに償わなければ」

「……ま、あれをやったのは京都総本部の連中で、俺たちな－んにも関係ないけどな。あっちは頭の堅い老人たちに支配され、あやかし嫌いな過激派が多い。無罪のあやかしたちを粛清したところで、罪の意識なんて無いだろ。全部そこの八咫烏のせいにして、さっさと処分しろとか言い出すぞ」

「茜君、そうなっては陰陽局も終わりです。……総本部は自分たちに有利な方向でしか動かないでしょうから、この件は我々が独自で解決しなければ」

「………」

何だろう。陰陽局はどうせ全部同じようなものと思っていたが、どうやら京都と東京で、大きく毛色の違いがあるらしい。そういうのが見え隠れした会話だった。

「この件の解決が見えなければ、罪を被るのは結局深影さんだけになる可能性があります。陰陽局も、大江戸妖怪〝九良利組〟も……大きな組織であるがゆえに、逃げ道はいくらでも作れるでしょうから」

「……で、結局あなたは何が言いたいの、青桐さん」

「この件で、深影さんには数多くの協力を要請してしまうかと思います。唯一犯人と対峙《たいじ》した彼の協力は、我々にとって不可欠です。しかし彼はあなたの眷属だ……」

「なるほど。ついでに私にも協力しろって話」

徐々に話の流れが見えてきた。

「でもねえ、あんたたち。私が茨木童子の生まれ変わりだってことの意味を、本当に分かってるの？　私はね、あやかしたちを殺す力を持つ退魔師が、ひたすら大っ嫌いなのよ」

声音は重く、視線は冷たい。霊力を帯びた言霊は強さを抱き、対象に響く。

青桐さんは私から視線を逸《そ》らす事もなく黙っていたが、やがて小さく口角を上げる。

「……お気持ちは分かります。しかし深影さんは今、茨木さんに力を制限されている状態で、だからこそ自由が許されている。そんなあなたの協力が得られないという事であれば、我々は深影さんに独自の封印術をかけ、その力を封じなければなりません。例えば、〝人間を傷つけたら同じだけ自分に返ってくる〟……そういった誓約のある、封印術を」

「そ、そんなの卑怯《ひきょう》よ！　だって人間に対してならば、自衛も出来ないって事じゃない！」

「そうですね。ならば、あなたは深影さんを守る為、我々に協力する義務がある。それが……あやかしを使役することに伴う、主《あるじ》の役目だと私は思っていますので」

眼鏡を押し上げ、言葉とは裏腹に毒気の無い笑みを作る青桐さん。

この男……最初こそぼんやりした奴だと思っていたけど、そろそろスイに近い胡散臭《うさんくさ》さと、由理《ゆり》に似た腹黒さも感じるぞ。

「おい。お前たち好き勝手に言ってくれるが、そもそも真紀がお前たちに協力するってこと……浅草地下街の大和《やまと》さんに許可とってるのかよ」

ここで話に割って入ったのは、馨だった。

「真紀はまだ高校生だ。それに、茨木童子の生まれ変わりということが広まりつつあるこの状況で、陰陽局に協力するなんて真似、俺には許容できない。おそらく大和さんも駄目だと言う。俺たちは浅草地下街の人間だからな。……それに大和さんは真紀の保護者の様なものだ。こいつには両親がいなくて、浅草地下街が管理しているアパートに住んでいる」

「馨……あんた……」

適当なことを、いけしゃあしゃあとまあ……

いったいいつ組長が私の保護者になったのよ。しかし津場木茜が、これに反論する。

「高校生がなんだってんだ。俺だって高二だぞ」

「へえ。私たちと同じ歳じゃない」

「そういう話をしてるんじゃねーよ！　浅草地下街の組長だって、学生時代から組織を任されていたって聞く。今の話に、未成年だとかいうのは関係ねーってことだ」

「まあまあ、茜君」

ここで大人の青桐さんが津場木茜をなだめた。

「……津場木家は代々陰陽局の幹部に座る、術師の名門ですし、灰島《はいじま》家もあやかしの為の労働組合を古くから仕切っている家柄ですからね。そういう者たちは、生まれた時からあやかしや霊、神々に触れ、家業を継ぐ役目を覚悟してきた。だけど……確かに茨木さんは、彼女はあくまで一般人です」

「だから！　そこの女だってただの女じゃねーだろ！　茨木童子の生まれ変わりだって？　馬鹿げた話だが、それが本当なら何をどう言おうが普通じゃねーんだよ。むしろただのあやかしより厄介だ。変な女だが、かろうじて人間に転生したことに感謝しやがれ」

「変な女って」

「もし再びあやかしに転生していたら……茨木真紀、何に代えても、俺がお前を斬っていた。それが、かつて茨木童子に致命傷を与えた〝髭切〟を引き継いだ俺の役目だ！」

「…………」

「茨木童子は、そのくらい人間にとって危険な存在なんだ……っ！」

その熱を帯びた瞳《ひとみ》で、強く私を睨《にら》みつける。

津場木茜。こいつ……案外、実直なやつだな。

普通、そんなことは思っていても言わない。特にあやかしと駆け引きしていかなければならない陰陽局の連中ならなおさら。

しかし馨は、津場木茜のこの言葉が、やっぱりとても気に入らなかった様だ。

「……真紀を、その刀で斬るって？　もしもの話でも言葉には気をつけろミカン頭……お前がこの真紀に勝てる訳が無いだろ！　ワンパンでKOだっ！」

俺が絶対に守る、とかそんな言葉は一つも無く……。

ただひたすら私の腕力を信じている馨。しかも凄《すご》いドヤ顔だ。

津場木茜は視線を馨に流し、指を突きつけた。

「いきなり現れた不法侵入者がなに偉そうに語ってやがる。そして誰がミカン頭だ！　つーか、てめえは結局、何なんだよ！」

ごもっともな疑問だ。この二人に、馨の正体はまだバレていない。

この場で一番、謎の存在が馨だ。

多分青桐さんも、馨のことを探るために、ここに残している。

「…………俺は」

「馨、何も言わないで」

だけど、私と馨はお互いに軽く視線を通わせただけ。

大きな霊力がピリリと緊張した、一瞬の沈黙だった。

だって……それは時間の問題かもしれないけれど、馨まで酒呑童子の生まれ変わりだとばれたら、きっともう逃げられないでしょうから。

「あの……茨姫様」

「ん、どうしたのミカ？」

しかしこの沈黙を破ったのは、八咫烏の深影だった。

「僕、この者たちに協力します。だけど茨姫様……あなたは、自由でいるべきだ」

「……ミカ？　何を言ってるの」

ミカはそのまま、静かに人の姿となる。片目を失った、漆黒の少年に。

「僕の罪は、茨姫様の眷属だったその誇りと誓いを忘れ、悪妖《あくよう》に成り果てそうだったこと。

そして、茨姫様の大事なお方を傷つけたこと。……鎌倉妖怪たちを守れなかったこと」

少年の姿でありながら、千年を生きた貫禄《かんろく》を感じる淡々とした声音で、自分の罪を語る。

そして、陰陽局の青桐さんの前に立った。

「陰陽局の退魔師よ。僕に、その封印術とやらをかけろ」

「!?」

ミカの潔い言葉は、予想外のものだったのだろう。陰陽局からの提案だったにもかかわらず、青桐さんや津場木茜は解せないという面持ちだった。

だけどミカは大妖怪たる堂々とした態度で言い切る。

「僕はもう人を傷つけないし、いつだってお前たちの手駒になってやる。それが、現代の人間社会で生きると決めた、僕のけじめだ。だがその代わり……お前たちが今後、茨姫様の自由を侵害し危害を加えることがあるのなら……僕は死に至ろうとも、刺し違える形でお前たちを殺す」――

冷たく煌《きら》めく黄金に……青桐さんも、津場木茜ですら魅了され、瞬《まばた》き一つできない。

彼の瞳とは、そういうものだ。

「……ミカ、ダメよ」

　だけど私は、それを簡単に認めることができなかった。

「大きな誓約に縛られちゃうわ。私は自分の眷属《けんぞく》に、そんな鎖をつけるつもりは無いわよ」

「茨姫様、いいのです。これでも僕は、感謝すらしている」

「……感謝？」

「あの事件があったからこそ、僕は再び茨姫様と出会えた。あなたと共に、ここで生きて行く。僕にとっては……それだけが全てなのです」

ミカは私の方を振り返り、可愛らしい素直な笑みを浮かべた。

「見ていてください茨姫様。僕の、これからを」

ミカの決意は本物だ。そんなことを言われたら、私はもう、何も言えない。

彼はこうして、陰陽局の封印術をその身に受け、「人を傷つけてはならぬ」という誓約を背負った。

自分のやったことへのけじめをつけて、陰陽局に自分の誠意を示した形だ。

それは同時に、私の、人間としての自由を守ってくれたということでもあった。

「はあ。大好きだったスカイツリーが、悪の組織の要塞《ようさい》に見える日が来るだなんて」

そびえ立つ光の塔を、その麓《ふもと》で見上げながら、馨と共に迎えの車を待っていた。

迎えに来てくれたのは、どこからか連絡を受けた浅草地下街の組長だった。

「すまねえな茨木、こんなことになってしまって」

ミカをスイの下へ送り届けた後、組長は私と馨をあのアパートに送り、頭を下げる。

「何言ってるの。組長は今まで、できる限りのことをしてくれたじゃない。……それに、仕方がないわ。何のお咎《とが》めも無しってわけには、いかなかったでしょうし」

「しかし、深影が陰陽局の言うことを聞くとはな……」

「深影はとても素直な子だもの。あやかしにしては、純粋すぎるくらい」

だからこそ、あんな風に、私を巻き込まずして罪を背負った。

「……だけど、私が大人しくしているとは、思わないことね」

組長の車を見送りながら、腕の中で眠るおもちの頭を撫《な》で、ボソッと。

それを聞いた馨が、すかさず「お前はバカ親か」と。絶妙なつっこみを入れる。

「過干渉はダメだぞ真紀。ミカも大概なマザコンだが、この件に関してお前を遠ざけた判断は男らしくて立派だった。あっぱれだ。それなのにお前がこの件に関わりすぎて、奴の男前な判断をパーにしてみろ。プライドずたずただぞ。時には遠くから見守ってやれ」

「マザコンって、私はミカのお母さんじゃないわよ」

「奴にとって大事なのは、お前が主であり、ここにいるということだ。それを、忘れるな」

「……………」

馨ったら、偉そうに。馨ったら、偉そうに。

「それは私のセリフよ……馨」

ポソッとつぶやき、オンボロアパートの錆《さ》びた階段を駆け上がる。

あんまり勢いよく登ったものだから「階段を破壊する気か」と馨が。相変わらず小言が多いんだから。

「だって、お腹がすいたんだもの。早くご飯にしましょ」

「……さっそく飯の話か。お前は食いしん坊だからなあ」

「でも、馨は今日のアルバイトを途中でサボったから、粗食にしなくちゃ。バイトをクビになるかもしれないし」

「おあいにく様。店長にはもう謝ってる。というかお前を追いかけたからこうなったんだからな」

「ふふ。あはは。そこはかなり嬉《うれ》しかったかも！」

「……はあ、お前ってやつは」

私がころっと態度を変え、小悪魔にクスクス笑ったから、馨は奴らしいため息をつく。

そうだ。私にとって大事なのは……

馨が、私の隣にいるということだ。

《裏》津場木茜、馬鹿力女の馬鹿力におったまげる。

俺の名前は津場木茜。

日本でも指折りの退魔師の名門、津場木家現当主・津場木《つばき》巴郎《ともろう》の孫であり、陰陽局期待の新星である。

ぶっちゃけ津場木家はあやかしに呪われている。

現当主《じーちゃん》の弟・津場木史郎《しろう》という男のせいだと、皆は恨み言を言っていた。

確か相当な力の持ち主だったとか。ただ性格にかなり難ありで、触れちゃいけないレベルの偉いあやかしを怒らせたかなんかで、一族ごと厄介な呪いを背負う事になったのだ。

津場木史郎って人は一族から破門されたが、この呪いは、そいつに血の近い者ほど色濃く効果を発揮する。

生まれた時から、あやかしや人の呪詛《じゅそ》に耐性をつけるため、軽い呪いに慣れさせられ苦しい修行をこなしている我が津場木一門の術師たちでも、この呪いだけは打ち消すことが出来なかった。

じーちゃんは毎日霊泉に浸《つ》かって体を清め、ついでに毎朝納豆を食べる。そうしなければ呪いに体を蝕《むしば》まれ、それまで元気でもすぐに高熱に襲われ、簡単に死にかけるからだ。

血の離れている父ちゃんでさえ、先日趣味のサイクリングで転んで死にかけた。ただの整備不足なのか不注意なのか呪いなのか不明だが、多分呪いだ。なので父ちゃんは毎日自転車に式神を乗せるし、ついでに願掛けでバナナを食べる。

俺はより血が遠いからそれほどでもないが、小さな頃は毎夜悪夢を見て、その世界から帰ってこれなくなったことがある。飲まず食わずで丸二日眠り続けて、死にかけた。

これ多分呪いのせいだ。

あと一日一度は足を机の角にぶつける。これも呪いのせいだ。決して寝つきが悪いからとか、足ぐせが悪いからだとか、そんなんじゃないはず。

これらの呪いに効果的だったのは毎日太陽に向かって呪文を唱え、コーヒー牛乳を飲むことだ。だから俺は毎日コーヒー牛乳を飲む。

俺は、津場木の一族を、俺の家族を苦しめるあやかしが嫌いだ。

常日頃「あやかしなんぞ全滅しろ」と念じているくらいあやかし嫌いな俺だが、何があってか親妖《しんよう》派の、陰陽局東京本部に所属している。

例の百鬼夜行以降は、俺が慕っている退魔師・青桐さんと共に東京スカイツリー支部に派遣されているのだが……

「青桐さん……あれで良かったんすか？　本当は八咫烏の件をダシに、茨木真紀を陰陽局に引き込むつもりだったんでしょ。京都総本部に取られる前に」

「茜君、さすがにそれはまだ早いというものですよ。もう少し信用を重ねないと」

「……信用、ねえ。俺は嫌っすけどね。あんな偉そうな女にへこへこ媚《こび》を売るの」

「でも、可愛らしいお嬢さんですよね？」

「はあああ？　どう見ても悪女って面っすよ。あの意地の悪そうな目とか。そういうところが、いかにも大妖怪の生まれ変わりって感じー」

「またまたー。茜君は思春期真っ盛りの、シャイな男の子だからなあ」

「はあああああっ⁉」

思春期って何だ。シャイって何だ。

そもそもあの女、浅草地下街の天酒馨ってやつとデキてただろ。めっちゃ距離近かったぞ。無意識みたいだったが、体の側面めっちゃぴったりくっついてたぞ。

ああ忌々しい。見せ付けやがってこのやろう……

青桐さんはクスクス笑いながらも、真っ二つに折れたテーブルを片付けながら、式盤の欠けた水晶を集める。欠けた水晶はいまだあの女の血を、染み込ませたままだ。

それを壊れた式盤の手前に置いて、霊符を張る。

人差し指と中指を立て刀印を結び、青桐さんは唱える。

「慎みて五陽霊神に願い奉る。刻《とき》を手繰り、かの者の血を暴け――急急如律令」

するとバキバキに破壊されていた式盤と、こなごなになった水晶は、時間を巻き戻すように元の姿に修復される。

あらかじめ形状記憶の術が青桐さんによって仕込まれていて、壊された後も一度だけ元に戻せるのだ。これはこの人にしかできない刻手繰りの術でもある。

ピ……ピピ……ピ……

式盤は内蔵されたシステムを起動し、あの茨木真紀の血を読み込む。

式盤の文字は慌ただしく蠢《うごめ》き、やがて……静止した。

宙に浮き上がった文字は、三三〇〇〇〇。…………は？

「れ、霊力値三〇〇万越え……？　は、え？　えええ⁇」

「あー……これはこれは。とんでもないですね」

「こんなのあり得るのかよっ！」

生意気な馬鹿力女だとは思っていたが、まじもんの馬鹿力じゃねーか！

だって……だってありえない。人として内蔵できる霊力数値をゆうに超えている。

人間の平均霊力値って一五〇くらいだ。八〇〇あれば霊感体質。

また術師になるには三〇〇〇ないと見込みがなくて、一万を超えていたら将来有望。

一〇万超える奴なんて数えるほどしかいなくて、将来陰陽局の幹部クラス候補に。

ちなみに俺は、一二万三〇〇〇で、津場木家きっての神童って呼ばれてました！

「規格外ってこのことですねえ。どうやら彼女は、本当に茨木童子の生まれ変わりらしい」

「青桐さん。千年前の茨木童子の霊力値っていくつだったんですか？」

「茨木童子の霊力値は……実のところ確かな記録はありません。宇治平等院《うじびょうどういん》に遺骸《いがい》が安置されている酒呑童子と違って、茨木童子はその遺骸が確認されていないのです。茜君が本部より授けられている……かつて渡辺綱の佩刀《はいとう》だった〝髭切〟が切った〝腕〟だけが残されていて。もしかしたら、まだどこかで生きているのではと唱える学者も居たくらいです。しかしこの数値を記録しているだけで、もう茨木真紀という少女がただの人間ではないことくらい、分かります。……ねえ、叶《かのう》さん」

青桐さんは、いつの間にか部屋の出入り口に立っていた男に声をかけた。

金髪碧眼《へきがん》……さらに白衣を纏《まと》った美形の男は、派手な見た目のくせにやたらと落ち着いた佇《たたず》まいで、俺はこいつが側に居たことに気がつけなかった。

叶冬夜《とうや》——陰陽局京都総本部がよこしてきた研究者だ。

「叶さん。前にお話しした通り、あなたには茨木真紀の監視をお願いします。それと……彼女の周囲にいる者たちの調査も」

「……分かっている」

それだけ答え、彼はスタスタとこの場を去ってしまった。

俺が言うのもなんだけど、愛想のかけらの一つも無い。

「俺……あの人って苦手なんですよね。妖狐《ようこ》と人間のハーフでしたっけ？」

「そうです。確かに思考の読めない、不思議な人ですけどね。陰陽局にとって重要な研究をしている、とても優秀な研究者です。しかしそれだけではなく、彼は……」

「うんうん。……え？　ええええええええっ⁉」

青桐さんが続けた驚愕の事実に、俺はまたまたおったまげる。

そんなの……そんなのありかよっ！

その日、俺はあまりの興奮に眠る事が出来なかった。

眠ることができなかったんで、じーちゃんの部屋に行って一緒にホットミルクを飲んだくらいだ。

星が。

何かが動き出している……

そんな予感と胸騒ぎが、どうしても収まらなかったのだった。

第四話　うちのかっぱ知りませんか？

一学期の最終日は、よく晴れた夏日だった。

終業式も午前中で終わり、私と馨《かおる》は民俗学研究部の部室で、それぞれ好きなことをしながら学園祭の委員会に出ている由理《ゆり》を待っている。

「ねえ馨ー引越しの準備終わった？　お父さん、十月にあの家を出るんだっけ？」

「そうだ。親父は海外赴任でシンガポールだと。お袋はあれからずっと九州の実家に帰ってるし……あのマンションに帰ることももうねーだろうな。準備は……これからだ」

やはり淡々と、バラバラな家族のことを語る。

なんだかんだと、馨は父のことも母のことも、気になっているんだろうけれど。

「あのマンションってどうするの？」

「賃貸物件にして貸し出すんだろ。俺が一人で住むには、陰《いん》の気が漂いすぎてるし」

「ますます運気が下がりそうだしね。あんた寂しがりだしね。でもせっかく同じアパートで暮らすのに部屋が別々って、なんか家庭内別居みたいよねー」

「は？　尻《しり》に敷かれてるというのを一番わかりやすく体現した部屋割りだろ」

馨は相変わらず嫌味臭いが、毎週愛読している少年漫画雑誌をパラパラめくりながら、「お」と声を上げる。

「見ろ。この漫画も、主人公たちが使うナントカ力を数値で表現してるぞ。しかし現実もそういうもんだったんだなー。霊力値を測る、なんて。まるで少年漫画かゲームの話の様だ。時代は変わったなあ」

「あんたなんか嬉《うれ》しそうね」

「千年前、霊力は〝感じろ〟系の曖昧《あいまい》なもんだったのに、今じゃすっかり数値化できる。それって凄《すご》いことだぞ。明確なステータスが分かるんだからなあ」

「あんたそういうの好きよねー。男の子ねー」

私は数字に疎いのでいまいちピンと来ないが、理系脳で男の子な馨は霊力値ってシステムに興味があるみたい。結局私の霊力値ってなんぼのもんだったのだろう。

「ねえ馨……由理遅くない？　今日はお昼に丹々屋《たんたや》のお蕎麦《そば》を食べに行きましょうって話していたのに。私もうお腹ペコペコだわ……」

「確かに……ちょっと遅いな。学園祭の会議が長引いてるんだろうか。結構揉《も》めてるって、あいつが珍しくぼやいてたからなあ」

「私……ちょっと会議室見てくる」

「あ、おい。俺も行くぞ」

由理を置いて帰る、なんて選択肢は私には無い。ただ空腹はどうしようもないので、今どんな感じだろうかと、生徒会室の隣の大会議室を覗《のぞ》きに行く。

会議室には、生徒会役員と各学級員長。そして学園祭に参加予定の部活の部長が集っていたのだが……

「えええええええええっ⁉」

ちょうど会議室の前に着いた時、悲鳴に近い大勢の声を聞いた。

何事だろう。私は馨と共に、後ろのドアの隙間から中を覗く。

「というわけで、今年の学園祭における文化部の展示場所は、本館から旧館に移す事になりました。異存はありませんね？」

会議室の前方に立つ、女子のドヤ顔がまず目に飛び込んだ。

あれは生徒会の副会長だ。一方、どんより顔の文化部の部長たち。

「異議あり！　たわけたことを言うな副会長！　なぜ今まで文化部の使っていた教室を、運動部の企画展示に譲らにゃならん！　本館と旧館の集客力の差は歴然なんだぞ。運動部には体育祭、文化部には学園祭という見せ場があるのだ。俺は絶対に認めん！」

美術部部長である三年生・大黒《だいこく》先輩が猛烈に机を叩《たた》き付けているのが見えた。私と馨は顔を見合わせる。

「やべえ、あの大黒先輩がめっちゃキレてるぞ」

「波乱の予感だわ」

大黒先輩は万年ジャージ姿の暑苦しい変人だが、あれで立場の弱い文化部の支柱だ。私たち民俗学研究部も、美術部の隣の古い準備室を彼から借りている。

しかし大黒先輩の物言いにも、冷ややかに対応する現生徒会は厄介そうだ。

特に三年生の副会長・佐久間《さくま》綾乃《あやの》は、去年〝ミス明学《めいがく》〟の名を手にした美人のリア充。すらっとした長身を生かし、ティーンズ雑誌のモデルもこなす女子のカリスマだ。人気そのまま、副会長の座を手にした。

サッカー部のマネージャーでもあり、イベント事には特に出しゃばるとか。

可愛いは正義の哲学で何をしたって許される。

「でもですねー大黒さん。去年の文化祭の事を覚えています？　集客力のある本館の2、3階を文化部の展示に割り当てましたけど、どうみても盛り上がりに欠けていましたよね。なんというか……地味で？」

「じ、地味ぃ⁉」

人を小馬鹿にしたような口調が鼻に付く。と、大黒先輩は思ったであろう。

私や馨は外から覗いているだけなので、他人事《ひとごと》のように見ていられるけど。

「ですから、もっと沢山の人に来てもらえる、華のある展示や模擬店を、本館のメインフロアで行う事を決定しました。皆、そういったものを求めているんですよ？　ね、会長」

どこか押され気味の、眼鏡の生徒会長。

おいおいもっとしっかりしてくれよ、そんな事許されるのかよ、と。文化部の皆は思っているのだろう……なんかそんな感じの雰囲気だ。

「やはり異議あり！　文化部の発表を地味の一言で終わらせおって！」

「だったら、もっとエンターテイメント性に富んだ需要のある展示をして下さい。何も展示をやめろと言っている訳じゃないんですから？」

アプリコットブラウンの髪を高い場所でお団子にしていて、ちょろりと出た耳横の後れ毛をさっきから指でいじっている。ふざけた態度だが言っている事はもっともで、これには大黒先輩も言い返せないようだ。

副会長はドヤ顔のまま、一番後ろの席で青い顔をしていた男子の下まで歩いて行く。

「あと……ウマ研究会の早見《はやみ》君」

「……え？　あ、その、ウマじゃなくて、UMAと書いてユーマって読むんですけど。前も言いましたけど、別に馬を研究している訳じゃないので……」

「あれそうだっけ？　えっとーじゃあUMA《ユーマ》研究会の早見君」

「……は、はい」

その男子の顔は、死を目前にする草食動物の様だ。

それにしてもUMA研究会……どこかで聞いた気が……

あ！　よくよく見るとあの子、牛嶋《うしじま》神社で熱心にお参りしてた子だ。

「言いにくいんですけどぉー、あなたの提出した『かっぱの謎と闇……そして愛』ってい う、面白くもなんともなさそうな企画は却下されました」

「え、ええっ⁉」

「というか、教室が一つ足りないんです。去年、未確認生命体だか妖怪《ようかい》だかのレポートを壁に貼り付けただけのあれ？　全然お客が入ってませんでしたよね？　なので、今年はやはり無しと言う方向で」

両手を合わせて、困り笑顔でニコッ。男子諸君には眩《まばゆ》い副会長の笑顔のはずが、早見君とやらには悪魔の微笑みでしかなかったらしく、彼の体からは魂が抜けかけている。

「異議あり！」「異議あり～～っ！」

他の文化部の部長や同好会長が、彼に代わってブーイングを巻き起こした。

しかし副会長にはまるで響いておらず、彼女は涼やかな顔だ。

「あの副会長、いいでしょうか」

ここで、二年一組の学級委員長でもあり、我らが民俗学研究部の部員でもある由理が、控えめに手をあげ発言の許可を求める。

「継見《つぐみ》君？　なんですか？」

由理の言う事には聞く耳を持つ副会長。

「あの……流石に健全な企画をそのような理由で却下するのは、少々横暴かと思います。せめて他の文化部の企画などと一緒ならば、UMA研究会の企画をお認めになっては？」

「うーん、受け入れてくれる場所があれば、それは勝手にやってくださいって感じです。まあ、私に言わせれば、集客力の無いUMA研究会の企画はやる価値なしですが」

由理は笑顔のままだが「そうですか」と。あれ、あいつなんかちょっと怒ってる？　さりげなく、由理は美術部部長・大黒先輩とアイコンタクトを取っていた。大黒先輩は由理の視線に気がつき、小さく頷《うなず》いている。

結局、この会議中に文化部への不遇の状況が変わることはなく、UMA研究会の展示室はナシ、ただし他と一緒なら好きにして良い、という感じでまとまった。

生徒会役員や学級委員長たち、会議に飽きていた運動部の面々が早々にこの会議室を出て行き、文化部だけがなかなか立ち上がれず、憂鬱《ゆううつ》なため息をこぼしている。

通り過ぎていく生徒会役員たちの、悠々とした勝ち誇った顔といったら。

副会長は外で待つ私や馨をチラリと見て、隣の生徒会室へと戻っていった。

「あ、真紀《まき》ちゃん馨君。いたんだ」

由理が私たちに気がついて、会議室から出てくる。

「由理。私、凄い修羅場を見たわ」

「あはは……」

苦笑いの由理。

「生徒会の言い分はなかなか強引だな。教師とか、何も言わないのか？」

「……学園祭は基本的に生徒会主催だからね。しかも隣の北高《きた》の文化祭と被《かぶ》っていて、毎年あっちにお客さんを取られるんだ。副会長は今年こそ負けない様に、企画を派手にしょうとあちこちに働きかけている」

だけど由理は、生徒会が強引に決めた文化部の扱いが、やっぱり少し気になるみたい。

「去年までは人の集まりやすい本館を、クラス企画と文化部展示で分けて使っていたんだけど、今年はクラス企画と運動部の模擬店だけにするんだって。文化部は旧館に追いやられてしまったんだ。……まあ、副会長の狙いも分からなくもないけど……せっかくの学園祭なのに文化部の展示を地味の一言で片付けられると、ちょっと寂しいよね」

「なるほど……」

教室では、さっきなんとか同好会の展示はナシですと言われた早見君とやらが、文化部の面々に囲まれていた。

「ひどいよひどいよ！　文化部だって地味ながら頑張っているのに！　しかもウマってなんだよ！　ユーマだよ！　何回間違ってんだよあの副会長！」

「大丈夫だ早見、俺たちがついている！　俺たちがなんとかしてやる‼」

「うわあああん。大黒先輩いいいい!!」

今まさに、美術部部長の大黒先輩の男胸にひしと抱きついて泣いている。

「なんだかかわいそうねえ」

「俺たちには関係ねーよ」

「それもそうね」

しかし私と馨ときたらドライなもんだ。できることといえば、今とても傷ついている彼らを刺激しないよう、そろっとこの場を去るだけ……

「ああっ、民俗学研究部！」

ドタバタとうるさい足取り、熱気溢《あふ》れる形相で、私たちに向かってきた者が一人。

さっきから謎の存在感を発揮している美術部部長、大黒先輩だ。

やばい、厄介なのに見つかってしまった……っ！

「わっはは！　そうだそうだ、お前たちがいたのだっ！　あのな真紀坊、馨」

「嫌です」

私は彼が何かを言う前に首を振る。

「即答っ!?　ちょっと待て真紀坊。この状況を打破するために、ぜひともお前たちの力を借りたい！　話くらい聞いてくれたって……」

「嫌です先輩。私すごくお腹が空《す》いてるの」

マジでさっきから我慢してるんで。ぐーぐー絶え間なく腹の虫が鳴ってるんで。

そのせいで殺気すら放っていたけれど、先輩も引き下がらないから凄《すご》いんだな、これが。

「飯なら美術室でカップ麺《めん》を食わせてやる！　だからとりあえず、騙《だま》されたと思って我が美術部の部室に来てくれ‼」

「…………」

微妙な空気になる。私と馨と由理は、お互いに顔を見合わせ、どうするこの状況、と。

「お、俺は嫌だぞ、面倒ごとに巻き込まれるのは」

「一応話だけ聞いてあげようよ、ね。僕からも頼むよ。馨君、真紀ちゃんも」

「えええー……うーん、でも由理がそう言うんなら……」

由理に促され、私も馨も諦《あきら》めの境地で頷いた。

様子を見に来るべきではなかったかもしれない。だって、大黒先輩に巻き込まれたら、その状況から逃げるのは酷《ひど》く困難だと知っているから。

「はい！　よく来たな民俗学研究部の諸君！　まあ、そこらのデッサン椅子にでも腰掛けるが良い。わっはははは」

うっ、暑苦しくて眩《まぶ》しい。

美術部に入るや否や、中で仁王立ちして待ち伏せていたジャージ男子の、熱気と陽性オーラにやられて、私と馨は一瞬目を逸《そ》らす。

改めまして、彼は三年生の大黒先輩。

一年生の時、行き場のなかった民俗学研究部に部室を貸してくれた本人だ。眉《まゆ》と目の間が狭い熱血な体育の先生って感じの、短髪ジャージ男子。泣きぼくろがチャームポイント。美しいものを描いたり作ったりするのが好きな美術部部長です。

それだけではなく、この人は……

「おっと、ドリンクも出さずにすまない！　レモネードで良いな！　レモネードしかないけどな！」

「先輩、お腹すいてるんだけど」

「分かってるとも！　はい、カップ麺!!」

うるさい大黒先輩は首にかけていた笛をピーっと鳴らし、さらにうるさい感じで美術部員に号令を出す。良く鍛えられた美術部員たちは、私たちにささっと冷たいレモネードを出し、ケトルでお湯を沸かしてカップ麺を作る。しかしなんて食べ合わせの悪そうな……

大黒先輩のペースに、我々はすっかり飲み込まれ、ぽかんとしていた。

用意されていたデッサン椅子に、流れるように座らせられる。よくよく見ると、ここには美術部以外の文化部の部長および副部長も来ている。

「なあ由理……俺は面倒は嫌だぞ。俺は面倒は嫌だぞ」

「さっきから念仏みたいに唱えないでよ馨君……」

馨と由理がこそこそ、と。私はお腹がすいて思考能力が低下しているので、レモネードをぐびぐび飲んで、カップ麺をすする。……あれ？　案外いける組み合わせかも？

「文化部の諸君。生徒会の圧制により、我々は一年に一度の発表の場すら奪われようとしている。旧館はそれほどに集客力の無い場所だ。しかし何を訴えてもこの決定を退けることは出来なかった」

大黒先輩の言葉を前に、不細工な河童《かっぱ》のぬいぐるみを抱いて先輩の隣に座っている早見君が、またうっと涙目になる。

「早見！　お前の無念は必ずや俺が晴らしてみせる。文化部は今こそ立ち上がる時だっ！」

この掛け声に、日頃はおとなしい文化部の面々の不満が爆発した。

「そうです。今こそ虐げられてきた文化部が反旗を翻す時ですっ！」

「唯一の発表の場まで、華のある運動部に奪われるなんて酷すぎるーっ」

「大黒先輩！　やってやりましょうよ大黒先輩！」

「先輩と一緒ならなんだってできる気がするっ！」

なんだろうこの空気。宗教じみたものを感じる……

「……相変わらず、大黒先輩の後光に当てられる奴は多いな」

馨がやれやれと。まあ、大黒先輩って、実際に人間じゃないからね。

見た目も性格も、この姿だと超人情味があるんだけど……

「大黒先輩。盛り上がってるところ悪いけど、私たちはいったい何のために呼ばれたの？　なんかもう革命でも起こしそうな空気だし、帰ってもいいかしら？」

「何って真紀坊よ……」

大黒先輩は私の肩にポンと手を置いた。

この人、私のことをいつも真紀坊って呼ぶのよね。多分男か何かだと思っている。

「文化部は今こそ一つになる。文化部全体で一つの企画を提出しなおすのだ！　要するに文化部連合、ここに結成だ‼」

由理も深く頷き「それしか無いでしょうね」と。どういうこと？

「あんな風に文化部を馬鹿にした生徒会を、俺は絶対に許さない。ここに居る者たちは皆そう思っている。だからといって一つ一つの部活が、毎年のようなありきたりな展示をしても意味は無い……だから、結束しテーマを統一するのだっ！」

「テーマを統一って……な、何を」

やはり嫌な予感がする。大黒先輩は腕を組んで、フンと得意げな顔になった。

「かっぱ、だ！」

「………………えーっと」

私と馨と由理はとりあえず固まって、ひそひそ声で審議を始める。

あの人どうかしてるよ、と。

「おっと、民俗学研究部の三人組。お前たちの言いたいことは分かる。なぜ〝かっぱ〟なんだ、と言いたいんだな⁉」

「普通にそれ」

「相変わらず冷めてるな真紀坊！　今回、発表の場を奪われたUMA研究会の早見が、ずっと研究を続けていたテーマだからだ」

「そもそも……UMAって何よ」

私はまずそこを分かってない。隣にいた馨がさりげなく教えてくれる。

「Unidentified Mysterious Animal……未確認生物って意味だ」

「へぇえ。ならあやかしもそれに入るの？」

「それはどうなんだ？　ネッシーとか、つちのこのイメージだが……あ、でも、そういえば河童ってUMAに数えられる事があるよな」

「それでこの早見君って子、河童のぬいぐるみ持って号泣してるの？　でもあまりにブサイク過ぎるわ。河童ってもっと可愛いのに……」

河童にもいろいろ居るけど、私にとっての河童は手鞠《てまり》河童。ぷにぷにして、ころころして、わらわら群がってる、赤ちゃん言葉の愛らしい姿を私は思い浮かべる。

この近辺では、主に隅田《すみだ》川《がわ》と合羽《かっぱ》橋《ばし》付近で見かける事ができます。

「わあああああああっ！」

早見君とやらが、突然号泣した。さすがの私たちもビクッと肩を上げる。

「ひどいよ！　生徒会役員は横暴だ‼　前々から生徒会はあんな感じで、僕の発表の場を奪おうとしていた。でも僕には権力に逆らう力がなかったから、浅草中の寺社仏閣を巡って神頼みしてたんだよ～～っ」

「そ、そういうことだったんだ……納得」

しかし割とどうでも良《い》いので、私はカップ麺をすする。

大黒先輩がゴホンと咳払《せきばら》いして、場の空気を整えた。

「いいか、我々文化部連合は展示テーマを〝かっぱ〟に統一する。それぞれの展示に何かしら〝かっぱ〟の要素を取り入れるのだ。ざっくり言うなら、旧館を緑に染めよう！」

「……本当に、ざっくりですね」

「そうだとも馨！　我々文化部に与えられたフロアは、旧館2階と3階だ。しかし3階は使わず、2階に集中して展開する。賛同してくれた部活はこのとおり。美術部、家庭科部、被服部、写真部、映画部、茶道部、華道部、園芸部、演劇部、ロボ研、タップダンス同好会、UMA研究会、民俗学研究部！　はい、拍手‼」

パチパチパチ。パチパチパチパチ……

「俺は三つの企画を提案する。〝映画〟〝模擬店〟〝お化け屋敷〟だ。文化部の力を寄せ集め、この三つの企画の完成度を高める」

大黒先輩は勢いそのまま、黒板の前に立ち身振り手振りでプレゼンを続けた。

「映画は、河童を探索し捕獲するていのミステリーホラー。メガホンを取るのは勿論《もちろん》映画部で、演劇部とタップダンス同好会はこの映画に参加してもらう。勿論美術部も、大道具の美術係として参加する」

「あの。なぜ、タップダンス同好会も……？」

「良いところに気がついたな由理子ぉ！」

先輩は馨のことはそのまま呼び捨てなのに、由理のことは由理子と呼ぶ。

多分女だと思っている。由理の目が殺し屋みたいに沈んだ色になっていく……

「フィナーレで、捕獲された河童と探索部隊がタップダンスを踊るのだ！　出演者は今年の夏、猛特訓するからな。死ぬ気でやれ。文化部だからとか甘えるなよ！」

……タップダンスで締める映画、どこかにあったわよね。

「次は模擬店だ。家庭科部と茶道部、華道部、園芸部、被服部には、三部屋ぶち抜きの大掛かりな和装茶屋を企画してもらう。メインは抹茶和菓子！　要するに〜〜」

「……緑、ね」

「そう言う事だ、天才だな真紀坊！」

うう、大黒先輩に名を呼ばれると、圧倒感ありすぎてのけぞってしまう。

「最後にお化け屋敷。ロボ研、美術部、写真部、UMA研究会は、かっぱのモチーフ多めの、本格的なお化け屋敷風の展示室を、映画の上映室の隣に作る。映画を補完する内容であれば、きっと皆が楽しいな。どうだ、面白そうだと思わないか!?」

「……まあ、さすがの企画力だと……」

「そうだろ馨っ！　わっはははは。文化部の眠れる力を引き出すのだ！」

大黒先輩は手応《てごた》えを感じている様で、傍に置いてた〝雷門《かみなりもん》〟と書かれた大きな赤い団扇《うちわ》で顔を扇《あお》ぎ、なかなか上機嫌だ。

私は紙コップに注がれた、温《ぬる》くなったレモネードを飲みきって、この異様な空間を見渡す。それぞれの文化部は、展示の自由度が低くなったとは言え、今まで誰もやったことの無い文化部総出の大プロジェクトへ、意欲を示している。

〝かっぱ〟だなんて普通ならふざけてるのかと言いたくなるテーマだが、すでに皆から緑色のオーラが見える……UMA研究会の早見君なんて、感無量でまた泣きそう。

大黒先輩のやる気スイッチ押しまくるスキルって、本当に恐ろしいな……

「……あの、詳細は分かったのですが、僕らは結局、何をすればいいんですか？」

「何って。客引きパンダだけど？」

由理の問いかけに、当たり前のような顔をして答えた大黒先輩。

「華のある者は目立つ所に！　向こうがそうくるなら、こっちもパンダを置くまでだ！」

「…………」

失礼しました、と出て行こうとする私たち三人。私たちにやる気スイッチは無いみたい。

「待った待った待った！　お前たちの部室を用意してやったのは俺だぞ⁉」

「その恩は忘れた事は無いわ。でももう忘れようと思う」

「待て待て待て。別に河童の着ぐるみを着ろと言っている訳ではない。その恵まれた容姿を生かし、我々のプロジェクトの一端を担って欲しいと━」

「えっと、失礼しました」

「いやあああっ、待ってえええええっ！」

どうしても冷めた態度になる私たち。なんとか食い下がろうとする大黒先輩。

「丸山《まるやま》ぁ！　ここにっ、ここに賄賂《わいろ》を持て！」

ここで出て来たのは、美術部二年の丸山さんだ。彼女は私たちと同じクラスの女子でもある。ボブカットの髪を揺らし、赤ぶち眼鏡を光らせ、私の前に立ちふさがった。

「茨木《いばらき》ちゃん。美術部から賄賂を贈呈するよ」

「⁉」

不敵な微笑みの丸山さんの手には、大きな袋が。

こ、これは……駄菓子だ。駄菓子詰め合わせファミリーパック！

だけどそんなもので、心動かされる私じゃないわよっ‼

「…………」

なぜだろう。私、動けない。

「おい、おいおい、お前これで釣れたらちょろすぎだぞ真紀。さっきカップ麺《めん》食っただろ、意地汚い真似はよしなさい……っ！」

馨がなにやら喚《わめ》いて、ほら出て行くぞと扉の方へ私を押してくる。

でも私、動かない。

「馨君。僕らも一応文化部だし、少しくらい協力したって良いんじゃないかな」

「何言ってんだ由理！　大黒先輩のプロジェクトだぞ。俺たち絶対、酷使されるって！」

「まあまあ馨君。君が模擬店の前に立っていれば、女性客は約束された様なものだよ」

女子一同が、うんうんと熱心に頷《うなず》いたりしている。

馨は嫌な予感しかしないみたいで、頼みの綱の私をしきりに見てくる。

だけど私の視線は、さっきからずっと丸山さんの持つ駄菓子ファミリーパックにある。

「ほーれほーれ。知ってるもんね、茨木ちゃんがこういうのに弱いのって。それにもし茶屋の看板娘してくれるって言うなら、家庭科部の皆が試食させてくれると思うよー色々」

「……い、色々……」

繰り返される色々、のフレーズが魅惑的だ。

馨の「おい真紀やめろ、やめてくれ……っ！」の声も虚《むな》しく、気がつけば私は賄賂を受け取っていた。悔しさに打ちひしがれながらも、その賄賂をひしと掴《つか》んでいる。

「よし、ここに我らが〝文化部連合〟の勝利の布陣が整ったぞ！総合プロジェクト名は〝うちのかっぱ知りませんか？〟。三つのかっぱ企画をグランドスラムすることで見つかるかっぱがいるみたいな」

「かっぱってなんだっけ……」

テーマカラーは、当然緑色だ。〝かっぱ〟という題材をとことん追究し、使い倒し、各文化部の持ち味を存分に見せつけなくてはならない、らしい。

学園祭の企画が出そろう、夏休み直前。

事の発端であるUMA研究会の早見君と、企画を立ち上げた大黒先輩。

生徒会の言う華やかなパフォーマンスに対抗すべく集まった、文化部の戦士たち。

そして、巻き込まれた哀れな私たち。

……うちのかっぱ知りませんか？ ですって？

そんなもん、浅草《あさくさ》にたくさんいます。はい。

第五話　浅草の神様のいうとおり

『元大妖怪《ようかい》の小童共、行く場所が無いんだろう？　なら美術部の隣の準備室を使うと良いぞ。俺が手配をしてやろう。わっはははは、何、上手《うま》くいくさ。世は全てこともなし！　これが俺のモットーだっ！』

いつもジャージ姿。闇を一つも感じさせない笑顔。
どこから来るのか分からない根拠の無い自信……
明るさと暑苦しさ。ポジティブの中のポジティブ。
そういうもので出来あがったのが、我が校の美術部部長、大黒《だいこく》先輩だ。
私たちが一年生の時、立ち上げたばかりの民俗学研究部に部室をくれた恩人でもある。
いや、人というわけでは無い。あやかしでも無い。
彼は東京最古の寺〝浅草寺《せんそうじ》〟のご本尊・聖観世音菩薩《しょうかんぜおんぼさつ》とともに祀《まつ》られし一柱――
浅草名所七福神にも数えられる、浅草寺大黒天様なのである。

○

「へえ、浅草寺の大黒天様と一緒に学園祭なんてやるの……？　それは楽しいだろうね」

「楽しかないわよせっちゃん。今日は隅田川《すみだがわ》の花火大会だってのに、この私が浅草寺エリアの商店街を回って、あれこれ物資を買い集めてるんだから。〝化猫堂《ばけねこどう》〟の提灯《ちょうちん》でしょ、〝あとり屋〟の着物でしょ、馨《かおる》が豆蔵《まめぞう》のとこのあずきを買いに行ってるでしょ、由理《ゆり》が茶碗《ちゃわん》を取りに行ってるでしょ……はあ。大黒先輩には逆らえそうにないわー」

浅草〝花《はな》やしき通り〟にある提灯屋・化猫堂で、私はお友達のせっちゃんにあれこれ不満を言っていた。

「そうか……でも大黒天様が絡んでいるのなら、私も変なものは出せないな」

せっちゃんはクスクス笑いながら、ハスキーボイスで「ちょっと待ってて」と。こちらに背を向けたせっちゃんをよくよく見ると、三毛の耳と尾が、薄《うっす》らと見え隠れ。

彼女は本名を猫井《ねこい》節子《せつこ》という。なのでせっちゃん。

さっぱりとした長身の女性だ。化粧をすることも着飾ることもほとんどなく、クールで男前なのだが、この落ち着いた雰囲気が私は気に入っている。

彼女はこの店の名の通り、化け猫というあやかしだ。百鬼夜行で使われる提灯を作り続けている妖提灯《ようちょうちん》界のベテラン職人で、私も時々ここでお手伝いをする。

せっちゃんは吊《つ》り下げるタイプの赤い提灯を持ってきて、「これどう？」と尋ねた。

「お土産用なんだけど、電池で光るよ。赤い提灯がいいんでしょ……？」

「そうそうこういうの！　入り口に提灯をぶら下げておきたいみたいだから」

私はこれを三つ買いたいと言った。しかしせっちゃんは首を振る。

「真紀《まき》ちゃんにはいつも手伝ってもらっているから、三つくらいならタダであげるよ。古いタイプのは、もうあまり売れないし」

「えっ、本当？　いいの⁉」

「うん。その代わり、また百鬼夜行が近くなったら頼むよ」

「もちろん！」

タダより安いものはないというのが私のモットーではあるが……出来るだけ安く物資調達をしたいのも本音。資金難な企画なので、これは嬉《うれ》しい申し出だ。

次のお手伝いを約束し、ありがたく頂くことにした。

次に私は〝浅草西参道商店街〟にある、着物のリサイクルショップ・あとり屋に来ていた。

「古い浴衣《ゆかた》を五着五千円以内で、の～。いくら真紀ちゃんの頼みでも、なかなか厳しいの」

た。あとり屋の主人は、頭が綺麗《きれい》に白髪になった、着物姿のおじいさん。

名を麻木綿介《あさぎわたすけ》という。私は綿じいと呼んでいる。

「綿じいは相変わらずケチねえ。この前、寝ぼけて一反木綿の姿に戻っちゃって、開けっぱなしの窓から風に吹き飛ばされたでしょ？　木に引っかかってたのを助けてあげたのは、どこの誰だったかしらねえ」

「う、うぐぅ……相変わらず、恩着せがましい娘だの、真紀ちゃんは」

「使えるもんは全て使うわ。こと節約に関しては、特にね」

実は浴衣の予算は一万円あったし、提灯代が浮いてもっと余裕はあったのだけど……どこまで値下げできるか様子を見るために、ムリっぽい値段から提示している。

「う、うぐう……なら七千円でどうじゃ」

「あ、ならこの髪飾りもつけて。誰か使えるかも」

「う、うぐう……持ってけドロボー。真紀ちゃんには敵《かな》わんのう」

「ありがと綿じい。また一反木綿になって吹き飛ばされたら、たとえスカイツリーに引っかかっても助けてあげるわね」

綿じいはまた「うぐう」と唸《うな》った。

古い浴衣を五着お買い上げし、ちょうど豆蔵のところの小豆《あずき》を三キロ近く買ってきた馨と合流する。

「荷物どうする。めちゃくちゃ多いぞ」

「これを電車で運ぶのは大変よねえ」

いや私たちの有り余るパワーがあればこのくらい簡単に運べるのだが、単に電車の乗客の邪魔になるわよね、と。

「おやおやお二方。お困りのようだね」

「あ、スイ」

ここで私の元眷属《けんぞく》であるスイが登場。たまたまここを通りかかったのか待ち構えていたのか、商店街の一角から飛び出てきた。手にはなぜか酒瓶。

「良かったら、俺がマイワゴンでそれ運んであげるよ〜〜」

「水蛇《みずへび》野郎、店はいいのかよ」

馨が、奴らしいじとーっとした目でスイを見ている。

「あー、午後の営業はナシナシ。だって隅田川の花火大会だよ？　お客なんて来やしない。今酒を調達したところだから」

「お前、飲んでないよな？　飲酒運転とかやらかしたら陰陽局《おんみようきよく》に殺処分されるぞ」

「おっとー。おっと馨くーん、俺は超真面目な社会人だよ。酒は花火の席でって、我慢してるところなんだからさ〜」

「ねえスイ、ミカは？」

「ミカ君はおもちちゃんと一緒に花火大会の場所取りをさせているよ。多分貸したタブレットで、名作劇場のアニメの再放送観てんじゃない!」

私が学園祭の準備に追われている時、スイにおもちを預けているのだけど、どうやらミカと馬が合うらしく、最近はずっと一緒にいるらしい。

鳥系あやかし同士だからかな?

一緒に場所取りしてるなんて、ちょっと微笑ましい〜。

「ほらほら真紀ちゃん。女の子が荷物なんか持ってないで。って重っ!」

「無理しないでスイ。あんたあやかしのくせに、力持ちって訳じゃないんだから」

紳士らしく女性の荷物を持とうとしたスイだが、ぶっちゃけ私の方が力持ちなので、改めてスイから荷物を受け取った。

ざまあー、みたいなニタニタ顔でスイを煽《あお》っている馨。スイはギリギリ歯軋《はぎし》りしてるし。

「まったく、こっちだよこっち」

仕切り直し、スイは私たちをワゴン車のある駐車場まで案内した。スイの自宅に近い場所にある、月極《つきぎめ》駐車場だ。

「東京ってさあ、駐車場を借りるのにも月三万とかかかるんだよ? ほんっと車を維持するのも大変だよねえ。でも俺みたいな自営業だと、無いと困るしねえ」

世知辛い話をしながら、スイが白のワゴン車の荷台を開けて、あれこれ積み込んでいた箱をどかし、荷物を入れるスペースを作ってくれる。そこに、提灯やら着物やら小豆の袋やら、今日買った物資を積み込んだ。

「ちょっとスイ！　後部座席に、瓶詰めにされた何かの毛があるわよ！」

「あ、真紀ちゃんそれ見ちゃった〜？　それはあれだよ。ピクシーっていう異国の妖精《ようせい》の眉毛《まゆげ》だ。言っとくけど、あやかしにとっては貴重な生薬になるんだからね〜」

「妖精の眉毛……」

「あ、でもちゃんと正規のルートで、ピクシーたちから直接手に入れたものだから！　最近は違法にあやかしや魔物を狩って商売をするゲスな連中も居るからねえ。ここちゃんと言っとかないと」

「…………」

後部座席に乗ろうとした私と馨は、お互いに見合う。

正規のルート以前に、こいつ、なかなか変なものを薬に混ぜてそうだね、と……

スイはシートベルトを着けて車を発進。

超がつく安全運転で、上野《うえの》の高校まで荷物を運んでもらう。そこで由理と合流した。

「大黒先輩は？」

「先輩はもう帰ったよ。というかみんな帰った。花火大会に行くからって」

「おいおい。俺たちももう帰らないと、花火に間に合わないかもしれないぞ」

馨が腕時計とにらめっこして、急《せ》かす。

「あ、でも大黒先輩が、浅草に戻ったら浅草寺に顔を見せに来いって」

「ったく……大黒先輩くらいよねえ、私たちをこんなに動かせるの」

「まあ大黒先輩は、ね」

というわけで、荷物を自分たちの部室に詰め込み、また急いでスイの車に戻る。

薬草臭いスイのワゴンで、再び浅草へ。今日は慌ただしいなあ……

「助かったわ、スイ。荷物を運んでくれて」

「真紀ちゃんの為ならお安い御用だよ。あ、花火は去年と同じ場所だから！」

「分かったわ、すぐに行くからね！」

私と馨と由理は、そのまま浅草寺へと急いだ。

……浅草の空気がいつもと違う。毎日混んでいるはずの浅草寺の境内が、いつもより少し空《す》いているという珍現象が起きているのだ。

それもそのはず、今日は東京の夏の風物詩と名高い、隅田川花火大会当日。

「大黒せんぱーい」

浅草寺の本堂の屋根の上で、普段のジャージ姿とは違う立派な着物を纏《まと》い、大黒天らしい大きな帽子をかぶった大黒先輩が、愛用の団扇《うちわ》で扇《あお》ぎながら悠々としている。

先輩は私の呼び声に反応して、屋根の上から飛び降りた。

着地のふわっと感は、まさに神のなせる技……

「先輩に言われて浅草のあっちこっち行ってたのに、当の先輩はもう花火スタンバイだなんて、酷《ひど》くないかしら」

私は拳《こぶし》を腰に当て、目を細める。しかし先輩はあっけらかんとした態度で笑った。

「わっははは。まあそう言うな真紀坊。い意味でも悪い意味でも騒々しいからなあ。民と花火を見守らねば、事故や騒動がすぐ起こる。ところで物資はちゃんと揃ったか？」

「ええ。予算よりずっと安く、提灯と浴衣、そして小豆が手に入ったわ。学園祭のテーマが和な感じでよかった〜。浅草界隈《かいわい》の得意分野だから、物が集めやすいもの。あやかしたちのお店を回れば、みんな値段をまけてくれるし」

「真紀坊は浅草のあやかしたちを大なり小なり助けてきた。何よりお前は慕われ、愛されているからな。いざという時、浅草のあやかしたちは絶対に手を差し伸べる」

「…………」

「そこを最大限利用して、今回の学園祭を成功させるぞ！　はい、えいえいおーっ！」

「……おー」

大黒先輩のノリに付き合わされる私。蒸し暑い空気がさらに暑苦しくなるわ……

「はあ。先輩が私たちを学園祭に巻き込んだせいで、夏休みに入っても毎日学校に通ってる気がするわ」

「真紀坊！　学生なのだから仲間たちと助け合い、あちこち駆け回って汗水を垂らす。そういう青春を存分に謳歌《おうか》するのが本分だろう？　俺も必死に学生をやってる。期末テストだって普通に受けたし化学は解答欄を一つずらしたせいで赤点だった。わはは」

「先輩のはもう趣味でしょ。本当は浅草寺の神様なのに、学生に紛れて普通に青春を謳歌してんだもん。そうやって立派な着物を着て、本堂の奥でどっしり構えていれば、神様に見えなくもないのに」

「あっははははは」

大黒先輩は、また声を上げて気持ちよく笑った。

そしてその笑顔のまま、夏の夕暮れを見上げたりするのだ。

「俺は人の力を信じているし、人の力をもっと知りたい！」

「……人の力？」

大黒先輩は、神様なのに？

「人の子は弱い。あやかしよりずっと弱い。弱いからこそ、神に祈る。しかしそのちっぽけな力は各々の与《あずか》り知らぬところで、確実にこの世の、誰かのためになるようにできている。だから現世は、人間の世として、類《たぐい》まれな発展を遂げたのだ」

「………」

「個々の力は弱くとも、人というのは集まれば集まるほど、大きな力を生み出すことができる。……今回の学園祭で、俺はそれを見てみたい」

先輩の扇ぐ団扇の風が、私の前髪を揺らす。

確かに……人間は弱い。寿命も短く、あっけなく死ぬ。

ただの人の力なんて、たいしたものではないと、私はずっと思っていたけれど。

大黒先輩の言う〝人の力〟って、いったい何なのだろ。

「それにしても真紀坊、今日は髪をリボンで結ったりして、まるで女子の様だな⁉」

「あのね先輩。先輩が人間の男女の違いにいまいち疎いのは知ってるけど、私一応、歴《れっき》とした女子だから」

神様らしいことを言っていたくせに、これだからなあ。

ちょっとずれてるし時々KY。それでも文化部の面々にあれだけ慕われているのは、やっぱり先輩の人間離れした懐の大きさ、歪《ゆが》み無い明るさのせいだとは思う……

「先輩は屋根の上で花火を見るの？ いいなあ、浅草を我が物顔で見渡せるんでしょうね」

「だってここは俺の家だからな」

大黒先輩は腰に手を当て、普段とは一味違う大人びた微笑みを浮かべた。

「本堂の屋根の上は俺の特等席だ。小さなあやかしたちも、いつも屋根に登ってここから花火を見ている。人間たちに踏みつぶされる心配もない」

「あ、ほんとだ」

本堂の屋根の上をちょろちょろ移動している手鞠河童《てまりかっぱ》たちを見つけた。

お菓子やお酒、冷やしきゅうりを背負って、我先にと席を確保しているみたいだ。

「私たちなんてこれから、超ぎゅーぎゅーの人ごみの中を突き進んで、一瞬の花火を見に行くのよ。まあスイたちが朝から席を確保しているだけマシだけど、人が押し寄せる地獄絵図に変わりは無いわ。それでも花火を見に行くのをやめられないんだから」

「わっはははは。隅田川の花火を見なければ、浅草の夏は始まらんよ！」

浅草の夏、か……。先輩も、夏がよく似合う神様だ。

浅草に寺社仏閣は数多く存在するが、浅草寺ほど人が集い、賑《にぎ》わう場所など他に無い。

特に浅草寺の大黒天様は、江戸時代より続く民衆の活気の象徴であり、要《かなめ》だ。

なぜならほぼ毎日お祭りみたいな浅草寺へ〝活気〟が奉納されるほど、この土地のご利益は上がり、ついでに大黒先輩の暑苦しさも上がるのだから。

「おーい真紀。そろそろ花火始まるみたいだぞ」

買い出しをしていた馨と由理がやってきた。私はポニーテールを翻し、彼らに駆け寄る。

「先輩も、たまには川沿いに行きませんか？」

馨が声をかけるも、大黒先輩は首を振った。

「俺は本堂の屋根から観る。見守る。……お前たちは、楽しんでおいで」

熱い中にも達観した空気を醸し出し、私たちを子供扱いしてこんな事を言うのだ。

「……こんな時だけ、なんか神様っぽいわよねえ」

「まあ実際、この界隈じゃ右に出る者はいないくらい、偉い神様だからね」

そう。そして私たちは、ただの人の子。

だから隅田川の花火大会を、毎年のごとく楽しむ。

人ごみに揉《も》まれ、これみよがしに馨にしがみついて、流れに置いていかれそうな儚《はかな》い由理を私の怪力で引っ張り出しては、ミカやスイが確保している場所にたどり着く。

「……あ、始まった」

ドーン。パチパチパチ……。

ドーン、ドーン……。パチパチ……。

濃紺の空に鮮烈な光の華が咲き乱れ、隅田川に散って落ちる。

皆で毎年、これを観なければ。

そうでなければ、ここ浅草の地に生まれ変わった私たちの夏など始まらないのだから。


さて。

大妖怪《ようかい》だった前世とかすっかり忘れてしまいそうなほど、熱い熱い、夏。

その幕開けだ。

私たちは今年の学園祭で、文化部連合の大プロジェクト「うちのかっぱ知りませんか?」を企画しているのだが、そのせいで夏休みもずっと準備に追われてばかり。

まず、企画の一つである《映画》だ。

映画部の部長が死ぬ気で書いた脚本を元に、上野公園の不忍池《しのばずのいけ》付近でロケを行ったんだけど、あれは暑くて大変だった……

公園でひたすら河童を追いかけ、捕獲部隊と河童のラストバトルの後いきなりの和解。そして一緒にタップダンスを踊る、と言うだけのカオスな脚本。しかしインドア派の文化部男子が一生懸命タップダンスを習得し、公園で子供たちに「あれなにー」と指さされながら踊ったってのが、もう腹よじれるほど面白かったのよね。

そして、私と由理が主に参加している《模擬店》。

茶道部と家庭科部が共同で取り仕切る、和装茶屋のメニューがなかなか凄《すご》い。

抹茶のカップケーキ、きな粉たっぷりの草団子、豆乳とメロンのアイス、よもぎわらび餅《もち》の黒蜜がけなど、徹底して、緑色のお菓子にこだわっているのだ。

本来、こういう学生の模擬店で乳製品や生ものはNGになりやすいのだが……

私たちの場合すべてのメニューを家庭科部の冷蔵庫で、家庭科部の顧問の監視下で管理する。おかげで基準が大きく下がり、使える食材も増えた。

え、卑怯《ひきょう》だって？　いやいや、文化部が持ってるものは全て使う。

それが今回の我々のモットー。

「苺《いちご》大福は赤いよ。おいしいけど」

「う～ん、どうしよう。大福は諦《あきら》める？」

「でもせっかく真紀ちゃんが美味《おい》しい小豆《あずき》を持ってきてくれたからなあ。大福ほしい」

ふっくら体形でいつも穏やかな家庭科部の部長、矢野《やの》先輩は考え込んでいた。

常に三角巾《さんかくきん》をつけているから、みんなにお母さんと呼ばれている。

「メニューも全部、緑色で統一するんですか？」

私が矢野先輩に尋ねたところ、答えてくれたのは別の声だった。

「当然、緑だぞ！」

中庭の窓から野生の河童、もとい大黒先輩が現れた。なぜ河童の着ぐるみ姿なのか。

「アクセントに別の色を持って来ても良いが、基本は緑だぞ！」

「…………」

そしてまた颯爽《さっそう》とどこかへ去っていく大黒先輩。

「えっとじゃあ……苺大福じゃなくて、キウイ大福にしよっか。ちょうどキウイがあるし」

「え、それって美味しいんですか？」

「これがみずみずしくて、意外といけるのよ。キウイを大きめにカットして、少なめの餡《あん》子《こ》と一緒に、薄い白玉粉のお餅で包むの。真紀ちゃん食べてみる？」

「うん、うん」

食べ物をくれる人は大好き。なので出来立てのキウイ大福をくれた矢野先輩も大好き。

そしてこのキウイ大福、びっくりするほど美味しかったのよね。

苺の鉄板な感じと違って、刺激のある甘酸っぱさの中に、さっぱりした爽《さわ》やかさもあって。甘い餡子と絶妙に合うのだ。満足満足。

「ねえねえ真紀ちゃん〜。見て見て、ハイカラさんよ」

ちょうどキウイ大福を頬張っていた時、隣の被服室で和装茶屋の衣装を作っている被服部の宮永《みやなが》さんがやってきた。同じ二年生。

彼女は和装茶屋のウェイトレスの制服である、袴《はかま》を持って来たのだった。

「わ、可愛い！」

「でしょう？　真紀ちゃんには絶対赤い袴が似合うと思うの〜。他のみんなは緑か紺の袴なんだけど」

袴は中古で買ったものを繕い直して作られている為、様々な色や柄がある。持ってきてくれたのは、黒地の上衣に鮮やかな赤の袴だ。

宮永さんはこれを私に着て欲しいんだって。

「……へえ、綺麗《きれい》に出来てるねえ」

由理が覗《のぞ》き込んできた。ちょうど手にお茶の道具を持っている。

女子は袴ってことだけど、男子は由理の持ってきた旅館の古い浴衣を使うことになったらしく、宮永さんがその件で由理にお礼を言っている。由理としても、いらなくなったものをここで使ってもらえるのは、嬉《うれ》しいみたいだ。

それにしても……

こんな風にたくさんの学生と関わりながら、積極的に行事に参加するのは初めてだな。名前と顔だけは知ってたけどあまり関わった事が無い、という子たちとも話す機会が増え、何だか少しもどかしい気持ち……

「ねえ由理。ところで馨は？」

「馨君は中庭にいるよ。小道具や大道具を作ってる」

「あ、ほんとだ」

ここ調理室からも中庭がよく見える。頭にタオルを巻いたつなぎ姿の馨が、他の男子たちと一緒になって、ノコギリでベニヤ板を切っている。

馨が主に参加する企画、《お化け屋敷》。

かっぱに関する豆知識を、お化け屋敷を巡りながら学べるという、早見君の本来の企画に一番近いものだ。馨は設計や物作りが得意なので、ここの道具係を担っている。

あれで日曜大工とか結構好きだからね。将来結婚して、お庭付きのマイホームを建てたあかつきには、お庭にウッドデッキを作ってもらおうと妄想している。

「もーもーもーもーっ！　腹立つ‼」

突然、調理室のドアが勢いよく開いた。

入ってきたのは美術部の丸山《まるやま》さんだ。あの赤ぶち眼鏡にボブカットの。

「とりあえず聞くわ。どうしたの丸山さん」

「聞いてよ茨木《いばらき》ちゃん！　酷《ひど》いんだよ！　生徒会の作ってる学園祭のパンフレットに、私たちの合同企画を載せてもらえなかったの！」

丸山さんが言うことには、私たちの企画は大幅な修正のもと遅れて提出されたということで、パンフレット製作に間に合わず、企画一覧の掲載は無しとなったらしい。

「もっともらしいこと言ってるけど知ってるもん！　私たちより後に出したラグビー部の企画だけは、がっつり紹介されてるって。あああっ、もうあの副会長のやつ〜〜〜」

「ま、まあまあ丸山さん。それなら僕、良《い》い考えがあるよ」

ここで由理が知恵を出す。いったい何をするつもりなのか。

「新聞部に行ってみようと思うんだ」

「えっ、新聞部⁉　なんで⁇」

「新聞部は学園祭の時に号外を出すんだけど、あそこの新聞っていつも人が食いつきそうな下世話なネタを仕込んでいるから、めちゃくちゃハケるんだよね。パンフレットに載せてもらえないのなら、その新聞に宣伝を載せてもらおうよ」

「でも継見《つぐみ》君。あの新聞部って、そういうの取り合わないって聞いたことがあるよ」

「ん、大丈夫大丈夫。多分ね……」

由理は口元に人差し指を当て、ここで心配している女子たちに意味深な微笑みを向ける。

女子たちがそれにときめいている間に、私と由理はすたこらと調理室を出たのだった。

「どういうこと由理。新聞部って私……ちょっと苦手なんだけど」

「多分だけど、条件次第で向こうは僕らの話を聞いてくれると思うんだよね。新聞部は生徒会と長らく敵対関係にあるし。あと……ほら、僕らには林間学校での貸しもあるし、ね」

「……あー、なるほど。軽く脅しだなんて、可愛い顔してえぐいこと考えるじゃない」

「ふふ。元大妖怪ですから」

というわけで、我が校の伝統ある新聞部の部室を訪ねる事に。

私と由理は、新聞部の部室がひっそりと存在する旧館3階への階段を登り、長い廊下を歩いていた。旧館は1階以外ほとんど使われてない教室ばかりだが、3階となると人が一人もおらず、窓も締め切られ外の音も一切入ってこない。

長い廊下の、張り詰めた静けさと埃《ほこり》の匂いの中で、二つの上靴の音だけが響く。

学校でときどき出会うこの空気って、どこか妖的よねー……

「……ん？」

古い理科室。その廊下側の窓からチラリと中を見たのだが、人がいる。

理科の先生……？

その者は白衣を纏《まと》い、教室の中の窓から中庭を見下ろしているみたいだ。

何より驚いたのは、その先生……金髪？

こちらに背を向けていたため顔は見えないが、その先生の髪は、艶《つや》のある金色をしているように見えた。……しかもタバコを吹かしてるっぽい。ここは学校ですけど？

「ねえ、由理。あんな先生いたっけ。あんな、金髪の……」

「ん？　どうかした？」

「あ、いない」

一瞬、目を離して由理を呼んだせいか。その先生は、先ほどまでいた場所から姿を消していた。隣の準備室に入っちゃったのかな。

「もしかしたら、新しい生物の先生かも。夏休みの間に、荷物でも置きに来たのかな」

「なんだ、そっか。別におかしな事じゃないわね……」

私と由理は理科室をもう一度覗き込んだが、もうその新しい生物の先生の顔を拝む事は出来なかった。

「はあ？　学園祭の号外に、文化部の企画を載せたい⁉」

さて。新聞部の部室を訪ねた時に居たのは、クラスメイトでもある相場満《あいばみちる》だ。

黒髪を左右で結った、短めなパッツン前髪が特徴のプリプリ系ギャル。

にもかかわらず、コンビニのジャムパンを片手に背中を丸めて椅子に座り込み、ギラギラした目でパソコンとにらめっこしていた。

この子のことは以前、林間学校で迷子になったところを探し出した事がある。

「ねえ頼むわよみっちゃん。私たち、林間学校であんたを助けてあげたでしょ」

「なんで馴《な》れ馴れしくみっちゃん呼ばわり⁉　てかその話やめてよ、あたしの超絶忘れたい過去なんですけど！　そもそも企画を紹介するスペースなんて無いっての」

「そこをなんとかお願いできないかな相場さん。文化部はみんな、生徒会に居場所を追われて、困ってるんだ」

「そ、そりゃ……生徒会の決めたことは横暴かなって思うけど～」

由理が頼むと、みっちゃんは前髪を撫《な》でながら言葉を濁す。さすがイケメン……

「ね、頼むわみっちゃん。新聞で文化部連合の企画を載せてくれたら、私、あの時あんたが本性丸出しにして泣き喚《わめ》いたの、一瞬で忘れてあげるから」

「あああああああっ‼　その話は、もうっ、やめてってば！」

みっちゃんは可愛げのない大声を上げて、そこにあった原稿を宙に放り投げる。

私たちは舞い落ちる紙を被《かぶ》りながら、「頼むわよみっちゃん」とひたすら真顔で。

これは脅しではありません。純然たる交渉であるからして――……

「みっちゃんただいまー。あー暑かったー。夏に生徒会室の掃除道具入れにひたすら篭《こも》ってるのはスリルと熱気に満ち溢《あふ》れ……ん？」

こんな時に新聞部の部室に戻ってきたのは、新聞部部長の田口《たぐち》先輩だ。

元気が良くて、ひたすらしつこくターゲットを追い回す危険人物。

ショートカットの髪が汗のせいでぺったりおでこに張り付いているのは、今の今まで生徒会室の掃除道具入れに篭っていたからってことらしい。ちょっと凄《すご》すぎるわね。

「ああああああっ、君たち民俗学研究部じゃない！　どうしたのどうしたのこんなところで。あ、よかったら取材させてくんない？　天酒《あまさけ》君はいないのかなー？」

「先輩落ち着いてください。こいつら、あたしたちの新聞で企画の宣伝をして欲しいだけみたいなんで～」

「へー。もしかして文化部連合とかいうの？　〝かっぱ大戦争〟だっけ？　大黒君が仕切ってるやつでしょ？」

「……いや、かっぱ大戦争じゃなくて、〝うちのかっぱ知りませんか？〟ですけど」

私と由理は、この田口先輩のキラキラした目に、若干引き気味に答えた。

「大黒君いいわよねー。あの一生懸命文化部引っ張ってる感じ。うんうん、今時珍しいくらい熱血で男臭いし、でもどこか掴《つか》めないミステリアスなとこが、私の嗅覚《きゅうかく》をくすぐるの。前に一度尾行したことあるけど、お家も分からず撒《ま》かれちゃったのよね～」

「え……それってストーカーじゃ……」

「で、なんだっけ？　文化部の企画の宣伝？　いいよいいよー」

私たちの疑問にかぶせるようにOKをくれる田口先輩。

どうやら企画を、新聞で紹介してくれるみたいだ。

「ちょっ、田口先輩！　そんなスペースもう無いんですけど～っ！」

「大丈夫だってみっちゃん。生徒会にたてついた文化部の奮闘……ネタとしては悪くないじゃない？　大衆ってのは、権力者にいじめられてる弱い者たちが、知恵と努力でのし上がる物語が好きなんだから。それに……」

田口先輩は私たちを見て、目をニタッと三日月みたいにさせる。

「うちの新聞に宣伝枠取ってあげるかわりに、二人にインタビューしてもいいかな？」

「…………」

そんなこんなで、私たちの企画は新聞部すら巻き込み、準備を進めていくこととなる。

元大妖怪《ようかい》の私たちが、今まで苦手意識の強かった、たくさんの人の子と関わりながら。

人の子よ、かっぱ色の青春を謳歌《おうか》せよ。
そう、浅草の神様のいうとおり。

第六話　嵐の夜に

「……って感じなのよ、ママ、パパ。私、なかなか青春してるでしょう?」

線香の煙が、強い風に香りごと流されて……

喪服姿の私は、手を合わせたまま、一度灰色の空を仰ぐ。

ちょうどお盆前の微妙な時期。両親は三年前、今日この日に亡くなった。

月に一回、多ければ二回。

マメに両親の御墓参りに来る私だが、今日はなんだか心持ちが違う。

……無性に、寒い。

「真紀《まき》、そろそろ……今夜は台風が来る」

「分かってるわ、馨《かおる》。隣の風太《ふうた》におもちを預かってもらってるしね」

立ち上がってすぐに、突風が吹く。

今夜、珍しく台風がこの東京にやってくる予報だ。

嵐って嫌いじゃない。でも、何も今日じゃなくても良いのに……

飾った菊と鬼灯《ほおずき》、明日には飛ばされて無くなってるかもね。

着慣れない喪服のせいか、砂利にヒールが埋まったせいか。

嵐の前の強い風のせいか、それとも……

「わっ」

私は思わずよろけてしまったのだけど、馨が横から、がっちりと肩を支える。

「あ、ありがとう馨」

「……気をつけろよ」

喪服の馨は、今日も変わらずしかめっ面。

だけど、いつにも増して甲斐甲斐《かいがい》しいかもしれないな。

「あ、雨……」

ポツポツと雨が降り出した。私たちは揃って早歩きになる。

雨はすぐに強さを増して、持ってきていた傘もあまり役に立たない。

「こっちで雨宿りしておいき」

「和尚さん」

私たちはここの和尚さんのご厚意で、お堂の中で雨宿りさせてもらうことになった。

このお寺の和尚さんは浅草《あさくさ》地下街と所縁《ゆかり》のある人で、私や馨の事情も知っている。和尚さんも小さな頃から、あやかしの類《たぐい》が見えているんだって。

「お茶を持ってきてあげようね。あったかい方が……いいだろうね」

「ありがとう。和尚さん」

外廊下の段差に座り込み、雨が止むのを待つ。

寒い。夏なのに……

「濡《ぬ》れたか？」

「少しね。喪服、クリーニングに出さなくちゃ」

「ほら、ハンカチ」

馨が灰色のハンカチを差し出してきた。それを受け取って、肩の雫《しずく》を払う。

「地味なハンカチねえ」

「言っとくけど、それお前が誕生日にくれたやつだからな」

「あれ、そうだっけ？」

ちんたらしていたら馨が「貸せ」とハンカチを奪い、私の濡れた髪や頬を拭《ふ》いた。

こちとらされるがまま。悪い気はしない。

「今日の馨は世話焼きねえ」

「……お前、気がついてないかもしれないが、結構元気ないからな。動きがいつもより鈍いからな。声も弱々しい」

「そう？　でも馨がそう言うんなら、そうなんでしょうね……」

クスッと笑う。だけどやっぱり、なんだか寒いと思って、笑顔を維持できない。

なんとなく、触れるか触れないかくらいの間隔で、馨と隣あって座っていた。

馨の熱をわずかに感じながら、ただぼんやりと、灰色の墓地を見つめる。

灰色だ。墓石も、空も。

「両親のことを、考えているのか？」

ふと、馨が尋ねた。

「……そうね。この日はいつも考えちゃうわね」

「何か、伝え忘れたことでもあるのか」

「いっぱいあるわ。……ほとんど、何も、伝えられなかったようなものよ」

前世のことを、隠し続けた。

それに伴う、嘘を貫いた。

「私たち、仲良し家族だったけれど、それでも……あの人たちは私があやかしの生まれ変わりだって知らずに、死んじゃったでしょう」

「…………」

「それって、大きな〝嘘〟じゃない。最後まで偽り続けたってことじゃない。でも、そんなことを知らずに死んじゃったのって、ある意味で、幸せなことかもしれないわね」

時々、考えることがある。

もし私があやかしの生まれ変わりだと……茨木童子《いばらきどうじ》という人間の敵、大妖怪の生まれ変わりだとあの人たちが知ってしまったら、どんな反応だったんだろうかって。

きょとんとしてしまうかな。何が何だかよくわからないかな。

私のことを、もう娘だとは思えなくなるかな……

でも、ずっとそれを伝えずにいたら、私はどこかでこの〝嘘〟に耐えられなくなったかもしれない。

「馨は、嫌だったのでしょう？　偽ったまま家族を装うことが」

だから何も言えずに、何もできずに、家族がみんな違和感に押しつぶされてバラバラになってしまった。

「俺は……ただ、不器用だっただけだ」

「ふふ。手先は器用なのにねえ……なんでかしらねえ」

私は、あっけなくいなくなった両親に、墓の前だけでは素直でいることにしている。

今更かもしれないけど、自分があやかしであったことを全部伝えて、それを前提に、何もかもを話す。

というか、そうでなければ語れないことばかりだったのだ。

浅草のあやかしたちのこと、浅草地下街の大和《やまと》組長やスイやミカのこと。

何より、生前両親が一番不思議に思っていたであろう、私と馨、由理《ゆり》との絆《きずな》だって……

「きっと由理も、こんな葛藤《かっとう》を抱いているでしょうね。由理だけは、今でも家族と一緒だから……」

側に居るのに、偽り続けている。言えずにいることばかりだから。

それって苦しいことだと思うわ。自分を象《かたど》る大事な部分を、家族に晒《さら》せないいんだもの。

「…………」

しばらく、沈黙が続いた。

でも沈黙は一つも苦じゃない。私たちはそういう関係だ。

「……あ。あいつら」

何もしないで、ただ静かに二人でいたいだけなのに……

どうしてこんな時に、ああいうのって湧いて出てくるのかしら。

「オマエ、茨木真紀、だな……」

「喰《く》ってやる喰ってやる……」

墓石の間からぬぅと出てきたのは、人の姿に化けた猿面のあやかしだ。

「猩猩《しょうじょう》？　真紀を狙うあやかしか？　三匹いるな」

「……いかにも、噂を聞いて山から降りてきましたって感じねえ」

前にも、この墓場にて名指しで狙われた。

思っていた以上に、私を狙ってこの近辺にやってきたあやかしは多いみたいだ。

「ったく。両親の命日だから、流石に釘《くぎ》バットは持ってきてないわよ」

私はヒールを脱いでお堂の外廊下から墓地に飛び降り、南無阿弥陀仏《なむあみだぶつ》と書かれた卒塔婆《そとば》を拝借。あの、墓の後ろに建てられている細長い木の板。

「いらっしゃい猩猩ども。私が欲しいのなら、まず私を倒さなくちゃ。その前にあんたたちが私に、とって食われなきゃいいわねえ」

雨に濡れた髪を払って、生意気な顔して挑発すると、あいつらはすぐに私に襲いかかってくる。私もまた、喪服のまま片足を下げてしっかり地を捉《とら》えると、猩猩に向かって大きく得物を振るった。

「場外さよならホームラン！」

「あああ～」

はい、おきまりの展開。

空と雨を切る鋭い音、そして間抜けな猩猩たちの悲鳴と共に、一振りするだけで三匹まとめて吹っ飛んでいく。相変わらず普通のＪＫには程遠い力だわ……

しかし私は、いつもなら気がつくはずの、別の殺気に気がつくことができなかった。

「おい！　危ない真紀っ!!」

灰色の視界に、黒点が飛び込む。

ひゅっと出てきて、私を頭から飲み込もうとしたその黒い塊を前に、一歩動きの遅れた

「あ、おい真紀！」

私の襟を馨が掴《つか》んで引っ張った。

黒い塊は墓地の大きな看板に激しく衝突。しばらく唸《うな》り声をあげ、伏せていた。

「ぐ、ぐえってなったわ。ぐえって……」

「あやかしに丸呑《まるの》みにされるよりマシだろ」

馨が私を支え、立ち上がらせる。

その間も、私はその黒い塊から目を逸《そ》らすことは無い。

「なんだあれ、毛羽毛現《けうけげん》か？　いや……犬の妖怪《ようかい》か？」

それはいまいち捉えがたいシルエットだ。

ボサボサの黒い毛の塊から、たくましい四つ足が伸びているのが見える。

確かに毛羽毛現というあやかしの様にも、毛むくじゃらの犬の様にも見えるが、そいつは一度ゆらりと揺れ、そして――

「!?」

こちらに向かって激しく駆けだし、大口を開け鋭い牙《きば》を剝《む》いて私たちに襲いかかる。

私と馨はすぐに反応し左右に飛んだが、黒い塊は外廊下の手すりに激突し、お堂の一部が破壊された。

「真紀!!」

「馨、あんたは和尚さんを！」

破壊されたお堂の、ちょうど手前で腰を抜かしている和尚さんを、馨が助けに行く。

私は卒塔婆を持ったまま、そのあやかしの前まで歩む。

黒い犬……か。

「……何がそんなに、憎いというの？」

ボサボサの黒い毛並みの隙間から、瞳《ひとみ》の鈍い光だけがチラリと見える。

むき出しにされた凶悪な牙からは唾液《だえき》が滴り落ち、雨の水溜《みずたま》りを濁す。

「苦しそうね……。墓地の残留霊力を求めて来たの？　あんたみたいな野良犬は、怖い陰陽局《おんみようきよく》の退魔師たちがすぐに追いかけてくるでしょう？」

「ヴヴヴ……ガルルヴヴ……ヴガアアアアッッ‼」

しかし私の声に耳を傾けることもなく、その大きな黒い塊はたけり吠《ほ》える。

「……？」

その息から僅《わず》かに感じられる邪悪な霊力に、私は眉《まゆ》を顰《ひそ》めた……

黒い塊は体を起こし、再び私に向かって突進する。

「……ったく」

卒塔婆を構え、奴が向かってきたタイミングで大きく後退。後方にあった樹の幹を蹴《け》って飛び上がると、そのまま獣の脳天に思い切り卒塔婆を振り落とした。

「はい、いっちょあがり」

反動でもういちど跳ねた体を一回転させて、裸足《はだし》のままピシャッと水溜りに着地。

ただの木の板でも、霊力でコーティングすればそれは鋭い刃《やいば》にもバットにもなる。

卒塔婆はそもそも、念仏が書き記された仏教的な代物だし、得物として結構優秀だったりするのだ。

「ヴヴヴ……ヴヴ……」

この黒い犬は伏せたままピクピクと体を震わせて、それでもなお、強く私を睨《にら》んでいた。

「あんたも、私の噂を聞いて喰いに来たの？　それとも、何か用があるの……？」

その視線に僅かな意思を感じた私は、今一度黒い犬に近寄って、伏せた体に触れる。

「!?」

体はとても冷たく、毛むくじゃらだと思っていたそれは、体の表面を揺れる黒い霧だった。あまりの冷たさに、思わず手を引っ込める。

……もしかしてこの子、悪妖になりかけてる？

「ねえ。お腹が空《す》いているのなら何か食べ物をあげるし、霊力が足りないのならそれを補充するものを持ってきてあげるわ。浅草地下街にはいいものがあるの。だから、ダメよ。何があったのかわからないけれど、悪妖になっては……」

「ヴグウガ……ッウグガアアアアアッッ!!」

しかしその獣は私の言葉を否定するかのように、体にビリビリと刺さるほどの鋭い咆哮《ほうこう》を上げ、最後の力を振り絞って私の喉元《のどもと》に喰らい付く。

ああ……やっぱり私、変だわ。

動揺したというのもあるけれど、こういう時に、動けないんだもの……

しかし獣の牙が首に触れるか触れないかの瞬間、馨が真横から黒い塊の胴体に強く蹴り込んだ。

「真紀に触れるな」

力任せな馨も、静かな怒気に満ちたその表情も珍しい。

黒い獣は吹っ飛ばされ、墓石に体を打ち付けた。

この一撃が重く大きかったのか、馨の敵意にひるんだのか。獣はよろめきながらも、ここから逃げ去る。

「ま、待って……っ！」

呼び止めようとするも、強く降る雨と深い霧のせいで、その獣の姿はすぐに見えなくなった。私たちはそれを追いかけることもできずに、ただただ強い雨に打たれていた。

あの子、これからどうするのだろう。

「おい真紀、大丈夫か……っ！」

「うん、馨が助けてくれたから、平気よ」

「……お前、首」

馨が私の髪を払って、首筋に触れる。

ぎゅっと眉間《みけん》にシワを寄せた複雑な表情から察するに……怪我してるのね、私。

ただの擦《かす》り傷だと思うけれど、馨は気にしてしまうわよね。

「痛くないわ。痛くないわよ、馨」

「痛いとか痛くないとか、そういう事じゃない。手当てしないと。喪服もボロボロだな」

淡白な言葉だが、声音は怒っている感じでもない。

むしろ彼の心配が、胸に迫る。

「ごめんね、馨」

「何がだ。……どうせ、俺が俺のために買ってきたチョコアイス勝手に食べてごめんね、とか。そういうの今更思い出したんだろ」

「……まあ確かに、それもごめんって感じだけど」

「やっぱり食ったのか。やっぱり食ったのか」

馨は多分、私が謝った意味を分かっている。でも空気が重くなりすぎないように、あえて話を逸らしたのだ。

それでなくとも、今日は両親の命日だ。

嵐の前の、雨だ。

悪妖になりかけた、哀れなあやかしと出会った。

気がかりばかりだし、心のもやもやは晴れそうにないのだから……

その後、私はお堂で和尚さんに首元の擦り傷を手当てしてもらい、貰《もら》ったバスタオルに包《くる》まったまま、車で家まで送り届けてもらった。お堂や墓石、看板なんかが壊れてしまったけれど、その後始末は浅草地下街の黒子《くろこ》坊主《ぼうず》たちがしてくれるみたい。

組長、いつもありがとう……と、一人心で手を合わせた。

「へっちへっちへっち。……あー、くしゃみ止まらない」

「こんだけずぶぬれになりゃあな。早く風呂《ふろ》に入って体を温めろ」

お隣の風太に預かってもらっていたペン雛《ひな》のおもちを迎えに行って、そのまま私の部屋に戻る。馨がすぐにお風呂を沸かしてくれた。

「馨、後ろ下ろして」

「…………ったく」

濡《ぬ》れた喪服のファスナーを下ろしづらかったので馨に手伝ってもらい、中の薄手のキャミワンピのみの姿で、風呂場へと向かう。

馨もまた、洗濯機の前で濡れたシャツを脱いで、タオルで体を拭《ぬぐ》っていた。

「…………」

私は湯船に浸《つ》かって、しばらく静かに、目をつむる。

両親が死んでから、毎年この日はこんな感じ。

朝、目が覚めた瞬間から、調子がずっと、狂っている。

馨はそれを重々承知だから、一日中私を見ているし、由理は私が無理に笑ったり気をつかったりしないように、今日という日に会いに来ることは無い。馨に全てを、任せている。

ガタガタ……ガタガタ……

強い風が、お風呂場のガラス窓を揺すっている。

「今夜は台風か……。あの黒いあやかし、大丈夫かな」

一度手のひらで湯船のお湯を掬《すく》い、パシャッと顔を洗う。

肩までお湯に浸り、その風の音を聞きながら、私は冷えた体を温めた……

ゆっくり、ゆっくりと。

私を襲う強い寒気を、追い払いたいから。

「馨ー、上がったわよ。お湯温め直したから、あんたもさっさと入りなさい」

馨は部屋の隅っこで、ペン雛のおもちと一緒に積み木で遊んでいる。テレビで台風の状況を追うニュース番組を付けていながら、見もしないで……

「おお、お前ほんと器用だな。ペンギンであってペンギンじゃ無いからか？」

「ぺひょ〜ぺひょ〜」

「家ってものを認識しているのか。立派な建築士だ。そういうとこ俺似だな」

積み木は、馨が家の片付けで発掘して持ってきたものだ。

幼い頃に両親に買ってもらったものの様で、子供らしく振る舞うのが苦手だったくせに、積み木やブロックでだけは熱心に遊んでいたのだとか。

最近おもちも、これで良く遊んでいる。自分一匹で積み上げて、小さな家を作ったりするのでなかなか凄《すご》い。馨が褒めると、羽をパタパタさせて喜ぶ。

「じゃあ、もちの字、あとはママに遊んでもらえ。ママは破壊神だから、作った家を壊されるかもしれないがな」

いまだよくわからない愛称でおもちを呼ぶ馨。

馨はお風呂が好きなので、いそいそと風呂場へ向かう。

「おもち、おやつ食べた？　バナナ食べる？」

バナナはおもちの好物の一つ。これを台所から持ってきて見せてみると、大好きな積み木遊びすら放置して、ぺたぺたこちらに寄ってくる。私はそんなおもちを「つかまえた！」と抱き上げて、膝《ひざ》にのっけた。灰色もふもふの体を一度さする。あったかい……

バナナの皮を剝いて、ちぎっておもちの口元へ持っていく。すると嘴《くちばし》を大きく開けて、丸呑《まるの》みするのだった。

「おいしい？」

「ぺひょっ！　ぺひょっ！」

もっともっと私を見上げ、嘴をぱかっと開けるおもち。

バナナをちぎってはあげて、ちぎってはあげて。

やがて自分で持つそぶりをみせたので、バナナの残りをそのままおもちに与えた。

夢中になって食べる可愛らしい姿には、少なからず癒《いや》され、愛《いと》おしさが湧いてくる。

そういや私も、ごはんごはんと両親に催促する、腹ペコの子供だったな。この有り余る霊力を維持するのに、普通の人間よりたくさん食べなくてはならないから。

……ママやパパは、私が普通の子供よりたくさん食べるのを見て、どう思っていたのだろうか。

苦労させた。

いつもぐーぐーお腹を空《す》かせていたから、ネグレクトを疑われた事もある。

逆に食べさせすぎだと、親戚《しんせき》の伯母《おば》さんに、ママが怒られた事もある。

違うわ。

ママは多分、なんとなく分かっていた。それが、私なんだって。

たくさんの美味しいお料理を作って、食べさせてくれた。お弁当だって、お仕事が忙しいのに毎日毎日こしらえてくれた。ママお手製のコーン入りハンバーグが、今でも恋しい。

パパだって、出張から帰ってくる度に私のためにお土産を買ってきてくれた。「また食べたい！」っていうとそれを覚えていてくれて、同じ場所に行く度に買ってきてくれたっけ。

私は、両親にちゃんと愛されていた。だからこそ、だからこそ……

何度となく考えてしまう。私の前世があやかしであり、その記憶があることを知ったら、仲良し家族はどうなってしまったのだろう、って。

「……風、強くなってきたわねえ」

窓を少し開けて、よく動く灰色の雲を見た。

暗雲。そういったものが立ち込めた……平安《へいあん》の時代を思い出す。

あの頃の両親は、鬼と成り果てた私を見捨てその処分を陰陽師《おんみょうじ》たちに任せた。

そうして二度と、会いには来なかった。

あの時、ただの呪術《じゅじゅつ》や物理的な攻撃では死なないほど膨大な霊力に守られていた私は、結界の張られた暗い座敷牢《ざしきろう》に閉じ込められ、長い間食べ物と飲み物を与えられずにいた。

霊力の枯渇を待ち、弱らせる為だったのだろう。

霊力不足ほど、あやかしにとって苦しいことはない。

身体中が寒気と痛みに蝕《むしば》まれ、それ以上にとてもとても寂しくて。

死にたい死にたいと、いっそ一思いに殺してくれと……

それすら許してくれない、全てを呪った。

「真紀、真紀。上がったぞ。……なんだお前、ゴロンと横になって」

馨は風呂上がりの黒いTシャツ姿で、まだ濡れた髪をタオルでワシワシ拭《ふ》きながら、何かに気がついたのかじーっと私を見下ろしている。

「どうした真紀、顔が赤いぞ。熱があるんじゃないだろうな」

「そう？　特に体に不調はないけど……」

馨はペタペタと私の頬に触れた後、そっと額の髪を払って、自分の額を押し当てた。

「……やっぱお前、熱があるぞ。風呂上がりの俺より熱い」

「うーん、雨に打たれたし、夏風邪かな」

「どちらかというと、心と霊力が乱れているんだ、お前にとって、今日はそういう日だ」

「………」

「寝てしまえ。寝て、今日一日をさっさと終えてしまえ。台風が去った頃には、もういつものお前に戻っているだろうよ」

そう言って、馨はちゃぶ台をどかして布団を敷き始める。私はものをどかしたりずらしたりして、布団を敷くスペースを整えた。

そうして敷かれた布団に、またゴロンと横になる。

確かに今日は、体に力が入らない。できるだけ、ぐでっとしていたい。

「飯、なんか食うか？」

「……バナナを食べるから、大丈夫よ。馨は早く帰らなくちゃ。台風が来て、家に戻れなくなっちゃうわよ」

「……俺、今日は……」

馨が何か言おうとして、額に手を当て戸惑って、ため息ついて頭をかきむしって、何やら慌ただしく葛藤《かっとう》している。

やがて馨は、視界からいなくなる。

あれ、どこに行ったの？　寒い……寒い……。夏なのに寒い。

「これ、かぶってろ」

そっと暖かい何かが体にかけられる。

おもちが愛用している、赤ちゃん用の毛布だ。これは私が、小さな頃に使っていたもの。

ずっとずっと捨てられなかった、両親の匂いが染み付いたもの。

ダメだ、この匂いは……っ。

泣いてしまいそうだったが、側に寄ってきたおもちを抱き寄せ、そのお腹に顔を埋《うず》めて涙を隠す。

「馨……おやすみ」

そして、バイバイ。また明日《あした》。

馨はきっとこのまま家に帰るし、私ももう眠ってしまおう。

眠って、今日を終えて、ざわざわと鬩《せめ》ぎ立てる何もかもを越えて、明日を迎える。

そしたらきっと、また馨が迎えに来てくれるから。

○

「晴明《せいめい》、晴明！　出して、ここから出して！」

「……あなたをここから出す訳にはいかないのです。この都の為に。人の世の為に」

「嫌よ。嫌よ、こんなの……っ！　ずっと私をあやかしから守ってくれたじゃない、晴明！」

そうだ。私があやかしと成り果てたあの夜。

陰陽師・安倍《あべの》晴明と、当時最強を誇っていた退魔師・源頼光《みなもとのよりみつ》は私を捕らえ、あの座敷牢に閉じ込めた。

「頼光、頼光。どうして、私、こんな……っ」

「僕を、許してください……っ、茨姫《いばらひめ》」

頼光が悔しそうに牢の格子を握り、涙を流して絞り出した、懺悔《ざんげ》の言葉。

今でもよく覚えている。もう二度と外界に出られないのだと悟った、絶望感も。

座敷牢に霊符を張り巡らせ、強力な結界を張り、逃げられないよう足に鎖をつないだ。

「嫌だ嫌だ！　出して、出して出して出して！」

誰もがここを去り、重い扉を閉める。

格子の隙間から手を伸ばす。だけどそこに、救いは無く。

父も母も、もう私を見ようともしない。

今まで私を守ってくれていた晴明や、幼馴染《おさななじみ》だった頼光も……私をずっと慈しんでくれた者たちが皆、私を疎み、殺そうとしている。

もう誰も、私のことなど愛してはくれないのだ……

「ならいっそ、ひと思いに殺してくれれば良かったのに。晴明……頼光。あなたたちならそれが、できたはずよ」

暗い場所でひたすら暴れ、それでも壊れない強力な晴明の結界を前に、ここから逃げることを諦《あきら》めた。きっとここで、人知れず骸《むくろ》に成り果てるのだろうと思った。

……私がここから出してもらえない理由は分かる。

私は鬼となった。覚醒《かくせい》したその力は大地をえぐり、破壊し、多くの者を傷つけた。

だけど私は、鬼になりたくてなったのではない。

私という存在は、ただここで枯れ果てるのみだというのだろうか。

寂しい。寂しい……

せめて、会いにきてよ。晴明……頼光。

殺したっていい。死を望まれたって、かまわないから。

一人で死ぬのは嫌だ。一人で死ぬのは嫌だ……っ！

「…………」

誰の温《ぬく》もりも得られない、その孤独の中で寝ると、いつも夢を見た。

なんの夢だったか覚えていないけれど、暖かな場所で、誰かが私の名を呼ぶ夢。

でも、目が覚めた時に思い知る現実が、あまりに辛《つら》くて、私は……

痛みがやがて憎悪と変わり、私は……呪いにも似た黒い霊力を帯びかけていた。

そう。悪妖《あくよう》に成り果てそうだったのは、私だ。

だけど、そんな私に手を差し伸べたのは……

光差す扉の向こうから現れ、私を座敷牢から攫《さら》ったのは、黒髪黒目の、麗しい鬼。

あのしだれ桜で何度か見かけ、その度に晴明の結界に阻まれ、触れ合うことのできなかった、人ならざる存在。

平安京最大の悪、酒呑童子《しゅてんどうじ》。

私の運命。

しかし、そんな茨姫と酒呑童子がお互いに心を通い合わせるのには、もう少し時間がかかったりするのである。

私は自身も鬼でありながら、ひどくあやかしに怯《おび》え、何もかもを信じることが出来なくなっていたからだ。

最初は酒呑童子に触れられることが、とても怖かった。だけど……

茨姫。なあ茨姫。

そうやって名を呼び、手を差し伸べた。

酒呑童子という鬼は、拒否してばかりの私を見捨てることなく、自分の隠れ家で健気《けなげ》に世話し、不器用ながらも恋文を書いたり、柄にもなく花を摘んで持ってきたり。

私が少し動ける様になったら、外に連れ出し、見たことの無いものを見せてくれたり、食べさせてくれたり。

傷付いた私に寄り添い、愛してくれた。

もう、誰にも愛されないと思っていた、この私を……

◯

何かが窓辺に当たった音で、パチッと目が覚める。

やっぱり夢を見ていた。嫌な夢だったけど、途中からとても懐かしい、愛《いと》おしい記憶の始まりだったのに……

夢って、絶対いいところで終わってしまうわよね。

今はちょうど真夜中の、台風が直撃している最中のようだ。オンボロアパート、強い風で猛烈に揺れてるんだけど、大丈夫かな。

……ぐう。

「堂々とした腹の虫だな」

ん？　誰もいないはずの部屋から声がした。起き上がって、キョロキョロと見回す。

「あれ、馨？」

驚いたことに、馨が部屋の隅っこで、淡い鬼火を頼りに漫画本を読んでいるのだ。

「あんた家に帰ったんじゃないの？　どうしてここにいるの？」

「……風が強かったんでな。もう、ここで夜を越そうと思った」

ここに泊まるのを、あんなに拒んできた馨なのに……びっくり。

「でも俺は寝てないからな。寝てないから、セーフだ」

「それなんの理屈？」

「俺の理屈だ。風太に気になってた漫画を全巻借りて、一気読みしてたところだから」

「………………」

目をぱちくりさせて、小首を傾げて、私はこう言う。

「あんたバカねえ」

「はあ？」

馨は心外だと言いたげな顔をしていたが、私はやっぱり、馨はバカだと思う。

バカに真面目。そして、バカがつくほど昔から変わらない。私の夫だ。

「ふふ。バカよあんたは。私なんて置いて帰れば良かったのに。眠たそうよあんた」

「お前、酷《ひど》い鬼嫁だな。俺はお前が目を覚ました時、一人で腹を空《す》かしてたらとか思って」

「……わかってるわよ、馨」

馨は今日、ずっと私を心配していた。だから、台風が来る今日この日の夜、寂しくてひもじい、寒い時間を過ごさないように、ここに留《とど》まってくれたのだ。

私は馨の所まで這《は》っていく。そして、あぐらをかいている馨の顔に自分の顔を近づけ、ニコリと笑った。そして、もう一度言う。

「わかってるわよ、馨！」

「……ふん。その様子だと、少しは調子が戻ってきたみたいだな」

「うん、でもお腹すいちゃった。夜ご飯食べてないもの」

「……目玉焼きのせたトーストなら作ってやる。ちょうど風太が沖縄に行く前で、冷蔵庫に残ってたハムとスライスチーズくれたし。俺でも作れるし」

「ほんと⁉　わーいわーい。じゃあ卵は半熟ね」

「はいはい、真紀さんの好きなようにしてやる」

「馨、今日はやっぱり、いつもより優しいわね？」

「は？　俺はいつも優しいだろ」

「……それもそうね！」

舞い上がってしまった私は、ビュービューゴウゴウ、吹き荒れるうるさい豪風のなか、思い切り窓を開け断言した。

「馨が今日も最高の夫だわ！　私のために、半熟目玉焼きのっけたトースト焼いてくれるんだって〜っ！」

「ぎゃあ！　ちょ、お前っ！　なにやってんだよ、やっぱりまだどっかおかしいな⁉」

早く閉めろ早く閉めろと、風に舞うあれこれを拾いながら文句を言う馨。

「パパと、ママよ」

「……は？」

「私の馨は、今日も優しい旦那《だんな》様だってね、風に乗せて、パパとママに伝えたかったのよ」

「…………」

天国のパパとママへ。

真紀は、二人が居なくなって四度目の夏を迎えます。

寂しい思いがぬぐえなくても、気がかりな出会いがあったとしても、馨が側にいてくれるので、毎度この日を乗り越えます。

だから、安心してね。私は決して、一人ではないから。

「ふう、気持ちが良かった〜。やっぱり私は、強い風に髪をなびかせてこその茨姫」

「そういやお前、台風の日に外に出たがる危険な子供だったよな。つーか、ご自慢の髪の毛、鳥の巣みたいになってるぞ」

「……え？」

こんな日常が、とても愛おしい。だから時々、怖くなる。

この夢から覚めたら、私はまた、暗い座敷牢《ざしきろう》にいるのではないかと……

だけどやっぱり、目が覚めたらそこに馨が居て、何度でも私の名を呼び、手を差し伸べる。

生まれ変わっても忘れない。あの時、あなたが私を救ってくれたこと。

二人で目玉焼きのせたトーストを齧《かじ》る、このささやかな幸せを。

第七話　晩夏の流星

夏休みもあと三日。

そろそろ涼しくなる頃合いなのに、なぜか連日猛暑を記録している。

学園祭の準備はお盆以降おやすみで、あとは新学期が始まってからということなのだが、これならクーラーを付けていい学校で涼んだほうがマシだったかも。

「あっつー……。もうすぐ九月なのに、何よこの暑さ。地球温暖化？　というか東京が暑いの？　コンクリートジャングルって、下手したらジャングルも真っ青な危険区域よ」

「ペヒョ〜」

おもちが私の下に愛用のヒノキの桶《おけ》を持ってくる。水を張ってとおねだりしているのだ。

「はいはい。あんたのプールだものね」

私がそれを用意してあげると、冷たい桶の中に飛び込み、悠々と遊びだす。

「いいわねえおもち、あんた楽しそうねえ。……あー、水に手を浸すだけで気持ち〜」

「ペッヒョ〜」

「ていうかおもちー、あんたいつまでペンギンの赤ちゃんに化けてるの？　それがお気に入りなの？　元の姿を忘れなきゃいいけど」

おもちは私の心配をよそに、お風呂《ふろ》用のヒヨコ人形をゆらゆらさせて遊んでいる。

これは馨《かおる》が浅草寺《せんそうじ》境内の出店のバイトでもらってきたもので、おもちのお気に入り。

おもちってば見た目はペンギンの雛《ひな》だけど、行動は人間の子供のそれなのよね。

教育番組をずっと見てるからかなー。両方の羽なんて、マグネットでも入っているのかってくらい、器用に物を持ったりできるし、色々と生態が謎だ……

「あー。暑い。夕飯の買い物に行けるかしら……」

ゾンビのごとく揺れながら、部屋の隅に置かれている冷蔵庫まで行く。

食材のチェックをするためだ。

しかし開け放った冷蔵庫の前で広がる冷気があまりに心地よく、一時の至福を得る。

冷蔵庫の中はきゅうりが一本だけ。暑いけど買い物には行かないとね……

「はあ、それにしても味気ない夏だったわ〜。学園祭の準備はまあ楽しかったけど、海やプールに行くこともなかったし。馨も由理《ゆり》も、あんまり遊んでくれなかったし……」

誰が聞いているでも無いのに、ぶつぶつと。

暑さのせいか徐々に思考能力が低下し、陰険な事ばかり考えてしまう。

「馨も由理も、きっと今涼しい所に居るんでしょうね……今に見てなさい……きっと私、干涸《ひから》びて発見されるわよ。第一発見者は馨に決まり。奴にトラウマを植え付けてやる」

「お前、俺になんの恨みがあるんだよ」

「ぎゃあっ」

首筋にひんやりとした何かが当てられ、私はあんまり可愛くない声を上げてしまった。

気がつけば馨が後ろに。手には、まだ袋に入った冷たいアイスキャンディーが。

「お前、ドアの鍵《かぎ》が開いてたぞ。もう少し戸締りをしっかりしろよ」

「私の部屋に入ったら、泥棒の方が御陀仏《おだぶつ》だと思う」

「そうだ。俺は泥棒を心配しているわけだ……。っておい、冷蔵庫を開けっ放しにするな」

そして私を冷蔵庫前から追い払い、冷蔵庫の扉を閉じる馨。

唯一の涼が無くなり、汗が頬を伝い、顎《あご》から膝《ひざ》の上に落ちる。

馨が持っていたアイスキャンディーが、なんとも言えないひんやりオーラを漂わせていたので、それをめがけてゆらゆらと手を伸ばした。渇いた声で唸《うな》りながら。

「ゾンビかよ！　残念だがこれは俺のアイスだ。お前に食わせるアイスなど無い」

「ガーン。そんなのって無いわ。我が家は納税制じゃない！」

「なんだ納税制って。俺は働き蟻か」

「そして私は女王蟻。あんたのものは私のもの、私のものは私のもの……」

「……ほお」

馨が意地悪な笑みを浮かべ、アイスキャンディーを私の手の届かない高い場所に掲げた。

私はあわあわと手を伸ばして「ちょうだいちょうだい」と。

「仕方がないなあ、真紀《まき》さんはー」

馨は買って来たソーダ味のアイスキャンディーを「ほーれほーれ」と私に近づける。

私はそれをバッと奪い、袋を剥《は》いで一心不乱に貪《むさぼ》った。

一方馨は、いつものごとく缶コーラを取り出して飲んでいる。

「そう言えば……あんたさっきバイトに行ったばかりじゃない。なんで帰ってきてるのよ」

「あー。それなんだが、今日のバイト先ってラーメン屋だったろ？　店長が家庭の事情でしばらく店を閉めるだと。結構割の良いバイトだったんだが、別のを探さないとなー」

馨は残念そうだが、私としては、バイトばかりの馨が少し休めるのならそれもいいかなと思ったり。

「あ、そうだ。お前、明日《あした》……って、なんの用事も無いよな」

「何よ何よ。明日何かあるの？　楽しい事？」

なんだか良い予感がして、床を這って馨に近寄る。

「由理が山奥のキャンプ場に遊びに行こうって。おばさんが休みを取れるらしくて、俺たちも連れて行ってくれるんだと。由理の妹の若葉《わかば》ちゃんも来るぞ。さっきグループのメッセージ来てただろ？」

「ん？」

カバンに入れっぱなしだったスマホを、ごそごそと取り出す。

確かに〝民俗学研究部〟のグループ宛に、由理から遊びのお誘いメッセージが来ている
みたいだ。私はそれに気がつかず、恨みがましい事をつらつら考えていたのね……

それにしても、夏休みの最後にこんな夏らしいイベントがあるとは！

「山奥のキャンプ場って？　何するの？　テントを張るの？」

「テントじゃなくコテージに泊まるんだ。川で泳いだり、バーベキューが出来るらしい」

「バーベキューッ!?　行く行く行く絶対行く！　川が私を呼んでる！」

あからさまに大喜びな私。しかし馨はどこか真面目な顔をしている。

「……だけどお前、水着はあるのか？」

「え？　スク水なら」

……あ。馨が、あからさまに幻滅した顔をしてる……

奴はしばらく額に指を当てて唸っていたが、最終的に由理に電話をかける。

「あ、もしもし由理？　真紀の奴、水着を持ってないらしいぞ……え？　スク水？　そりゃお前はそれでいいのかもしれないが、俺的にはアウトだぞ……え？」

「ちょっと、なんて会話してるのよ」

「とにかく、真紀に水着を用意させるからな！」

馨は謎の断言をして、電話を切るとくるりと私の方を向く。

「お前……水着を買いに行くぞ」

「今から？　そんなお金、私無いんだけど……」

「……女用の水着の相場は？」

「安物なら五千円もしないし、今ならもっと安売りしてるかも。でもそれならスク水で——

——……」

「ダメだっ!!」

凄《すご》い勢いで首を振った馨。ガッと私の肩を掴《つか》んで、超絶キリッとした顔で続ける。

「水着を買いに行こう真紀。俺が買ってやるよ」

「は？　あんた何言って……」

「ただし真っ赤なビキニだ。それ以外は、絶対に認めないからな！」

「…………」

こいつ。連日の猛暑にやられて、おかしくなっちゃったのかしら。

いつもは格好つけのくせに、今日は清々《すがすが》しいほど男のロマンに忠実ね。

私が恥ずかしがったり怒ったりする暇もない。

「まあ、あんたが買ってくれるのなら……それでいいんだけど……」

激しく引き気味で頷《うなず》く。私がこの男の後手に回るのは、ちょっと珍しいかも……

こうして私と馨は、揃って近所の商業施設・浅草《あさくさ》ROXへと向かうことに。

やっぱり夏休みシーズンを終えたこともあり、赤いビキニは半額の三千円で買えたわね。


翌日。私と馨は継見《つぐみ》家のお誘いを受けて、山奥のキャンプ場へと訪れていた。

本当はおもちも連れて行ってあげたかったんだけど、一般人がいるのでスイの保育園で面倒を見てもらっている。ミカと遊べるのでおもちは嬉々《きき》としていたし、ついでにスイが痒《かゆ》み止めの薬をくれたっけ。

「海派と山派は終わらない論争を繰り広げているけど、私は圧倒的に、山、ね」

「俺も」「僕も」

連れてきてくれた継見家の面々がコテージでまったりと過ごしている間、私たちはキャンプ場の川に向かっていた。

高校生と言えど少し枯れた私たちには、緑に囲まれた涼し気な川辺がふさわしい。

「あと、大黒《だいこく》先輩が学園祭の展示室に飾る、山奥の川の写真が欲しいんだって。いかにも河童《かっぱ》がいそうな……。だからここの写真いっぱい撮っとこうかなって」

由理が立派なデジタル一眼を持ってきてるなと思ったら、そういうことか。

「要するに、ここに河童がいるって捏造《ねつぞう》するのか……」

「まあそういうことだね」

「あ、見て見て、川よ川！　すごーい、水が澄んだ緑色……あ、普通に河童いるじゃない」

「あ、ほんとだ」

捏造するまでもなく野生の手鞠《てまり》河童も生息する、翡翠《ひすい》のような色をした綺麗《きれい》な川だ。

せせらぎの音と、清々しい空気。両手を広げて、全身に浴びる。

今まさに着ていたTシャツを脱いで馨に向かって投げ、白いシュシュで結ったポニーテールを揺らしながら、浮き輪を持って「お先にー」と川に入っていく。

ああ、ちょっと冷たい。でも気持ちいい……

「おい真紀！　虫除《よ》けスプレーしていけって……ったく」

あれこれ言いつつクールな表情の馨だが、視線はチラチラと私の水着姿に。馨って結構真っ当な男の子だから、布少なめなビキニが好きなのねえ。

ま、私ってスタイルだけは良いからね。よく食べるせいで胸も育ってきたし。

「おーい、かっぱー」

私はさっそく、手鞠河童の側まで浮き輪を頼りに泳いでいく。

奴らは大きな葉っぱで船を作り、川下りをしていた。

「あんたたち河童のくせに泳がないの？」

「あー。あんた誰でしゅか〜」

「……浅草では圧倒的な知名度を誇る私も、ここじゃまるで無名なようね」

そりゃそうだ。手鞠河童たちはほげーとアホ面のまま流されていく。

「真紀ちゃん、あんまり奥へ行っちゃいけないよ。夏の川は事故が多いんだからね！」

「分かってる〜」

由理は川原で景色の写真を撮りながらも、レンズ越しにハラハラしていた。

由理ってば本当に母親気質だ。でも昔から由理の言う事なら素直に聞こうと思える私。

川岸に戻り、一度川から出る。

「あ」

川辺から離れたところで、日傘をさしてこちらを見ている女の子が一人。

「……若葉ちゃん」

肩で切りそろえられた髪に、透き通るような白い肌。

薄手の白いワンピースがよく似合う、小柄で細身の、儚《はかな》げな美少女だ。

確か、今年で中学一年生。

「若葉ちゃんも、一緒に泳ぐ？」

「……ううん、私はいい」

若葉ちゃんは首を振って、ただじっと、川の方を見ていた。

彼女の視線の先には、さっきの手鞠河童たちが。

「あそこに……何かいる？」

「う、ううん」

若葉ちゃんは慌てて否定した。

……もしかして、あやかしが見えている……？

いいえ、若葉ちゃんとは付き合いも長いけど、あやかしがはっきりと見えている感じでは無かった。ただ、由理の妹なだけあって一般人より霊力が大きく、霊感体質なのだ。

もしかしたら、何かきっかけであやかしが見える様になるかも……

「お兄ちゃんお兄ちゃん……」

若葉ちゃんが小さな声で由理を呼び、彼の羽織っていたパーカーを引っ張った。

「ん？　どうしたんだい、若葉」

「私、河原の綺麗な小石を集めたいの……夏休みの自由研究」

「じゃあ僕も手伝うよ」

「……うんっ！」

由理は可愛い妹のため、川遊びに興じる事も写真を撮るのも忘れて、若葉ちゃんと共に小石を集めだす。

若葉ちゃんは小さな頃からお兄ちゃんっ子だったからね。

確かに由理の様な、優しくて面倒見の良《い》い優しい兄がいたら、そうなるのも分かる。

「馨君、真紀ちゃんをしっかり見ていてね」

「ちょっと由理。私は子供？」

「だって真紀ちゃん、泳ぐのあんまり得意じゃないし」

「う……それはそうだけど」

確かにその通り。私は基本的に馬鹿力で運動神経は良いが、泳ぐのは少し苦手だ。どのくらい苦手かっていうと、浮き輪は手放せないくらい。

浮いているだけなら楽しいんだけどねえ。というわけでまた浮き輪を相棒に川へ。

「でしゅ。でしゅ」

手鞠河童たちの謎の川下りレースを眺めながら、時々手で進行方向を遮ったりして鬼畜な妨害を繰り返した。ケケケ。

「おい真紀、あんまり遠くへ行くなって」

馨も川に入ってきて、人様の浮き輪を掴んで動きを止める。

私は浮き輪の中で、馨の方にくるりと向き直る。そして小悪魔めいた微笑みを浮かべ、浮き輪から少し身を乗り出した。

「どーよ。あんたが大金をはたいてでも見たかった、私の真っ赤なビキニ姿は」

「……大金って、3千円の安物の水着だろ……」

と言いつつ馨の視線の矢印は、確実に人様の胸の谷間あたりに向いている。男子め……

「可愛いでしょう？」

「自分で言うな」

「あら？　じゃあすぐにスク水に着替えてやるわ。あんたのクズな夢をぶっ壊す」

「え……」

本気でショックを受けている馨の顔が面白い。

素直に可愛いって言ってくれれば嬉《うれ》しいんだけどなあ。

とりあえず「はい」と浮き輪の紐《ひも》を馨に持たせた。

「はいって何だ、はいって」

「それ持っていて。私が流されない様にね」

「……このまま岸に上げてやる」

「ちょっと何戻ってー……あ、でもなんか楽しいかも。馨、せっせと私を運びなさい！」

「偉そうにしやがって。お前は女王様か！」

「女王様というかあんたの妻よ」

「……なんかこういうやり取り前もしたな」

「いっつもしてるわよ、いっつも」

あー。馨に運んでもらうのは楽だ。

頭上に覆いかぶさる、青々とした森の木々を見上げ、悠々と眺めていたのだが……

突然、川中から足を引っ張られる。

「あわあっ⁉　ぎゃはははは」

そして暴れながら爆笑。何かが足を引っ張り、足裏をくすぐっているのだ。

あまりにくすぐったくて浮き輪から手を離し、簡単に溺《おぼ》れた。水中で目を開けると、なんとあの手鞠河童どもが私の足に密集し、くすぐりまくっている。

あんの緑の生モノども〜〜〜っ、私が川下りを妨害したのを根に持ってるんだわ！

奴らを引き剝《は》がそうとバタバタしている間に、すぐ馨が引き上げてくれたけど……

「おいおい、何やってんだ」

「だって、河童が！」

「は？　学園祭の話か？」

「違うわよ、モノホンの手鞠河童の話！」

とりあえず馨の腕にしがみつく。手鞠河童たちは「ざまあでしゅ〜」とケラケラ笑いながら、泳いで川の奥の方へ行ってしまった。

あいつら……絶対あとでとっ捕まえて、酢醤油《すじょうゆ》で踊り食いしてやる〜〜っ‼

「こら、悪の大魔王みたいな形相のまま、ひしと俺に掴《つか》まるな」

「だって、あんたの腕ってがっしりしていて、水の中でもあったかいから」

馨はなんとも言えない顔をして、ババッと私に浮き輪を被《かぶ》せた。

私はまた浮き輪に掴まり、馨に紐を引かせてスィスィと岸を目指す。

「……ん」

河岸に近い場所で、川底でキラッっと光る何かを見つけた。

浮き輪を片手に掴んだまま一瞬だけ潜り、それを手に取って浮き上がる。

「わ……つるつるしていて、半透明の桃色。綺麗な石～」

岸に上がるや否や、私はその石を持って、由理と若葉ちゃんの下へ駆け寄った。

しゃがみこんで熱心に石を集めている若葉ちゃんの前に、その石を差し出す。

「ほら、見て若葉ちゃん。川の中にこんな石があったの！」

若葉ちゃんは最初こそ私の大きな声に驚いていたが、その桃色の丸い石を見ると表情を輝かせ、控えめながら笑顔になる。

「わああ、綺麗～……」

「気に入ったのなら、あげるわ」

「ほ、本当？　いいの、真紀ちゃん」

「勿論《もちろん》。若葉ちゃんがいるかなーと思って、拾ったんだもの」

私は若葉ちゃんの小さな手に、その石をのせた。

「あ、ありがとう……っ」

ぎゅっと石を握りしめ、若葉ちゃんは照れた様子で俯《うつむ》いた。

ああ、可愛らしい……っ。思わず若葉ちゃんをぎゅーっとしてしまう。

頼りなげで儚げな美少女。由理に顔や雰囲気が似ているし、愛《いと》しさしかないわ。

「おい真紀。人様の妹にセクハラはやめろ。若葉ちゃん濡《ぬ》れて、超困った顔してるから」

馨がなんか言ってる。若葉ちゃんは別に困った顔はしてなかったが、ただ視線は私の足首にある。パチパチと、大きな瞳《ひとみ》を瞬《まばた》かせて。

「……真紀ちゃん、足、大丈夫？」

「ん？」

足には無数の小さな手形がペチペチとある。水かき付きの、ちっちゃいおててての形。

「げ、これあの河童たちの！」

「……河童？」

霊感体質ではあるものの、あやかしの確かな存在を認識している訳ではない若葉ちゃんは、やはり訝《いぶか》しげな顔になる。

私は「ヒルよ！　ヒルにやられたんだわ！」とごまかして、大げさにニコリと笑った。

「痛い？」

「いいえ、薬でも塗っておけば治るわ」

心配そうな顔はますます由理みたい。たまらずまた、若葉ちゃんに抱きついた。

「おい若葉ちゃんに生臭い匂いが移るだろ」

「うるさい馨」


川での水遊びを終え、コテージに戻りシャワーを浴びる。

以前より早く訪れる夕刻、私たちはコテージの外でバーベキューを楽しんだ。

秩父《ちちぶ》の夏野菜や川魚はもちろんのこと、きのこや山菜、エビやイカなどの海鮮まで豪快に串《くし》に刺し、炭火で焼く。なんて豪華なバーベキュー。

何と言っても、当然の様に高級和牛が。ジンギスカンまで並んでいる。継見家万歳！

「じゃんじゃん食べてねー。みんな育ち盛りだから、おばさん張り切って食材をお取り寄せしたのよ」

「はい、ガツガツ食べます」

肉汁滴る牛串を右手に、新鮮な川魚の塩焼き串を左手に。

由理のお母さん・桜子《さくらこ》おばさんの前でも遠慮を知らない私。

「ふふ。真紀ちゃんは小さな頃から、本当に食いしん坊さんね」

「こいつの場合、卑しん坊とも言います」

馨がキリッとした顔で言うので、由理が思わず吹き出した。

「ちょっと由理、今笑ったわね」

「え？　笑ってないよ真紀ちゃん……ふふっ」

「わ、平然と嘘を言ってる。おばさーん、由理が笑いながら笑ってないって言うんだけど！」

子供みたいにおばさんに告げ口。

私たちのやり取りに、由理のおばさんは上品に「うふふ」と笑う。

笑い方も、由理そっくり。というかおばさんに由理が似ているのかな。

「いつも仲良し三人組ね。幼稚園の年中さんから今までずーっと仲が良いなんて、凄《すご》いことだわ。由理彦《ゆりひこ》さんも、そういうお友達に出会えて良かったわねえ。あなたが一番リラックスしているのは、真紀ちゃんや馨君と一緒にいる時だもの」

「…………」

由理は照れているのか何なのか、ゴホンと咳払《せきばら》い。

それにしても、おばさんは由理や私たちをよく見ている……

「ところで真紀ちゃんは将来どっちのお嫁さんになるの？　こういう女子1男子2みたいな幼馴染《おさななじみ》は後々修羅場になるのがセオリーだけど。……うちに嫁入りするのなら、もれなくつぐみ館の若女将《おかみ》の座がついてくるわよ」

ついでにおばさんは無類の恋バナ好きで、少女漫画脳だ。

こしょこしょ話のつもりの様だが、馨と由理にも丸聞こえみたいです。

「華麗なる由理の一生をめちゃくちゃにするつもりはないわ、桜子おばさん。それに私が若女将になったらつぐみ館潰《つぶ》れちゃう」

堂々と言い切る私。これでも自分の性質に自覚はあるからね。

おばさんは「そう～？」と。ちょっと残念そうだ。

「ちょっと母さん何言ってるの。真紀ちゃんと馨君は実質もう夫婦なんだから。僕は将来二人の結婚式で、友人代表の挨拶《あいさつ》をするのが夢なんだから」

「いや由理、お前が何言ってんだ？　俺に真紀を押し付けてハイ終わり、みたいな」

「ふふ。馨君は照れ屋だなあ……あいてっ」

馨が由理にお得意のチョップをかましているうちに、私は丸々のイカ焼きを齧《かじ》る。若葉ちゃんが私に手作りミックスジュースをくれたので、腰に手を当てぐびぐび飲み干した。イカ焼きとミックスジュース……これまた変な組み合わせだけど、なんだか合う気が。

若葉ちゃんがパチパチ手を叩《たた》いて、楽しげに私の一気飲みを見ていた。継見家で一気飲みする子は居ないと思うので、珍しいんでしょうね。

ここそこと、由理はみんなの写真を撮っていた。

私と馨、若葉ちゃんや桜子おばさん。

写真は大事な人たちとの思い出として残るからね。

最後はタイマーかけて、みんなで写真を撮った。

「ああっ、かゆい。手鞠河童たちの手形……これ、つけられると痒《かゆ》いのよねぇ」

バーベキューの後片付けを終えた時だった。

空もだいぶ薄暗くなってきた中、私はしきりに足首を掻《か》きむしっている。

馨が「おい掻きむしるな、悪化する！」と小言を言いつつ、足首を手に取り、患部を確認する。

「手鞠河童たちの渾身《こんしん》の必殺技・呪い手形か。ペチペチ平手打ち繰り返すだけだが……地味にヤブ蚊にくわれるより痒いからな。そういや真紀、お前水蛇に痒み止めをもらってなかったか？　山や川は虫が多いからって」

「あ、そうだった」

ちょうどおもちを預けた時に、漢方医のスイが痒み止め軟膏《なんこう》をくれたんだった。

慌ててそれを持ってきて、コテージの段差に座って塗ったくる。

これは虫刺されだけじゃなくて、対あやかし用にも有効の凄い代物なのだ。

ああ、流石スイの薬。塗ったところから痒みがスーッと引いていく。幸せ……

「おーい、花火の準備が出来たよー」

「花火？　花火があるの、由理」

コテージの前の広い場所に居た由理が、私たちを呼ぶ。

「うん。若葉がやりたいって言うから、用意してたんだって。手持ちの花火だけど」

「花火かあ、小学生以来だなあ」

私のさりげないわくわくに、馨はすぐ気がついたみたい。

「……そう言えばお前、花火を持って振り回す様な、悪ガキ小学生だったな」

「花火を見ていると、何かこう……ザワザワしてくるの。血が滾《たぎ》るっていうか」

「ああ……火を見ると、真紀さんは何かに目覚めそうになるのか。嵐の日に興奮したり、マジで危険な奴だなあ」

それがあんたの、鬼嫁ですから。

「……って、おいやめろ！　近寄るな真紀！」

花火を持って近寄っただけなのに、恐怖の面持ちで遠ざかる馨と由理。

「火を分けてあげようと思っただけなのに……何怖がってんだか」

「お前が火を持ってると、色々と身構えてしまうんだよ。なあ由理」

「茨木童子《いばらきどうじ》って、火のついた丸太を敵陣に投げ込むようなとこあったしね」

「今思うと、ほんと悪《ワル》だよな」

「ちょっと、あんたたちが人様の前世の悪業を面白おかしく語ってる間に、花火消えちゃったじゃないのよ」

消えた花火をバケツに入れて、新しいのを取りに行く。

少し向こう側で、若葉ちゃんがおばさんと一緒に線香花火をしていた。

楽しげに談笑していたので声はかけなかったが、母と子の幸せそうな様子は、なんだか胸焦がれる。

「……由理、若葉ちゃんは随分と元気になったわね」

由理や馨のいる場所に戻る。由理は「そうだね……」と、自分の母と妹に視線を向けた。

「若葉は霊感体質ってのもあって霊気にあてられやすく、昔は病気がちで外で遊ぶこともあまりしなかったけど……最近は体も丈夫になって、少しずつあやかしの霊気に慣れてきたのか、前ほど体調を壊すことも無くなった。よかったよ、本当に」

「…………」

家族を見るその眼差《まなざ》しは、いつもの由理より穏やかで、優しい。

でもどこか、遠い何かを見ているみたいで……酷《ひど》く寂しげでもある。

何を考えているの、由理……

「よし。勝負よ、二人とも」

私は線香花火の束を馨と由理の前に突き出し、一本ずつ抜き取って渡した。

「一番早くに線香花火の火を消しちゃった奴が、今度私にジュースを奢《おご》る事」

「なんでお前限定なんだよ。お前が負けたらどうするんだ」

「その時は何も無かった事にする」

横暴な条件を押し通し、三人同時に線香花火に着火。

線香花火のチリチリした火が少しばかり勢いづき、その中心の火の玉がどんどん大きくなっていった。

私はしゃがんで微動だにせず、ただじっとその火の玉を見守った。

数秒の沈黙。元大妖怪《ようかい》の高校生が三人しゃがみ込んでるだけの、地味な絵面だ……

「………………」

だけど小飴《あめ》のような火を見つめていると、楽しく遊んだ夏の火照りが落ち着いてくる気がする。じわじわと込み上げてくる、温かく懐かしい心地は何だろう。

「あっ」

そんな時、馨の線香花火の玉が、ボトッと地面に落ちた。

「くそっ……なんでだよ。火の玉はまだまだ小さかったのに……っ、瞬殺かよ」

「馨君らしいねえ」

「線香花火でも不運っぷりを発揮するなんて……」

馨がふてくされて「フン」と立ち上がった、その時の風みたいなもので、私の線香花火の火の玉も落ちる。

「あっ！　あーあ……落としちゃった」

「ざまあみろ」

「あ、僕も落ちた……」

ふっと、周囲が暗くなる。私たちの背後のコテージの明かりだけが頼りになる。

「そろそろ、コテージに戻ろうか……少しだけ寒くなってきたからね」

「えー。もう花火終わりなの？」

「あとはお風呂《ふろ》に入って、寝るだけだよ」

「え――――っ、明日《あした》は？　明日はもう何も無いの、由理」

「真紀ちゃん疲れてないの？　あんなに川で遊んだのに。若葉なんて疲れちゃって、もうコテージに戻ってるよ」

「だって……」

これが終わったら、私の夏も終わる。

まだまだ遊び足り無い。今日と言う日が終わって欲しくない。

「……真紀、楽しかったんだな」

「うん。うんうん」

馨の問いに私はコクコクと頷《うなず》き、思わずへらっと緩い笑顔になる。

私がらしからぬ素直な反応を見せたからか、馨と由理が一度顔を見合わせ、何だか哀れな子を見る様な目をした。

こいつ……夏休みの間、本当に退屈で仕方が無かったんだな、みたいな。

そうですよ。その通りですよ。

夏休みの間に時間と体力を持て余した私は、今日が楽しくて仕方が無かった訳です。

「……あ」

馨が立ち上がって、空を仰いだ。ほらほらと、空に向かって指をさす。

その視線を辿《たど》ると、そこには都会では見られない満天の星が。

「わああ。すっごーい……」

「ほー。ここは星が綺麗《きれい》に見えるんだな」

「うん。……僕はね、だから山が好きなんだ。懐かしい気持ちになるんだよ……」

東京の都会にいると、空の星がいまいち見えない。

雄大な星空。その本来の美しさを忘れがちだ。

だけど私たちは、ずっとずっと昔に、こんなに広い、大粒の星をちりばめた夜空を当たり前に見ていたはずだ。

……あの、多くの自然の息づく千年前の山奥で。

「ねえ。私たちって、幸せよね」

「…………」

「同じ時代に生まれ変わって、すぐに巡り合ったんだもの」

この空を見ていると、遥かな時の流れを、考えずにはいられない。

そう、巡り合ったのは奇跡だ。

生まれ変わる時代がずれたって、何もおかしくなかった。たとえ同じ時代に生まれ変わったとしても、この広い世界で、出会うこと無く一生が終わることだってありえた。

私たちは、いったい何に導かれて、この時代に人として生まれ変わったと言うのか。

それは、ふとした時にいつも考える。

私だけではなく、きっと馨や由理だって……

「少し……寒くなってきたね。もうコテージに戻ろう？」

少しの沈黙の後、由理がそう促した。

「ああ。真紀、行くぞ」

「…………」

馨の呼び声にも応《こた》えず、瞬《まばた》きも忘れて星空を見ていた私。

楽しい夏休みの思い出と、込み上げてきた遠い時代への悠久の思いを、星空まるごと瞳《ひとみ》に刻み込んでいる。

「あ、流れ星」

今、確かに金色の流星が、濃紺の夜空を横切った。

金色の尾。

それが私に、忘れかけていた何かを、思い出させようとする。

「…………」

何か。誰か。

脳裏を目紛《めまぐる》しく駆け抜ける、遥《はる》か遠い金のヴィジョン。

金、しだれ桜、金……狐……？

……ドクン。

「真紀？　どうした？」

「ん？　んん……別に……っ」

大きな鼓動の後、プルプルと頭を振る。胸騒ぎがするのだとは、言えずに。

……分からない。だけど、あの金色の流星に、一瞬心を乱された。

予感がするのだ。何かが大きく変わるような、言いようのない予感。

星は、時代を占う。

私たちの運命を、あの金の流星は知っていたのかもしれない。

第八話　学園祭はかっぱ色（上）

「ほら、もう行くぞ。学園祭の準備があるんだからな」

「あ、待って。おもちをスィの保育園に連れて行かなくちゃ！　みんなで学園祭に来てくれるみたいだし」

学園祭当日の朝は慌ただしかった。パパッと準備をして、まだ愛用の毛布の上でうつぶせになって寝ているおもちを抱き上げる。

「ほらおもち、起きて。ミカお兄ちゃんのいる所に行くわよ」

「ペーヒョー……」

「ほら、そいつは俺が抱いとくから、お前は準備をしろ」

馨《かおる》におもちを任せて、私は部屋の戸締りをしてから出た。

馨の胸にぺたんとへばりついてまだうとうとしているおもち。まるで父親と幼子のようで微笑ましい。

早歩きで朝の浅草《あさくさ》を歩き、国際《こくさい》通りに出てスィの経営する千夜《せんや》漢方薬局に辿り着く。いつもなら店の表から入るんだけど、まだお店は開いていないので上の階のスィの自宅の玄関へ。インターホンを鳴らした。

「……なんですかねえこんな朝っぱらから……」

寝起きなのか超ローテンションで出てきたスイ。髪はあっちこっち撥《は》ねてるし、着物が着崩れてるし、いつもの片眼鏡《モノクル》も無い。馨は「誰このダメそうなおっさん」と。

「スイおはよう」

「あ、真紀《まき》ちゃーん。おっはよー」

スイは私だとわかるとコロッと態度を変え、テンションを上げる。

「おいこら、ぶりっこおじさん。あからさまに態度変えてんじゃねーよ」

「しーっ。うるさいよ馨君。ミカ君まだ押入れで寝てんだから静かにして」

「……ミカ、押入れで寝てるの？　どこぞのネコ型ロボットなの？」

「暗いところが好きな真性の引きこもりだからね。せっかく部屋をあげたのに、その押入れで寝てるんだから。ほんと手が焼けるよ」

「手のかかるミカがいるとこ悪いけど、今日もおもちをよろしく頼める？」

「ああ、はいはい。まるで親戚《しんせき》の叔父《おじ》さんだねえ、俺」

糸目のままこっくりこっくりしているおもちを、まず私が馨から受け取り、そのままスイにパス。スイは慣れた様子でおもちを抱いて「よーしよしよし」と。

「おもちゃんはママとパパがいなくても、いっつも大人しくブロック遊びしてるし、最近はミカ君と同レベルのお手伝いができるし、お行儀よくていい子でちゅねー」

「どんだけミカの奴が使えねーんだよ」

「使えないというか妨害レベルだから。まあ最近は……だいぶマシになったけどさ。あれでどうやって鎌倉《かまくら》妖怪まとめてたんだか～」

不在のミカ、散々言われてるわよ。

「で、この子を学園祭に連れて行けばいいんだよねー？」

「そうそう。あくまでペン雛《ひな》のぬいぐるみだって押し通してね。色んな人やものを見た方が、おもちには良いらしいから。学園祭は良い影響があるかなって」

「今日は店も休みにしてるし、俺もミカ君とおもちちゃん連れて、久々に若さ溢《あふ》れるピチピチのJKでも見に行きますか……」

「おーい、この中年を学校に入れるな。俺はお前を見かけたら不審者として通報する」

「もう馨君、さっきから何ガタガタ言ってんの。俺はこれでも真紀ちゃん一筋、だから～」

「あっ！　早く学校行かなくちゃ！　じゃスイよろしくねー」

「……はーい……いってらっしゃーい……」

テンションだだ下がりのスイの返事を聞いたところで、私たちは急いで駅に向かった。

さて、学園祭の一日目が始まる。

私は文化部連合の皆があれこれ準備している空き教室で、和装茶屋の、ウェイトレスの制服である袴《はかま》を着たところだ。

「きゃあああ、もうかぁいい！　美少女の和装って最高よね！」

赤ぶちメガネがおなじみの美術部員、丸山《まるやま》さん。さっきから鼻息荒く興奮し、私のあちこちをねっとりとした手付きで撫《な》でまくってる。

「ねえ丸山さん。男子たちは？」

「男子はもうすぐ……あ、ちょうど茶道部が戻ってきた」

男子の着付けを担当していた茶道部の女子たちが、なんかふらふらしてる。

さっきからガツンガツンと、教室のテーブルにぶつかっている。

「やばい天酒《あまさけ》君やばい……」

「罪だわ」

はい、何となく展開の予想は出来ました。

浴衣《ゆかた》を着て戻ってきた男子たちの中で、罪っぽい男が一人いるもの。

黒髪イケメンってこういう時めちゃくちゃ有利ね。

「ほー、袴似合ってるじゃねーか真紀。可愛いと思ってやらん事も無いぞー」

「馨、あんたって……罪な男ねえ」

「は？」

まあ女子たちがクラっとしたのも分からなくは無い。

いつもの学ランではなく浴衣姿だと、より馨は大人っぽく見えるから。

周りの男子たちに比べて雰囲気がね。女子たちが言ってる色気ってこれのことかな。

「女子はねえ、こういうのにねえ、弱いのよ。あんた何も分かって無いでしょうけど」

「なに言ってんだ真紀」

男子たちがこそこそ私の袴姿を噂しているけれど、もはやそんなことはどうでも良い。

「ねえ馨、あとであんたの写真スマホで撮っていい？　ていうか一緒に撮りましょうよ」

「珍しいこと言ってるな。毎日顔見る奴の写真が居るってのか」

「老後の楽しみよ」

「……今から老後の楽しみ蓄えとくのかよ」

だって。馨の浴衣姿は時々見るけど、今日は一段と良い感じなので写真で残したいのだ。

だがしかし……

ラスボスと言うのは最後に現れるものだ。

女子と大黒《だいこく》先輩が秘密裏に進めていた女装計画。それに巻き込まれ、女子用の袴を着つけられ現れた、儚《はかな》げな……

儚気で清楚《せいそ》な……あれは……継見由理彦《つぐみゆりひこ》君じゃあないですか。

「由理……あんた女装が好きねえ」

「好きじゃないです。いつも無理強いされてるんです」

薄い色素の髪に合うウィッグまでつけられた、完璧《かんぺき》な美少女がここに。涙目なのもまた儚げで可憐《かれん》だ。

男子も女子もこぞって由理ちゃんに注目してしまって、私も馨も微妙な視線を交わす。

ま、由理ちゃんには負けますよね、みたいな。

「継見には企画代表戦第一回戦〝天下一女装大会〟に出てもらうぞ」

ポンと、後ろから肩に手を置かれ、私と馨は振り返る。

大黒先輩だ。彼は強気な顔をして「ついでにお前たちにも企画代表戦に出てもらうぞ！」と。なにそれ。

「嫌な予感がするけど……企画代表戦って？」

「この学園祭の二日目にある大きな催しものだ。企画された展示や模擬店やらを宣伝するアピールタイムでもあり、最後の企画賞への点数稼ぎでもある。第一弾が天下一女装大会。第二弾が二人三脚障害物レース。これ、お前たち二人に出てもらうから。熟年夫婦のコンビネーションを見せつけてやれ！」

「は、はあ……⁉」

二人三脚障害物レースとはこれまた危なげな。私と馨は何度となく顔を見合わせる。

「ちなみに俺たちの宿敵・副会長も、サッカー部の企画であるメイド執事喫茶の代表として、この二人三脚障害物レースに出る事になっている。負ける事、目立たない事は許されないぞ。確実にあっちよりインパクトを与えるんだ、わはは」

「勝つだけじゃダメなんですか!?」

「二位じゃダメなんですか？」

「勝つだけでも二位でもダメだ！　学園祭をかっぱ色に染めてやろう！　はい、えいえい、おーっ！」

「……えいえいおー」

私と馨はやはり諦《あきら》めの境地で、覇気のないえいえいおーをする。

元大妖怪《ようかい》の私たちが、どうしてもこの人に逆らう事が出来ない。

恩人というのもあるけれど、やっぱり腐っても浅草の神様だからね。

さて、我らが「うちのかっぱ知りませんか？」企画なのだが……

『なぜかっぱ!?　逆襲の文化部、カオスすぎる合同企画』

流石、朝一ではけた新聞部号外の宣伝記事の効果もあって、一日目の午前中でも結構な数のお客さんが集まってくれた。まあ浴衣姿の馨が廊下で客引きをして、茶屋に誘導（主に女子）した効果も抜群にあった訳だが……

袴姿の私が愛想の無い接客をして、初日から女装させられている由理が優雅にお茶を立てる。そこから隣のお化け屋敷風展示室と、企画と同名の映画「うちのかっぱ知りませんか？」を見に行くよう促す……

なんて完璧な布陣！　隙のない包囲網っ!!

「いらっしゃいませー」

「もう、茨木《いばらき》ちゃんってば愛想が無いなあ。せっかく茨木ちゃん目当てで来てる男子もいるっていうのに勿体《もったい》ないよ」

丸山さんが、淡白な私の接客に厳しく眼鏡を光らせる。

確かにさっきから視線を感じる。まあ私は美少女だし当然……

とか思いながらも、客用のお茶菓子を目の前に、とても人様には見せられないギラついた顔つきになった。

「どうした？　袴苦しいとか？」

「美味《おい》しそうなものを運ぶだけの仕事なんて悔しい……っ」

「って、食べたいだけかいっ！」

「丸山さんのつっこみは謦に近い洗練されたものがあるわねえ」

そりゃお腹も空《す》くわよ。だってお昼時の忙しさは想像を絶するものだったんだもの。

込み具合的に敵陣のメイド執事喫茶よりお客が多い、と言う美術部のスパイの報告に、皆が喜んでいる。

「当然よ。お菓子だって美味しいし、店内の装飾も和で統一してるから雰囲気あるし。なにより民俗学研究部の三人がいるし！」

「映画も好評だって。タップダンスの所が笑えるのに感動するって」

「文化部男子、頑張ったよね。公園の池周りでめっちゃ蚊に刺されたらしいけど」

「お化け屋敷のクオリティも凄《すご》いよ。ま、文化部のモノづくり力を舐《な》めるなってね」

「まとめあげた大黒先輩は偉大ですなー」

袴姿の女子たちが接客の合間合間にする会話を聞きながら、いかにこの展示が好評なのかを理解する。文化部だからこそのクオリティの高さと、普通そこ行かないでしょと言いたくなる謎のテーマ〝かっぱ〟……

この意味不明感と、徹底したテーマへの愛がじわじわきたのか、SNSを駆使して写真を上げたり呟《つぶや》いたりする生徒たちの間で「なんか狂気を感じる」と話題になった。

一方で、可愛い河童《かっぱ》のモチーフが親子連れにも好評だったしね。

和装茶屋では、お茶かデザートを頼むと、一品につき丸山作の絶妙に可愛いかっぱコースターが貰《もら》える。丸山さん発案なのだが、これが数種ありランダムに配布される仕様で、コレクション魂に火がついた者たちがリピーターになってくれたり。

三つの企画もスタンプラリー形式で回ることができ、三つのスタンプを集め終わると、茶屋の特別メニューのタダ券が貰えるので、またお客さんが来てくれたり。

また思いのほか注目を集めていたのは、お化け屋敷に展示していたある写真。

由理がキャンプで撮ったものだけど、一枚だけ、本当に川で河童が泳いで見える写真があったので、私たちは「あー」と思いながらも、まあこういう企画だしいいかと思って飾った。本物だけど、みんな「よくできた捏造写真《ねつぞう》」だと思って笑ってみてる。

午後の良い時間には、校内で〝かっぱ〟の単語が飛び交うようになっていた。

「真紀！　おつかれー、差し入れ持ってきたよ」

「あ、七瀬《ななせ》……」

お腹が空きすぎて萎《しお》れかけていた時、クラスメートで学級委員でもある七瀬が、茶屋まで差し入れを持ってきてくれた。

目玉焼きを載せた、こってりソースの出来立て焼きそば。お、美味しそう……

「バスケ部は焼きそば売ってるからさー。真紀がせかせか働いてるっていうし、そろそろお腹空くかなーと思って色々買ってきたよ。天酒や継見君たちと食べてよ」

「ありがとう七瀬！　ちょうどお腹空いてたの!!」

「食べてまた午後も頑張って。私も今から売り子しなきゃー。休み時間にまた来るよ」

七瀬は学級委員ということもあり、文化部のこともずっと気にかけてくれていた。

相変わらずカラッとしていて、すぐに持ち場に戻ってしまったけれど……七瀬の気遣いはとても嬉《うれ》しい。

茶道部の先輩に促され、お昼もまだだった私たち三人は裏で休憩を取る事になった。

七瀬は模擬店の食べ物を、色々と買ってきてくれたみたい。お腹が空いていたのも相まって、それらが今世紀最高のごちそうに見える。

「うわーばくだん焼きとお好み焼きもある……でもやっぱり焼きそば！」

「せめて瞬《まばた》きをしろ」

まだ出来たての焼きそばから視線を逸《そ》らす事の出来ない私に、お約束の馨のつっこみ入りました。由理はカツラをとって、ホッと一息。私の向かい側の馨の隣に座り込む。

「カツラって蒸れるね」

切実な一言。

「由理、知ってるか？　蒸れると頭皮に悪いらしいぞ……」

「……え、それほんと⁇」

男子たちの妙に切ない会話は無視して、私は割り箸《ばし》をマッハで割り、ソースこってりな焼きそばに飛びつく。

「わっ、こいつ焼きそばを狩りやがった！」

「……無心で食べてるね」

お腹が空きすぎてなりふり構ってられない。グルメレポートもやってられない……

「おい、見ろよ由理。このばくだん焼きすげー。ネギとマヨたっぷりだな」

「ばくだん焼きって何？」

「たこ焼きのでかいやつだ。由理はお坊ちゃんだからなー、こういうの食った事ないよな」

「でもたこ焼きは好きだよ。馨くんがバイト先で作ったやつ」

「ほれ、じゃあこれお前食えよ」

まだほかほか出来立てのばくだん焼き。カップに入ったネギマヨまみれのそれを、馨は由理に手渡す。割り箸とお手拭《てふ》きも一緒に。

「俺はこっちの小籠包《ショーロンポー》食おうっと」

「外でやってる飲茶《ヤムチャ》の模擬店の？　……あ、本当だ。ばくだん焼き、結構おいしいかも。中にタコとイカぎっしり……チーズとウインナーまで入ってる」

「小籠包もなかなか美味《うま》いぞ。汁が溢《あふ》れるけど」

「えー、僕の分も残しててよ」

「じゃあそっちくれよ」

「………」

おい男子ども。なに私を差し置いて、二人仲良く交換とかしているんだ？

二人の獲物をいつどうやって奪おうか。私はそんなことばかり考えていたのだが……

私たちの休憩、というか馨と由理のやりとりを、カーテン越しにこっそりのぞいていた丸山さんのニヤけ顔を見つけてしまい、私の獰猛《どうもう》な衝動はヒュッと収まる。

「天酒君と継見君のいちゃいちゃツーショット。天酒君と継見君のいちゃいちゃツーショット！　……ぐはあ……っ」

「…………」

私よりあっちの方が、よっぽど狩人《かりゅうど》の顔してる。

まあそんなこんなで、学園祭の一日目はウェイトレスをしてるだけで無事に終わった。


学園祭二日目。企画代表戦の第一回戦は、午前のうちに始まった。

由理が体を張って女装したのは、全てこのため。

エントリーした各企画の代表が女装し、美しさを競う明学名物〝天下一女装大会〟だ。

とは言え学生の大会なので、元々の知名度や人気なんかも大きく勝敗を左右する要素になる。さてはて、文化部の我々がどこまでやれるのやら……

「今年も始まりました明学名物、天下一女装大会！　男子がすね毛を剃《そ》ってスタンバイ‼」

放送部の何とも言えない実況から始まり、体育館は大盛り上がり。

わーわー、キャーキャー、耳に痛い若者たちの声援が響く。

「なんか……凄いな。俺この若さ溢れる空気に耐えられるかな……」

「ねえねえ馨。去年この企画で優勝した、三年生で人気の先輩が出るんですって。あ、ほら例の副会長のいる……サッカー部の中田原《なかたはら》先輩だって」

「……由理、大丈夫か？　運動部の勢力って侮れないぞ。学園の八割が運動部だからな」

「ちなみにこの中田原先輩と副会長デキてるらしいって。女子たちが噂してた」

「んな話どうでもいいから」

由理の応援に駆けつけた私と馨は、会場の異様な空気に気後れしながらも、いかにこの企画代表戦が人気な催しか理解する。

セッティングとか凄くお金かかってそうだもの。

「投票は文化祭のオフィシャルサイトで、一人一票か」

「……ああ、だからみんなスマホ片手に……」

私もポケットからスマホを取り出し、サイトへアクセスしてみる。

馨も自分のスマホを片手にスイスイ。夏にアルバイトで稼いで買った、最新のやつ。

こいつは割と新しいデジタル機器が好き。男の子なんだなあ……

「お前……まだ二世代前なんだな」

「うるさいわねー、私はこれがぶっ壊れるまで使い倒すのよ！」

ちなみに私はデジタルが大の苦手。

どのくらい苦手かっていうと、パソコンの授業はいつもちんぷんかんぷんで、居残りさせられるくらい。だって千年前にパソコンなんて無かったし……

「あ、始まったわ！」

会場にスポットライトが当てられ、軽快な音楽と共にエントリー順に入場してきた、見るに耐えない哀れなモンスターたちよ。

「……やっぱりうかつに女装なんてするもんじゃねえな」

スウ……馨の瞳《ひとみ》の光が失われていく。

ここからは混沌《こんとん》とした時間だった。

印象的だった人たちを紹介すると、こう。

まず、エントリーNo．4。

陸上部企画の「走れ！　ばくだん焼き」より、三年生の松尾《まつお》先輩。

この人は確か、砲丸投げでインターハイまで行った人だ。

一際ゴツいのに純白のウエディングドレス姿で、会場はブーイングの嵐。

その姿のまま砲丸投げのスタイルでブーケを会場に投げるという渾身《こんしん》の捨て身っぷりが、

私は面白くて大爆笑だったんだけど……何か不評でしたね。

次にエントリーNo.12

剣道部企画の劇「白雪姫が倒せない」より、主演の白雪姫を演じた山形《やまがた》先輩。

当然、彼はこの劇のアピールの為、白雪姫姿でこの戦場へやってきた。

「朝一で見たけど、この劇面白かったわよね」

「まあ、ギャグとしてはな」

そうなの。竹刀を持った白雪姫が超強くて、毒リンゴを食べても自力で蘇《よみがえ》るし、王子とか待たずして七人の小人を引き連れ謀反を起こし、継母《ままはは》をぶっ倒してお城を乗っ取る熱い下克上ストーリー……

山形先輩が、女装のアピールの為に、なぜか逞《たくま》しく竹刀を振る。その度に白雪姫のカツラがズレて滑り落ちそうになり、本来の丸刈り頭が見え隠れするのが凄く面白かったです。

次にエントリーNo.18

吹奏楽部代表の、二年生の滝《たき》君。

「お、何かいい感じ」

文化部男子だし、割と小柄で。ちょっと愛想が無いけど、スタンダードに我が校のセーラー服と三つ編み。トランペットを吹く様はいいアピールだ。こんな女子いるよね、と言うような。まあ最後までクールでツンとしていたので、ああいうのに踏まれたいという人の支持を得られそうだ。うん、割と可愛かった。

「さあ、いよいよ大本命！　舞い戻りし去年の覇者！　エントリーNo.25、サッカー部企画『メイド執事喫茶〝ブルーバックス〟』より参戦‼　今年の中田原君はフリフリのメイド服だああああああああっ‼」

放送部の張り切った紹介の後、ついに本命、中田原先輩が登場。

「キャアアアアアアッ‼」

突然、黄色い声援が会場を包んだ。「かわいー」とか、「ちょーきれい！」とか。女子高生からの絶大な人気を物語っている。

その声援を後押しに、中田原先輩は爽《さわ》やかな笑顔で手を振りつつ、堂々とステージを闊《かっ》歩《ぽ》する。

確かになかなかいい感じの先輩だけど、私からしたらあくまで雰囲気イケメンがコスプレしている様にしか見えず、女装として可愛いのかと言われると疑問だ。

「ま……普通にイケメンの女装だな」

「体格いいわねー」

流石サッカー部のエース。ちょっといかつい女装だけど、この声援は脅威。

会場の脇で、運営の腕章を付けて見守る副会長。余裕のドヤ顔も納得だ。

「中田原君、今年も気合い入ってますね。勝ちにいくつもりですか？」

「……ちょっ、中田原君じゃないっすよ。中田原さん、もしくは照《てる》ちゃん、で」

本名、中田原照善《てるよし》。

会場の笑いをさりげなく持っていく、コミュ力ありそうなリア充寄りの人種だ。

しかし声が低すぎるので、男子たちはどこか乾いた反応。

中田原先輩は会場の隅にいる副会長の様子をチラチラ窺《うかが》いながら、その場でよくある秋《あき》葉《ば》メイドの仕草をやってのけた。あれ、萌《も》え萌えキュンのやつ。

「なんか、盛り上がってるぞ……」

「ポイントがじゃんじゃん入ってるわ」

前方にある大モニターのポイントが凄《すご》い勢いで増えている。中田原先輩、ダントツの人気だ。まだ由理が出てないのに、既に投票だなんて酷《ひど》い！

しかし……この後、会場のムードが一気に変わったのが分かる。

さっきまでの悲鳴じみた黄色い歓声はピタリと止んで、誰もが息を呑《の》んだと言うか。

エントリーNo.30。文化部連合代表の、そう、由理が現れたのだ。

ああ、なんて綺麗《きれい》。ふわりと、いい匂いすらしてきそう。

季節外れの桜の花びらが儚《はかな》げにハラハラと舞っている。そんな幻想すら見える。

「か、完全に女ね……」

「だが男だ」

茶屋のウェイトレスの制服である、緑色の袴姿《はかますがた》の由理。

完成度の高さと言ったら、そこのスカイツリーより高いわよ。

見た目が可愛いとか体格が細身とか、そういう話ではなく仕草が素晴らしい。完全に清《せい》楚《そ》系な和風女子なんだから。

ほろりと甘やかな微笑も憎い。

姿勢が良く、慎《つつ》ましやかな歩き方も、誰かに似ている。

……あ、おばさんに似てるんだな。

由理は自分のことを母親似だと言っていたし、多分自分の母親をイメージして演じているのだろう。何者にでも化けることができる、大妖怪《ようかい》・鵺《ぬえ》の生まれ変わりだものね。

「あいつ、お前よりよっぽど大和撫子《やまとなでしこ》してるな」

「う、うるさい……でも否定できない……」

会場は感嘆のため息のあと、一気にザワザワ。あの子は誰だと言うような。

だがしかし……だがしかし……

真のラスボスとは最後に現れるもので……

「ん？　なんかもう一人、うちの制服の袴着てる人が出てきた」

あれは……

え、なにアレ。

この美しい和の空気をぶち壊したのは、最後に現れた……大黒先輩だった。

「え、ええええ？　なんで大黒先輩が出てるの？　勝てるはずの試合を放棄するの⁉」

どうやら企画の規模が大きかったため、代表を二人連れてきて良いということみたいだが、同じ茶屋の袴を着ているのに、文化部連合の看板を掲げた二人が天国と地獄。

大黒先輩ってば雄々しく体格のいい神様なのに、わざわざその体を張って、見苦しい女装姿を晒《さら》している。

でもそれ諸刃《もろは》の剣！　あのひと何やってんの！

会場もざわざわ……

「ヤバいな……大黒先輩、とんだ疫病神になってる。由理と隣り合ってるせいで、プラスマイナス、相殺しあってゼロの空間を生み出してるぞ」

「ゆ、由理が頑張れば勝てる？　これ勝てる⁉」

ゆさゆさと隣の馨を揺さぶる。馨は渋い顔だ。

余裕だと思っていたが、これで勝負が分からなくなってしまった。

「さあ、今年の女装大会のダークホースと噂される二人組です！　文化部合同企画『うちのかっぱ知りませんか？』より二年一組の継見由理彦君と、文化部のドン、三年五組の大黒仁《ひとし》。企画茶屋の袴姿で堂々参戦だ！　継見君優勝候補って言われてるけどどうかな？」

「…………」

「ダメダメ！　うちの由理子は喋《しゃべ》りません‼　壊しません皆の夢を！」

由理は恥ずかしそうに微笑み頷《うなず》くだけで、隣の大黒先輩がマイクに向かってわーわーうるさい。

ああ、なるほど。先輩は引き立て役兼、マネージャーみたいなものか。

もしかして……これって結構、良い戦法なんじゃないの。

確かに見た目は女でも、由理は真っ当な男子なので声はやっぱり女子より低い。

残念なことにならないよう、ここは徹底して男たちの虚妄を作り上げ、男子票をまとめていただこうという算段か。

大黒先輩のおかげで、由理の美しさはより際立っているしね。

その為の大黒先輩ならば、本当にあの人は浅草大黒天の名にふさわしい福の神。

由理は茶屋の宣伝も兼ね、優雅にお茶を立て、良い感じでアピールを終えた。ちなみに由理の背後で大黒先輩がずっと桜の花びらを撒《ま》き散らしていた。

さて、投票だ。

女性人気の高い中田原先輩だけど、彼は過去に何があったのか男性票で伸び悩み、結果その男性票が由理に入った。

更に二年生の票、文化部のまとまった組織票も入り、最終的に我らが文化部連合の由理の票が、中田原先輩を大きく引き離した。

私もスマホを片手に無言でポチポチッと。はい、投票完了。もちろん由理に。

「勝ったなこれは」

「まあ当然と言えば当然よね」

由理は最後まで徹底して喋らずジェスチャーだけで、そのかわり大黒先輩が周りでうるさく、由理のサポートをしていた。

まるで喋らないご当地ゆるキャラと宣伝部長の掛け合いのようで面白かったし、何と言っても女装のクオリティと衣装のクオリティも高かった訳だし。

文化部連合「うちのかっぱ知りませんか?」は由理のおかげで無事優勝し、宣伝時間を得る事ができ、また企画賞のためのポイントもごっそり稼いだ。

「えー、我らが文化部連合は、『うちのかっぱ知りませんか?』と言う連動企画を旧館2階にて展開中だ。和装茶屋あり、お化け屋敷風展示室あり、ミステリー(?)映画ありの、かっぱ三昧《ざんまい》。かっぱかっぱかっぱの緑な空間が楽しめるぞ! この後すぐ、学校のどこかにかっぱが脱走する予定だっ!」

「…………」

会場の者たちは、大黒先輩が何を言っているのかイマイチ理解できておらず、ぽかん、と。うん、気持ちは分かる。

「ごほん。えーと……和装茶屋には終日由理子がいる。絶対に会いに来てね!」

「うおおおおおおおおおお」

ここで男子たちの歓声。企画のプラカードを持った大黒先輩のドヤ顔も凄い。

由理だけが一人「えええええ」と青ざめている。話が違うぞ、と言いたげな。

御愁傷様、由理。会場は由理ちゃんコールが響き渡ってるから、もう少しだけ男子たちに夢を見せてあげなさい。

「…………」

チラリ……。副会長を見ると、彼女はさっきまで余裕そうにクルクルさせていた後れ毛をブチッと引っ張り抜いて、鬼の形相で舌打ちしている。

元鬼の私が言うのもなんだけど、恐ろしいものを見た。

「はあ……蒸れた」

「頑張ったわねー由理子ちゃん」

「大人気だったな由理子」

「僕……大事なものを失った気がするよ」

舞台裏にてぐったりしている由理は、救いを求めるような涙目で私たちを見上げる。

う……なんかかわいそう。

「大変よくやったぞ由理子！　わはは」

直後、聞き覚えのある大黒先輩の、野太く暑苦しく、ついでにKYな声が響く。

そちらを向いたら……緑色のかっぱの着ぐるみが、目の前に居た。

「……どちら様ですか？」

「かっぱだ！」

「すでにお色直ししているんですか、先輩」

さっきまで女装していた大黒先輩は、すでにかっぱの着ぐるみに着替え、次のアクションに向けた準備をしていた。

「俺は今から校内に解き放たれる。学校内を徘徊《はいかい》するのだ。そして見つけた輩《やから》の写真撮影に応じる。……まさに『うちのかっぱ知りませんか？』だな！」

「そういや、かっぱが脱走するとか何とか言ってたわね」

「先輩本当凄いっす。先輩本当凄いっす」

大事なことだったらしく馨は二度、早口で褒める。パチパチ手を叩《たた》いてるし、半分はマジで凄いって思ってる。

「おい真紀坊、馨！　次はお前たちの番だ、頼んだぞ！」

大黒先輩が、かっぱの着ぐるみ姿のままこちらに圧力をかけてくる。

「二人三脚障害物レース、千年の夫婦愛の前にはたやすい競技だ！　わっはははは」

「……千年の夫婦愛？」

私と馨は顔を見合わせ、ため息一つ。

だって、障害物競争であり二人三脚なんて、危ない香りがするじゃない……？

しかし由理は大事な何かを捨ててまで頑張った。大黒先輩もかっぱになる。

私たちはもう「はい」としか言えない。言えない……

午後から始まる二人三脚障害物レース、こうなったら全力で勝ちを取りに行かなければ。


《裏》スイ、子連れミズチになる。


俺の名前はミズチの水連《すいれん》。ひと呼んでスイ。

千年前はかの有名な大妖怪、茨木童子《どうじ》様にお仕えしていた四眷属《けんぞく》の一人だ。

現在は浅草国際通りの近くに漢方薬局を構える、いたって真面目なあやかしなのだが。

「ちょっとミカ君。あんまり挙動不審な行動したらダメだよ。それでなくとも俺らはなんとなーく目立っちゃうのに」

「うう、うるさいスイ、わわわっ、わかってるっ！」

学園祭という人の多い場所に来たせいで、ガタガタ震えながら俺の着物の袖《そで》を握りしめている対人恐怖症なミカ君。

それにしても、学生ってモンスターだよね。

俺たちを見るなり「ぷぷ。あの人たちコスプレ」とか言って笑ってるし。

ただ着物を着て、片眼鏡とか眼帯とかつけて、ペン雛《ひな》のおもちちゃんを抱いてるだけじゃないですか——っ！

「って、怖がりすぎミカ君！　日当たりのいい場所と若い人間怖がりすぎ！　愛《いと》しの真紀ちゃんの和製ウェイトレス姿と、ピチピチのＪＫたちを見に行けないだろ」

「ううう、うるさいっ！　何言ってんだお前！」

あまりの人混みと、ミカ君が人混みを怖がって歩みを進められないのもあって、俺たちはなかなか真紀ちゃんたちの企画にたどり着けずにいた。

えっと、旧館の2階だっけ。旧館って本館から遠いんだなあ……

「おいてめーら、何を当たり前のように人間の学園祭に来てんだよ！」

「おや？」

後ろから荒々しく声をかけられた。振り返ると、オレンジの髪を結った少年が一人。

ミカ君がドキッとして、いっそう俺の後ろに隠れた。

「おやおや〜。まさか陰陽局《おんみようきよく》の退魔師様とこんな場所で会えるとは。津場木《つばき》茜《あかね》君、だよね？」

俺は人混みの中、片眼鏡を押し上げ、意味深に笑みを作る。

「真紀ちゃんを、監視しに来たのかい」

「…………」

六月の百鬼夜行。あの事件以来、真紀ちゃんを取り巻く環境は激変した。

彼女は何も変わっていないつもりかもしれないが、そんなことは無い。

それは、じわじわ、じわじわと。でも確実に、彼女を追い続けている。

今まで浅草という場所に隠れていた、彼女のあらゆる情報は、解かれ始めている……

「津場木家もお世話になっている〝千夜漢方薬局〟の水連が、まさか茨木童子の元四眷属だったとはな。自転車で事故った後、何かとてめーの世話になった親父もショックを受けてた。どうやらうまく人間社会に溶け込んでたみてーじゃねーか」

「ふふん。津場木家はお得意様だし、俺は世渡り上手、おしゃべり上手なあやかしだからね。そういやこの前、巴郎《ともろう》さんと咲馬《さくま》さんが、茜君の才能を褒めてらしたなー」

「えっ、じーちゃんと父ちゃんが？　ほんとか⁉」

「…………」

茜君が突然、キラキラした素直な表情で俺に尋ね返す。

しかしすぐにハッとして、ゴホンと咳払《せきばら》いをした後「たりめーだ、このタコ」と。

さてはこの子……悪ぶってるけど家族大好きっ子だな？

これがマイルドヤンキーってやつか……

「ふふ。俺もミカ君みたいに、何かの誓約で縛るかい？」

「はっ。あいにくてめーはあまりに隙が無い。人間の味方も多くいる。それに……俺がここに来たのは、別件だ」

「……別件？」

ちらりと、津場木茜はミカ君を見た。そして、小さくため息をつく。

「この近くで野良のあやかしがうろついているという情報を得た。もしかしたら、あの茨木真紀を狙っているあやかしかもしれない。学園祭に紛れられるのも厄介だ」

「…………」

「お前たち、無駄にあやかしで無駄に霊力たけーんだから、ちょっと威嚇して変なのがよりつかねーよーにしろよ。じゃねーと、てめーらの大事な茨姫《いばらひめ》様ってのがあやかしに食われちまうぜ。あの馬鹿力女の霊力があやかしに吸収されたら、俺たちだって困る」

「……もしかして、真紀ちゃんの霊力値を測ったのかい？」

「じゃ……変なの見つけたらさっさと俺に知らせろよな」

「……はあ？　君の連絡先なんて知らないけど⁇」

俺の問いかけに返事も無く、偉そうなことばかり言って飄々《ひょうひょう》と去っていく陰陽局の少年。

なんだこのわがままボーイ。うちのコミュ障不安定ボーイと同レベルで酷《ひど》い……

「ペヒョ、ペヒョ！」

そんな時、おもちちゃんが俺の腕から飛び出して、ペタペタとどこぞへ行こうとする。

「んも～っ！　言うこと聞かない変な子ばっかり！」

俺は頭を抱えて、学生の波をぬって行くおもちちゃんを追いかけた。

「ああっ、待ってよスイ！　僕を置いていかないでよ！」

ミカ君も！　いつもは人のこと平気で殺すぞーとか言ってるくせに！

こういう時だけ泣きべそかいてお兄ちゃんを頼るんだから！

「おーいおもちちゃーん。ダメだよ勝手に動いちゃ。おもちちゃんはペン雛のぬいぐるみってことになってるんだから……ん？」

中庭まで降りたおもちちゃんを確保。

よかった……。学園祭の賑《にぎ》わいとは裏腹にここだけ人がいなくて静かだ。おもちちゃんがじーっと見ていたのは、下水路から列を作ってでてくる、小さな手鞠河童《てまりかっぱ》たち。

「よいしょでしゅ。よいしょでしゅ」

なぜ学校に、手鞠河童が？

「おいお前たち、こんなところまで何しに来たんだい？」

「あー？」

俺が声をかけると、手鞠河童たちは間抜けな顔をあげた。

「ここのお祭りでかっぱが奇跡的な大出世をしていると聞いて」

「SNSで、話題でしゅ～」

「みんながかっぱを求めてるでしゅ。もうあやかし界最弱とか言わせないでしゅ～」

「……はい？」

手鞠河童たちは「急ぐでしゅ」と、やはり列を作りどこかへ向かっている。

学校の中に入ったら、小さなこいつらなんて踏みつぶされてしまいそうだけど……

「ペヒョ、ペヒョペヒョ」

「ん？」

おもちちゃんがまた騒ぎ始めた。

「おい、スイ……あれ」

そしてミカ君まで、何かに気がつき俺の袖を引っ張る。彼の視線を追った。

中庭の、あれは……

しだれ桜の木の根元。黒く、ボロ雑巾《ぞうきん》の塊みたいな見たことの無い〝あやかし〟が、息を潜めてこちらを睨《にら》みつけていた。

第九話　学園祭はかっぱ色（下）

文化祭二日目の午後1時過ぎ、校内を徘徊する不審なかっぱが一匹。

「あ！　あそこからそれとなくこっちを見てるかっぱがいる！」

「UMAよ！　限りなく緑色のUMAだわ！」

かっぱの影を見つけたら、皆が何かしらの反応を見せる。

小さなお友達から大きなお友達まで、皆がかっぱをいじり、写真を撮り、SNSで呟《つぶや》きネタにする。時に他校の男子グループに追いかけられたり大変そうだったが、大黒《だいこく》先輩がかっぱの着ぐるみを着て構内を練り歩くだけで宣伝になってるのだから凄《すご》い。

「もう大黒先輩、浅草《あさくさ》の花《はな》やしきの隣にカッパーランドを作ったら良いんじゃないかしら。きっと皆恥ずかしげも無くかっぱのお皿を頭に付けてジェットコースターとか乗るのよ。テンションに身を任せネズミの耳を付ける様にね……」

「かっぱの皿はさすがに無《ね》えよ。花やしきの隣にそんなスペースも無えよ」

日本最古の遊園地花やしきはともかく……千葉辺りに存在するネズミが支配する夢の国では、何故か皆、魔法にかかった様にネズミの耳を付けたがる。

あの感じで誰もがかっぱのお皿を頭にのせる姿を妄想してみた。

馨は流行《はや》らないと豪語するけど、いかがなものか。

「皆さんこんにちはこんにちは。放送席です。本日のメインイベント、〝二人三脚障害物レース〟が始まろうとしています！　グラウンドに設置されたあらゆる障害に、企画代表の男女一組が二人三脚で立ち向かう、かなりデンジャーな企画と言っていいでしょう。えー、放送席には今色々な意味で話題の三年生、大黒君に来ていただいています。大黒君、女装したりかっぱになったりと、今年は目立ってますね」

「今からはもっと強烈な奴らを出すからな。千年に一組の番《つがい》だぞ。俺のことなんて霞《かす》む。わははー」

「は？　千年に一組の？　なに？」

自由すぎる放送席。というか大黒先輩、あんた団扇《うちわ》でゆうゆうと顔を扇《あお》ぎながら、そこで何やっとるんですか……

「おい真紀《まき》、何ボサッとしてる。足にバンドを付けたからな」

「あ、うん。これで私と馨《かおる》は一心同体ね」

「……真紀が暴走したら俺が引きずられるんだな」

「ちょっとあんた、私は闘牛じゃないわよ」

袴《はかま》と浴衣に、たすき掛け姿の私たち。和装で出るのは確かに引きが強いし、馨もやっぱりかっこいいけれど、これ二人三脚で素早く動けるんだろうか……？

他の企画の代表者たちも、続々とスタートラインに集まってきている。

まあどの子も当たり前のように運動部。文化部の私たちはどこか浮いている。

私は長い髪をポニーテールに結って、気合いを入れた。

「意外と張り切ってるな、お前」

「だって、久々にこの運動神経を生かせるのよ」

「知ってるぞ。障害物競争のパン食いコーナーが楽しみなんだろ。あれ、学校の売店で人気の天然酵母あんパンらしいからな」

「おおおおお、やる気出てきた！　あれ大好き！」

「…………」

馨がふと、妙な顔をして私の襟をめくった。

「は？　なに、こんなグラウンドの中心で。変なことしてると新聞部に写真撮られるわよ」

「ち、違う。お前、まだ首の傷治ってないんだなと……思って」

ポニーテールにしたせいで、ちらりとそれが見えたのだろう。

馨は、前に墓場で遭遇したあやかしにつけられた首の傷が、気になったみたいだ。

「ああ。大した傷じゃないけど、嫌な霊力を纏《まと》ってたから、跡が消えないんでしょうね。でもそのうち無くなるわ」

「…………」

客席が急にザワついた。副会長率いるサッカー部が現れたのだ。

副会長のパートナーはサッカー部でも俊足と名高い二年生の穂高《ほだか》君。中学生の時は陸上部で全国大会まで行ったのだとか。

また副会長本人も中学時代は陸上部だったと言う、最強の元陸上部コンビだ。

副会長の知名度も相まって、このコンビが優勝候補だと言う者は多い。

一方こちら文化部の代表は、最強の元あやかし夫婦ではあるものの、そんなことは誰も知らないし今やただの文化部員。

私と馨は確かに運動神経が良いが、特別訓練された者たちに比べテクニックは一切無いし、張り合えるかと言われたら謎である。

「しかも身長差が厄介だよな。お前って牛乳飲む割に背は伸びないよな」

「あんたが無駄に背が高いのよっ！　私だってあと5センチで160行くもの」

「……あと5センチって結構あるな ー」

馨が人様の頭に手を乗せ、ポンポンと。あれ、なんか腹たつな……

「ちょっと良いかな～文化部代表の二年生さん」

　このタイミングで私たちに話しかけてきた者が一人。驚いた事に副会長だ。

　ついでにパートナーのサッカー部男子も居るが、モブ顔過ぎて視界からはみ出している。

「午前中は凄かったね～女装大会、絶対勝てると思ったのに負けちゃった。でも継見《つぐみ》君出されたら仕方がないか。可愛かったしね」

　ニコリと微笑む副会長。やっぱりオーラのあるスレンダーな美少女だ。背も高い……

「君が天酒《あまさけ》君？　三年生でも有名だよ、二年生にかっこいい子がいるって」

「……はあ」

　副会長が腰を折り、女の子らしい上目遣いな笑顔で馨に一歩近寄る。

　長い綺麗《きれい》な足とほっそりとした体のラインを惜しみなく見せつけるスポーツ着姿だ。こちらに比べて圧倒的に布が少ない。

「あと、茨木《いばらき》さん……だっけ？　もうちょっと身長があったら、モデルいけそうだよね。結構いい感じだよ」

「……はい？」

　凄い。私に対しては褒め言葉と嫌味、上から目線をミックスさせてきやがった。

「この競技は運動部強いから文化部には不利だけど……でも仕方ないよね、うん。気にしちゃダメダメ、楽しんだ者勝ちだからね！　まあ、お互い頑張ろっ！」

　きめ顔でウインクした副会長。そのまま自分たちのスタートの位置に戻っていく。

最後まで元陸上部の相方は見切れていた。

「はあ……副会長凄いな、色々。まあ存在感のある……ん？」

「…………」

「ま、真紀さん……？」

無言の私。拳《こぶし》を強く震わせ、謎の闘志に包まれている。

「何が『お互い頑張ろっ！』だ……文化部に不利な企画にしておいて……っ。まだ始まってても無いのに勝った気満々で……」

「……背が低いのを馬鹿にされたのが、そんなにムカついた？」

「当たり前でしょう！　あんたに言われるならまだしも、赤の他人に言われるのは癪《しゃく》だわ。ていうか、何あんたちょっとデレッとしてんのよ、もうっ！」

膨れっ面で地面の砂を蹴《け》る。馨は「おお……」と、意味不明な声を漏らしていた。

「さあいよいよスタートです！　この戦いが、明日《あした》の文化祭最終日の客足を左右することは間違いないでしょう！」

スタートラインに立つ代表者たち。

ピストルの発砲音が鳴り響き、選手たちは一斉にスタートする。

勢い余って先走る私の足並みに馨が合わせ、私たちもなかなか好スタートを切った。

しかし二つ隣で走る副会長コンビの速さと言ったら！

この為にかなり練習していたのだろう。ずば抜けて先へ行ってしまった。

「馨！　遅れてるわ！」

「分かってる！」

私たちはお互い頷《うなず》いて、第一の障害〝網〟をお互いに掴《つか》んで高々とぶっ飛ばし、それが宙を浮いている間に滑るように下を潜る。これには放送席もびっくり。

「えええええええっ、文化部連合より茨木&天酒ペア、謎の力と息ピッタリ感で網をクリア！　潜るっていうか滑り込んだっていうか、網を二人でぶっとばしたっていうか……あれはアリなんでしょうか？　あ、アリみたいです。先を行くサッカー部代表を追います！」

審判をしていた体育の先生は私たちの運動能力に目を輝かせ「アリ」と判断。適当だがありがたい。

普通二人三脚だと足並みが合わなくて、立ち止まってゆっくりくぐるのだが、私たちは止まらない。お互いの歩幅、呼吸は良く分かっている。

パートナーがどう動くのか知っているからこそ、できることだ。

袴姿もそれほど苦ではなく、むしろ昔の酒呑童子《しゅてんどうじ》と茨木童子《どうじ》の、背を預けあった血の騒ぐ共闘を思い出すというか……あれ、夫婦ってなんだっけ？

「次は⁉」

「スプーンだ！　障害物競走の定番と言えるな」

障害物競走の〝スプーン〟とは、その名の通りスプーンにピンポン球を載せ落とさず走るアレで、二人三脚をしながらこなさなければならない鬼畜仕様。こればかりは運動部とか運動神経とかって関係無いんじゃないかな。手元と足元の集中力がものを言うというか。

しかし流石に副会長組はそつがない。

なかなか手際良く、無駄無く、それなりに速いテンポでピンポン球を運んでいる。

「あああぁ、私これ無理かも……こんな繊細な……」

「お前大雑把だもんな」

私たちはここに来て若干のペースダウン。

「わあっ」

しかも私は一回ピンポン球を落としてしまった。慌ててそれを取りにいこうとして、馨と繋《つな》がった足の事を忘れ転倒。つられて馨も転倒。

「おっと！　茨木&天酒ペア、苦手なコースの様だぞ！　次々に抜かされていく！」

「立てー、立つんだ鬼夫婦！」

白熱する実況。大黒先輩が大声で私たちを呼ぶ。

みんなが「鬼夫婦って何」と不思議がっている。

いくらKYキャラだからって堂々と言うのやめてください先輩！

「ごめんごめん馨っ！」

砂まみれになりながら立ち上がる。

「大丈夫だ、まだ始まったばかりだろ。いいか、足並み揃えるぞ。次はお前の好きなパン食い競走だ」

「う、うん！」

ここで立ち止まる訳にはいかない。

我々の勝利には文化部のプライドがかかっている。
一、二、一、二……徐々にスピードを上げながら、随分遅れを取ったその分を取り戻そうとしていた。
そう。直進上には、男女用に長さの違う紐《ひも》に吊《つ》るされたあんパンが二つ。

他の競技者たちはその場で立ち止まり、コンビでタイミングを合わせてぴょんぴょん跳ねたり飛んだりしている。ペアの両方がパンをゲットしなければならない為、これには少し手間取っていた。

だかしかし私たちは止まらない。これだけは、絶対大丈夫。

「10!!」

馨が踏み込んだタイミングで叫んだ。

どうやらパンの位置までの距離を見ただけで測り、歩幅を計算してくれたみたいだ。

カウントダウンが始まる。

「3、2、1ー……」

ゼロの声で二人合わせ、一気にジャンプ。勢いのままパンへ直行。

二人してそれぞれのパンに食いつき、吊るしていた紐から引きちぎって、そのまま片足で着地し、流れるがごとくひたすらに走った。

「きたあああああ!! かっぱきたあああああ!! 何と言う事でしょう。立ち止まる事無く超ジャンプして、二人してパンを咥《くわ》えていったぞ!」

グラウンドに、今までで一番大きな歓声が響いた。

「馨《かおる》!」

「んあ⁉」

「それ頂戴《ちょうだい》!!」

「……………」

そして馨は、自分が咥えていたあんパンをそっと私に差し出した。

「あげたあああああ!! 二年生天酒君、茨木さんにパンをあげたあああああ!!」

「あげんのかよ」

丁度放送席の前だったため、実況者と大黒先輩に、無駄にシーンを拾われた。

しかもその次が「おんぶ競走」っていう、一度足のバンドを外して、男子が女子をおぶって20メートル走るやつだったので、私は馨に担がれたまま、悠々とパンを頬張る。

「あー、ずっとこれだったらいいのに。馨号の乗り心地は最高よ」

「お、重い……」

「あ、あんた……今女子に言っちゃいけない禁句を言ったわね」

女子たちがキャーキャー、というかギャーッと悲鳴をあげている。

おんぶってそんなに女子がときめくシチュエーションなのかしら。

「さてさて！　次は名物にして最難関〝ぐるぐるバット〟が控えているぞ！」

現在三位に浮上した我々は、新たな障害物に直面した。

「ぐるぐるバットなんてやった事無いんだけど!!」

「バットを中心にぐるぐる回るんだ。交互に十回ずつだぞ」

まず馨がお手本がてらバットに額をつけて、その場でぐるぐる十回回った。

次に私が、そのバットで同じようにぐるぐるやってみる。

う、うわ。パンを食べた後にぐるぐるだなんて……これを考えた企画者は出てこい。

「あ……あわ……あああああ」

十周するのにもかなり時間がかかった。

再び足のバンドをつけて、やっと次に行くことが出来るのだが、今までぐるぐる回っていた私がすぐにまっすぐ走る事も出来ず。

「やばいやばいやばい……目が、目が回る～～っ！」

「落ち着けバカッ」

最初に回った馨は回復済みだったが、私がすっかり目を回し、千鳥足になってしまう。

こればかりは他のペアたちもかなり苦戦している様で、目が回って転《こ》けたままなかなか立ち上がれないペアも居るし、斜めに突っ走って戻ってこないペアもいる。

副会長たちは……驚いた事に無理に走らず、回転直後は二人で足並みを揃えてゆっくり歩いていた。

そしてかけ声と共に、少しずつペースをあげている。プ、プロだ……

「一位を独走中、サッカー部・副会長&穂高ペアに、悪戦苦闘しつつ二位まで舞い戻ってきた文化部連合・茨木&天酒ペア！　ぐるぐるバットの魔の手に引っかかり立ち上がれない戦士たちも続出だあああっ‼」

もう他のペアのことは気にせず、私たちは次の障害物を確かめた。次は、次は……

「おい真紀、次はなんだと思う？」

「もう何だって……どんと来いって感じよ……」

「まだ目が回っているのか？　しかし次は〝二人羽織〟だ。蕎麦《そば》が食べられるぞ」

げっそりとしていた私だが、これを聞いてコロッと表情を変える。

蕎麦が食べられる……だと……？

「って、食べるのは男の方なんかい!!」

足を結んでいるバンドを再び外し、用意されたブルーシートの上で二人羽織の蕎麦食い競争をしなければならない。男子が袖《そで》に腕を通さずに羽織った羽織の背の中に、ペアの女子が潜り込んで袖に腕を通し、前の人に蕎麦を食べさせる。

これ普通の男女だったら、密着度高めのドキドキイベントだと思うのだけど……

「うう。なんで私が馨にソバを……っ！」

「いいから早く箸《はし》でソバを……って、そこは鼻だって。い、いてやて」

特にドキドキの無い私たちはこんなもの。

しかもなかなか難しい。私の怪力では、馨の顔にもう一つ鼻の穴増やしかねない。

「どうせ、胸が背中に当たって超ラッキーとか思ってるんでしょ」

「アホか。キャッキャウフフな二人羽織のはずなのに、背後から喉元《のどもと》に刃物突きつけられている緊張感だっ！……って、真紀さん、食べ物は目から食べる事は出来ません。口に持って来て下さい！」

なんでこんなに難易度の高い、マニアックな競技ばかりを盛り込んだのか。

しかしやがて、私と馨は箸の動きとそれを食べるいいタイミングの法則を見つけた。

箸で蕎麦を持ち上げたら、無理に食べさせようとせず動きを止め、馨がそれを食べにいくことで、素早く一杯分を完食できたのだ。

先生からゴーサインが出たところで、バンドを足につけなおし、再び走り出す。

「おっとおお！　茨木&天酒ペア、二人羽織では痴話喧嘩《ちわげんか》を披露していましたが、徐々に息が合っていって一番乗りで完食！　他のペアは少し苦戦しているようだあああっ！」

「あれ、天酒の顔に争いの跡が。まあ、傷跡は男の勲章だから良いか」

大黒先輩が適当なことを言うと、どこからともなく女子たちのブーイングが。

「ねえ、今一位なの⁉　副会長たち二人羽織で手間取ってる？」

「ああ、そうみたいだ。このまま突っ切るぞ。障害物はあと一つだ！」

「あと一つって何よ‼」

「……あ、あれは……」

えっと、あれと言うか何も無い。50メートルほど、もう何も無いのだ。

「さあ、ラストスパートはもう障害物なんて何も無いので、一生懸命息を合わせて走ってもらうのみ！　最後こそただの純然たる二人三脚だあああ‼」

いやいや。ここで純然たる二人三脚って……

「これってまずいんじゃないかしら」

「お察しの通り……すでに背後には……」

ちらりと後ろを振り返ると、さっきまで二人羽織に苦戦していた副会長組が、すでにそれをクリアし、こちらに向かって猛ダッシュしていた。

「やばい、このままだと追いつかれるぞ！」

「ダッシュ、ダーッシュ‼」

私たちも青ざめながら、走る足に力を入れる。だがそれではダメだ。

「ちょっ、揃えろ真紀！」

「だってあんたの方が全速力は速いでしょ！」

って言い合ってる場合じゃないってのに。

来る！　きっと来る！　副会長がっ‼

「おおっとおおお！　これは文化部連合とサッカー部の一騎打ちになりそうだ。君たちの行く道には何の障害もない、ゆけえええええ‼」

「うおあああああ！！」

ここから、ほんの数秒の間。

音の何もかもが聞こえない、スローモーションのふわふわしたラストスパート。

実際はもう目の前の道しか見えない修羅ロード。

徐々に差が縮まっているのが、背中にひしひしと伝わってくるあちらの闘志で分かる。

決して振り返ってはならない。ここまできたらテクニックや策など関係無く、ただの一瞬のためらいや怯《ひる》みが命取りになる。

「うわああああああ！」

「いけえええぇっ！」

文化部の皆の声援をなんとなく聞きながら、私たちはただ無我夢中で走った。

お互いの本来の歩幅は違っていても、自《おの》ずと分かるそのテンポを意識して。

二人三脚でポッと組んだあのコンビに、最後の最後に負ける訳にはいかない。

私たちが〃夫婦〃として紡いだ長い長い物語を、この会場にいるほとんどが知らないのでしょう。

千年も昔、お互いだけを生涯の伴侶《はんりょ》と定め、激動の時代を生き抜いた。

死んでもなお、こうやって出会えた、この歪《ゆが》みない強固な絆《きずな》を……っ。

あれ、なにこれ走馬灯？

「真紀ちゃーん、馨くーん、頑張れ――――っ!!」

大きな声援や実況が掻《か》き消えた、一瞬の風の中。

その声だけははっきりと耳を抜けていった。

ハッとして顔を上げると、ゴールテープの向こう側に、由理《ゆり》が立っているのが見える。

親指をグッとあげ、「GO」と言っている気がする。

この際、彼が女装姿であることは気にせず、勝利の女神的な何かだと思えば良い。

私と馨はただ前を向いて、足に力をこめ、手を伸ばす。

白いゴールテープの向こう側の親友。微笑む勝利の女神、由理子の方へ……

「って、転けたあああああ！！！」

「えええええええええ!?」

最後の最後、白いテープを上から切る様に、私たちはそのますっ転んだ。

むしろ転けたからこそ、先にゴールテープを切ったと言っていい。ほぼ同時に副会長コンビもゴール。

もくもくと黄土色の砂埃《すなぼこり》が舞って、それが消えて無くなるまで。

私たちは立ち上がる事が出来なかった。

一瞬の沈黙。そして……

「か、勝ったあああああああっ!! 優勝は文化部連合、文化部連合です！ なんと最後の最後で体を張ったズッコケゴールイン！ 緑色の闘志を燃やした文化部企画『うちのかっぱ知りませんか？』茨木&天酒ペアが、見事僅差《きんさ》にて優勝おおおおおお」

「これぞ誠の夫婦愛!! あっぱれだ！ わっはははははは」

今日一番の白熱した実況、大黒先輩の満足そうな大笑いだった。

こちとら意図的に転けた訳でなく、お互い由理が気になって、足を揃えるのをおろそかにしてしまったからこそだったのだけど……

でもそれならまさに、由理子は勝利の女神と言っていい。

「はあ〜〜ううっ、いたた……ってあんまり痛くない？」

あの速度で転んだので、絶対どこか擦りむいたし痛いはずと思ってたけど、あまり痛くない。それもそのはず、下には馨がいて、私は馨に重なる形で倒れていたのだ。

「い、いてえ……」

「あああ！ ごめん馨！ なんで私わざわざあんたの上に倒れてるの⁉」

流石にびっくり。そんなつもりなかったのに！

「……別にいい。そうなるように倒れたんだから」

「え。もしかして……私が怪我しないため？」

馨は私が怪我するのを嫌う。陰陽局《おんみょうきょく》で指から血を流していた時も、墓地で首筋に傷を作った時も、彼はとても複雑な顔をしていた。

いつも、こうやってさりげなく、私が怪我しないよう立ち回ろうとする……馨は。

「ええい、重い、どけ。バンドを取るぞ！」

変な感じで倒れたので、二人してもだもだ。やっと起き上がってバンドを外す。

人前なのであからさまな事ができないが、すすす……と馨に近寄って、笑顔で「やったわね！」と片手を掲げる。馨は横目で私を見下ろし「だな」とクールぶった返事をして、私の手に自分の手で軽くタッチ。

馨は今回も最後まで、とても頼もしい夫だったわ。

「やあ〜お疲れさま。さすがは千年に一組の番《つがい》。運をも味方につけるとはね」

いまだ冷めやらぬ会場の熱気と興奮の中、由理が駆け寄り、タオルとスポーツ飲料を手渡してくれた。

それで汗を拭《ふ》きながらチラッと副会長を見ると、私たちに負けた悔しさをどうしても隠す事が出来ないと言う様に、俯《うつむ》いて拳《こぶし》を震わせている。

「なんでこんな事に……っ」

絞り出すような小さな声が聞こえた。

当然、彼女としてはこんな予定ではなかったのだろう。

学園祭を盛り上げる為に「地味だ」と言って排除した文化部が、前例のない程学園祭を盛り上げる事になったのだから。

「さあ大黒君、文化部の企画を宣伝して良いアピールタイムだよ」

「……今更そんなものが必要なのか？」

実況席にて、大黒先輩はどこか格好付けてフッと笑うと、大きく手を挙げる。

それが合図だと言う様に、旧館の2階の窓から緑色の大きく長い横断幕が現れた。

それに気がついた者たちが、一斉にどよめく。

『茨木さん＆天酒くん優勝おめでとう‼　※旧館2階にて絶賛かっぱ中』

横断幕にはデカデカとした文字が。また旧館2階に並ぶ文化部のメンバーが、窓から私たちに向かって「おめでとーっ！」と叫んでいる。

かっぱの着ぐるみを着た者。和装喫茶の袴《はかま》や着物を着た者。

映画で使った探索隊の服を着た者。裏方の体操着姿の者、制服の者。

皆それぞれの大事な仕事をこなしながら、一つの形あるものを作り上げた。

私たちの優勝すら信じて、これを用意してくれていた訳だ。

「……すごーい……」

旧館は本館から遠くとも、運動場から見える位置にあり、また2階を全部利用出来る連動企画だからこそのパフォーマンスと言える。

いつからこれを考えていたのか。副会長の提示した不利な立ち位置や場所を、完全に逆手に取ったアプローチなのだ。

文化部を侮ることなかれ。

そんな熱をひしひしと感じ、流石の私も、なぜか身震いしてしまった。

これが、大黒先輩の言っていた〝人の力〟ってやつなのかな……

「…………」

当の副会長は、さっきまであんなに悔しがって表情を歪めていたのに。

その緑色の横断幕が現れると、ポカンとしたようなぼんやりしたような、力の抜けたような表情になっていく……

私たちに向けられる、意味不明なかっぱコールの中。

彼女は呆然《ぼうぜん》と、その濃い緑色の横断幕を見つめていたのだった。


二人三脚障害物レースが終わり、皆がぞろぞろとグラウンドから撤退している。

私たちはスプーンや木製バットを片付けようとしていたのだが……

ふと、変な匂いがした。

「なんか、焦げたような匂いがするな」

「馨も気がついた？　でもこれ……霊力の匂いよ」

「きゃあああっ！」

突然、どこからか悲鳴が上がった。

何事かと思って周囲を確かめると、それは脇のテントを突き抜け、グラウンドを猛烈に駆け巡っている。

あれは、黒い毛のような霧を纏《まと》った……四つ足の獣。

「おい真紀！　あいつ前に墓地で見た犬のあやかしだ！」

「……ええ」

「どういうことだ？　生徒たちに見えているのか？」

私は目を細める。

どうして人の多いところに、あのような野良あやかしが。

それ以前に、なぜあやかしが一般生徒に見えているのか。

生徒たちはキャーキャーと逃げ惑い、混乱している。当然だ。

「真紀ちゃん！」

ここでスイとミカが私たちの下へとやってきた。

「あいつ！　中庭で小さく蹲《うずくま》っていたのを俺たちが見つけたんだけど、突然大きくなって、暴走し始めて……ごめん、俺が捕まえとくべきだった」

ゼーゼーと息を整えながら、スイが私に言う。

「中庭にいたの？　あいつ」

「傷を負って、弱っているように見えたんだ。それと……陰陽局の連中も来ている。あのミカン頭の坊やが言ってた。変なのがこの界隈《かいわい》に逃げたから、今探してるって」

「…………」

黒い犬は、前に見た時より倍以上大きくなっている。

あの子を取り巻く黒い邪気が、膨らんでいるのだ。それは……

「あいつ、悪妖《あくよう》になってしまったんだな」

「……ええ」

悪妖。

それは、痛みと憎悪を糧に、霊力を黒く濁らせ暴走させた、あやかしの成れの果て。

こうなってしまうと理性を失い、凶悪な存在となって人やあやかしを襲う事がある。

歴史上、名のある古いあやかしに悪妖は多いが、現代じゃ、そもそもあまり出会うことの無かった存在だ。

前に出会ったあの時、私がしっかりこの子に対応出来ていればよかったのだ。

だけど、あの後いくら墓場に行ってもあの子には会えなかった。

これはまずい。人間たちが大勢いる場所に、悪妖がその姿をさらして、暴れているだなんて。生徒たちはすぐに校舎に避難していたが、もし誰かに危害が及んだら……

「⁉　副会長‼」

グラウンドの中央で、いまだぼんやりとしていた副会長に、私は気がついた。

悪妖がそちらに向かって突っ走っていたので、私は片付け途中だったバットを持って一目散に駆け寄る。そして副会長の前に立ち、バットを盾に悪妖の動きを止めた。

鈍い衝突音と、霊力のぶつかり合う波動の中心で。

悪妖の目と、私の目が、再び合う。

「イバラキ……マキ……」

その悪妖は、私を認識すると二度私の名を呼び、後退した。

同時に、ズキンと首の傷が痛む。

ああ、そうか。こいつ……私の首につけた傷跡の霊力を辿《たど》って、ここへ来たんだ。

要するに、この学園へおびき寄せてしまったのは、私だ。

「きっ、きゃあああああっ!!」

副会長が、今になって状況を把握して、悲鳴をあげた。

「い、いい、茨木さん……あなた、これ、いったい」

「…………」

その場でペタンと座り込んでいた副会長を一瞥《いちべつ》する。

しかし私は何も言わずに、再びグラウンドの奥へと駆けた。

こいつの目的は私。ならばやりようはある。

「おい、真紀！ 無茶はよせ！」

副会長を助けながら、馨が叫ぶ。

「でも、一般人に被害が無いようにしないといけないわ！ 騒ぎが大きくなったら、それこそ陰陽局の連中が来てしまう。誰も救えないじゃない！」

「…………」

馨は私の言葉の意味をすぐに理解したみたいだ。

「こっちへ来なさい、悪妖!!」

私を追う悪妖にフェイントをかけ、私は真横から後頭部を狙ってバットを振るった。

悪妖は目を回しふらついたが、やはり体を包む濁った邪力がクッションとなる為、一発で倒れてはくれない。悪妖は、元のあやかしの霊力を邪気に変え、倍の力と強固な体を手に入れるとされている……

しかしそのような力を手に入れても、私たちに敵《かな》うあやかしはほとんどいないだろう。

ただ、やっかいなのはここが学校ということで、相手が皆に見えているということだ。

ここで戦い、人並はずれた私たちの力を人間たちに知られたら。

それ以前に、もし一般生徒に大きな被害があったら……

やはり脳裏に、そういう考えがよぎる。

「真紀！　俺がここに〝狭間《はざま》〟を作る！　意味はわかるな！」

「……馨」

悪妖の振り落とす鋭い爪を避け、馨と一瞬のアイコンタクト。

馨……今世では極力、人間離れしたその術は使わないようにしていたのに。

「わかったわ」

それは多分、この時代においてとても大きな事件となる。

私だけでなく、馨まで……表舞台に出てしまうかもしれない。

「俺がいるぞっ！」

ここでマイクを片手に声を響かせたのは、放送席にいた大黒先輩だった。

「やっかいな何もかもは俺に任せろ。お前たちは思い切りやると良《い》い！」

「……先輩」

馨は大黒先輩の言葉に後押しされ、副会長をグラウンドから放送席まで避難させると、散らばっていた二人三脚のスプーンを拾った。

「ったく。生まれてこのかた十六年、一度もやってないっていうのに……よお！」

スプーンを地面に突き刺し、両手を合わせて印を結ぶ。

瞬間、それを中心に妖術《ようじゅつ》式の書き込まれた陣が展開された。スプーンはチリチリと銀の粉を撒《ま》き散らしながら、妖術式の中軸となる。

「学園の範囲をコピー。地下に同形状の〝狭間〟を構築する」

狭間――

それは、大妖怪《ようかい》のみが使うことのできる結界術。

かつて酒呑童子が編み出し、現代まで受け継がれるあやかしの遺産を産んだ、高等妖術だ。今この場所に、即席で学園を写し鏡にした狭間を構築している。

一般生徒や一般客に被害が及ばぬ様、この事象および関係者まるごと、現実世界から切り離そうとしているのだ。

「!?」

しかし馨が術を完成させる前に、黒いあやかしが高密度な霊力に気がつき、砂煙を巻き上げながら、ぱっくりと口を開け勢いよく彼に迫った。

「馨！」

そちらへは行かせない。私は悪妖の前足に向かってバットを投げ、転んだその隙に奴の進行を塞《ふさ》いだ。

砂塵《さじん》が舞う中、地をしっかり捉《とら》えて立ちはだかる私を、悪妖は唸《うな》りながら窺《うかが》う。

「……イバラキ……マキ……イバラキマキ……喰ラウ」

そしてまた、何かの命令のごとく、私の名を口にした。

「そう。私が茨木真紀よ。あんたが喰らいたいのは私でしょう。なら目移りなんてしちゃダメじゃない……っ」

百鬼夜行のあの時から、私の名はあやかし界に広まった。

私を食って霊力を増したいと考えるあやかし。

私を味方に引き入れたいあやかし。

私を邪魔だと思うあやかしや、あるいは嫁にしようと考えるあやかし……

色々と現れるだろうと思っていたけれど、まさか、こういう事態になるとはね。

「狭間構築完了。あとは頼みます、大黒先輩!!」

馨が叫び、それを聞いた大黒先輩はマイクを右手に「うむ！」と頼もしく頷《うなず》く。

そして傍に置いていた愛用の団扇《うちわ》を左手に持ち、ポンと黄金の〝打出の小槌《こづち》〟に変えた。

これは、大黒先輩が神として保有する神器だ。

先輩もいつの間にか、大黒天様の立派な着物姿でいる。

「テステス。えー、我が名は浅草寺《せんそうじ》大黒天。我が名は浅草寺大黒天」

うん、マイクは正常。大黒先輩は続けた。

「一般生徒及び一般客よ、この騒動で受けた邪気があるのならそれを清め、また見たものがあればそれを瞬時に忘れ、現世にて騒ぎ笑え。そう、活気ある祭りの奉納をもって、これを最大の加護とする！」

そして打出の小槌を高々と掲げ、強く放送席の机に叩《たた》きつけた。

すると逃げ惑っていた生徒たちの額に〝浅草寺〟と書かれた加護の印が押され、彼らは一斉にこの場所から消え去る。

いや、消えたというより、現世と馨の作った狭間が分離したのだ。

よって、一般生徒は大黒先輩の加護の下、現実世界で騒動を忘れ先ほどの続きのごとく学園祭を楽しむ。そしてその賑《にぎ》わいと楽しみこそが、江戸の民を見守り続けたポジティブシンキングな大黒先輩への奉納となる。

さすがは東京最古にして、絶え間なく参拝客が訪れるお寺の神様。

これってとんでもないことなんだけど、このレベルになると何でもありだわね。

「……変わった」

一方、私たち関係者だけは馨が作った狭間に飛ばされた。学園をコピーしているので景色はほとんど変わらないが、ここは彩度の低い、静寂ばかりの世界だ。

「ウウウ、ウグァッ、ウガアアァァアアッ!!」

そんな中で黒いあやかしが猛《たけ》り立つ。

転がるようにグラウンドを駆け回り、苦痛にもがいているのだ。

「随分と、苦しそうね……」

邪気に体を蝕《むしば》まれる、その痛みは……よくわかるわ。

墓地で出会った時に、もっと声を聞いて、寄り添うことができれば良かった。

これは、霊力不足というだけの苦しみでは無かったのだと思う。

きっと深く傷つき、何かを酷《ひど》く憎んで、力を必要とした。

「どうするんだい、真紀ちゃん。……悪妖は害でしかない。俺が討とうか」

今までずっと、私のことを見守っていただけのスイが尋ねる。

「いいえ。それはダメよ、スイ。悪妖になった原因はきっとある。それを取り除けるのなら、取り除いてあげなくちゃ。引き戻せるのなら、引き戻してあげたい……」

「…………」

「それが無理で、たとえ葬らなければならなくても。救いのない最後を私は許さないわ」

なんにせよ、奴の動きを一時的に止めなければならない。

もがき暴れるあやかしが、再び私に狙いを定めた。

しかし私はこの場から逃げることも、向かっていくこともなく。

「由理、頼んだわよ！」

背後の校舎の屋上に立っている由理に向けて叫んだ。彼は自分の役回りを、先読みしてそこにいたのだ。私はそれに気がついていたし、きっと馨もそうだと思う。

「全く。君たちのサポートも、楽じゃないんだけどね……っと」

女装姿のままだったが、彼は「やれやれ」とかつらを取って投げ捨て、どこから持ってきたのか弓道部の弓を構えた。

あれ。なぜかおもちが由理の足元で飛び跳ねている。

スイが連れてないと思ったらあんなところに！

「おもちちゃん、僕の側にいておくれ。僕が……かつての姿を、思い出せる様に」

そして、由理は弓を引いた。

羽……青白く光る美しい羽が、はらはらと宙を舞う。

幻想的な光だ。雪のようなそれは、由理の霊力の象徴でもある。

瞬く間に、羽は無数の矢を象《かたど》った。

「ペッヒョ〜ッ！」

おもちの可愛らしい鳴き声を合図に矢は放たれる。

それは雨の如く、私に向かって暴走していた悪妖に降りかかり、光の檻《おり》となって動きを封じたのだ。スイが感嘆の声を漏らす。

「破魔の矢か。鵺《ぬえ》様流石だなあ……」

「簡単そうにやってのけているがな。金縛りの術とか鎮静の術とか上乗せしている、とんでもなく複雑な術だ。あいつは基本、なんでもできる」

そう、馨の言う通り。かつての鵺は、自分の霊力を糧に〝役立つ〟技は全て習得していた、類《たぐい》まれなあやかしだ。

人間に転生してからも小技はちょくちょく使っていたけど、こう派手なのは久々かしら。

「流石ね、由理」

元大妖怪、そして神様って頼もしい。次は私の番かしら。

「ミカ、来なさい」

「……はい、茨姫《いばらひめ》様」

私は眷属《けんぞく》のミカを呼びつける。ミカは小さな八咫烏《やたがらす》の姿になって、私の差し出した腕に止まった。私は彼の目を、真正面から捉え、見つめる。

「黄金の瞳《ひとみ》の力を少しだけ解放するわ。私に、あの子の心に入り込む力を」

「承知いたしました」

ミカの左の黄金の瞳が煌《きら》めき、私の目に映り込む。

　これで、彼の力は一時的に私のものだ。

「黒き悪妖。少しの間、その心を覗《のぞ》かせてもらうわ」

　破魔の矢の檻に邪気を抑え込まれ、金縛りの術と鎮静の術を同時にかけられている悪妖に近寄り、私は悪妖の額に人差し指を押し当て、目を閉じた。

　ふっと意識が遠くなり、この獣に寄り添う形で、倒れこむ。

　そしてずぶずぶと、黒い霧に覆われ、本来の姿を隠されたあやかしの体に沈む。まるで、底なし沼の様に。

　遠く、馨が険しい顔をして、だけど何も言わずに私を見守っていた。

　本当は私に危険な事をさせたくないのでしょうけれど。馨と私は軽口を叩く事はあっても、お互いの決意や強い意思に伴う行動を、引き止めたりしない。

　ええ、大丈夫。

　私は苦しむあやかしを救うわ。

　それが、かつてあんたに……酒呑童子に救われた私の誓いだもの。

　だから、最後はあんたが、私を迎えに来なさいね。

《裏》馨、誰も通してはならない。

「手鞠河童《てまりかっぱ》たち、散らばってるスプーンを拾って来い。お前たちならできる」

「アイアイサーなのでしゅ～」

「ここにカッパーランドを建設するでしゅ？」

なぜかここに巻き込まれ、ちょろちょろしていた手鞠河童たちに、俺、天酒馨は指示を出した。奴らは褒めて伸ばせば働き者。

「はあ～。俺だけ役立たずとは悲しいかな。そうは思わないかい馨く～ん」

一方、さっきから無能なS級妖怪が一匹。

「ええいうるさい水蛇。お前は黙ってろ。気が散るだろ片眼鏡《モノクル》をかち割るぞ」

「え～え～。構ってよ～、俺もなんか真紀ちゃんの役に立ちたかったのにっ！　これじゃ手鞠河童の方が役立ってるよ～」

「てめ～は真紀が消耗して戻って来た時の、ケアの役回りがあるだろ！　それまで我慢して真紀を待ってろ」

こちとらスプーンで作った狭間《はざま》を維持する為に神経を研ぎ澄ませているというのに。水蛇の中年ときたら俺の隣にしゃがみこみ、作業を眺めうじうじして、どうでもいいことばかりを話しかけてくる。

大黒先輩と由理は現世の方のフォローの為、そちらに戻ってしまった様だ。

要するに、今ここにいるのは俺と水蛇、数匹の手鞠河童だけ。

「酒呑童子しゃま～金属のお匙《さじ》でしゅ～」

「ステンレスのスプーンとも言うでしゅ」

「ああ、ありがとな」

手鞠河童たちがスプーンを集めて持ってきたので、俺はそれを、中軸にしているスプーンの周囲にぶすぶすと刺した。手鞠河童どもはまたスプーン集めに散らばる。

「俺も早く真紀ちゃんの眷属に下りたいなー。ミカ君はいいなあ、連れて行ってもらえて」

やることのない水蛇は、せっせと働く手鞠河童どもを見つめ、いまだぼやく。

「……お前にそんなもんは必要ないだろ。真紀は、それだけお前を信用してるんだ」

「はあ。なんだかなあ。俺ももうちょっとダメダメなあやかしだったらよかったのかも。しっかりものの長男って、大概損な役回りだよねえ。そうは思わないかい馨君。いやー馨君に言うのは違うかな、なんせ真紀ちゃんの旦那《だんな》様、だからねえ。はい嫉妬《しっと》」

「おっさんが何言ってるんだ？　気持ち悪いからあっち行け」

「えーえー。酷い酷い！　かまってよ馨くーん。俺も役に立ちたい」

う、うるせえ。さらに言うと鬱陶《うっとう》しい。

「なら陣に水を注げ。お前の水には清めの効果がある。この狭間をあとから浅草地下街に預けようと思うから、悪妖《あくよう》の邪気が残ると使いづらいしな」

「はいはい」

水蛇は仕事が欲しいと言っていた割に、適当な返事だ。腹たつ奴め。

どこからともなく水と桶《おけ》を取り出し、打ち水をしはじめる。

なんかシュールな光景だな……

真紀が頑張っているというのに、俺たちがこんなゆるゆるで良《い》いのだろうか。

「ところでさ、馨君」

いきなり、打ち水をしている水蛇が、俺にこんな問いかけをしてきた。

「君は……酒呑童子が死んだあとのことって、どれだけ聞いてるの？」

「……は？」

俺は集中を乱すことなく、チラッと奴に視線を向ける。

静かすぎる偽りのグラウンド。

ひやりとした水蛇の霊力が、首筋を掠《かす》めた気がした。

「まず茨木童子が一条戻橋《いちじようもどりばし》で渡辺綱《わたなべのつな》によって負傷させられ、その傷が祟《たた》って源頼光《みなもとのよりみつ》により退治される。そして藤原公任《ふじわらのきんとう》を全うしまた別のものに化けていた鵺が、その正体を見破られ、人間たちによって討ち倒される。死んだ順番でいうと、酒呑童子、茨木童子、鵺、ということだと……俺たち民俗学研究部では何度か確認したが」

「……そう」

水蛇は味気ない返事をした。そして……

「今度真紀ちゃんを一人にしたら、俺は絶対に君を、許さないからね」

茨木童子の四眷属の古株は、まるでそれを見届ける義務があるとでも言うように。

奴の表情はいつものおちゃらけたものと違い、俺に対する冷ややかなものすら感じられる。プレッシャーとでもいうのか……

「そんなこと、お前に言われなくても分かってる」

だから俺も、少しムキになって口調を強めた。

それはきっと、俺の大きな罪だと、分かっているからだ。

真紀は、茨木童子が死んだ時のことを、ただの物語のごとく簡単に語る。

だけど、どうなのだろう。

一番最初に死んでしまったせいで、その後の本当のところを、俺は何も知らない。

真紀に、前世の妻に、どんな思いをさせたのか……

「おい！　てめーら何やってんだよ‼」

「……ん？」

驚いた。

侵入は許されていないはずなのに、目の前にあのミカン頭……もとい陰陽局の津場木茜《つばきあかね》がいたのだ。奴は険しい顔をしてズンズンとこちらに近寄ってくる。

「おいおい、なんでお前ここにいるんだ。ここは－……っ⁉」

津場木茜は抜刀し、俺に刀を突きつけた。

切っ先から伝わって来る、荒々しくも洗練された人の霊力に、思わず眉《まゆ》を顰《ひそ》める。

「てめえ、なぜ狭間を作れる」

「………」

「狭間は、あやかしたちの高等妖術《ようじゅつ》。それもS級以上のあやかしでなければ扱う事のできないものだ。それを、なぜ人間のお前が……。お前、まさか……」

疑念が、俺に伝わってくる。ただのマイルドヤンキーかと思っていたが、ここに入れるという事は陰陽局の若きエースは伊達《だて》じゃないという事か。

まさか……バレただろうか、俺が酒呑童子の生まれ変わりだと。

「ウガアアァァァアアアア‼」

突然、由理の矢の檻によって大人しくしていた黒い悪妖が暴れもがき、グラウンド中に響く雄叫《おたけ》びを上げた。

真紀があいつの精神の奥に潜り込み、何かを見つけたのだ。

おそらくそれこそ、悪妖と化した邪気の根源。真紀は、大丈夫だろうか。

「チッ、この悪妖が！　今すぐ俺が葬ってやるよ！」

津場木茜は俺に向けていた刀を引き、黒い獣の方へ駆けていく。

「おい水蛇、ここはお前に任せるぞ」

「はい？」

「お前も立派なＳ級大妖怪《ようかい》だろ。なら狭間くらい簡単に管理してみせろ。真紀の助けになる役目が欲しいんだろ？」

「は？　はあああああ⁉」

狭間の初期構築は終わった。あとは安定させるために霊力供給をし続けるだけだが、それはもうここにいる水蛇でも良い。奴はやった事のない仕事を任されて混乱していたが、俺は構わず津場木茜を追いかけた。

途中、真紀が置いていった木製バットを拾い、割り込む形で津場木茜と対峙《たいじ》する。

振り落とされた刀とそれを受け止めたバット。お互いの霊力がぶつかり合う、高らかな音が響いた。

何度か打ち交わし、津場木茜の力量を測る。切っ先で突くそのタイミングを見計らい、俺は低くしゃがみこんで、バットを振るって、横から足を狙う。

「!?」

しかし瞬時にこれを察し、真後ろに後退する津場木茜。後ろ足を滑らせ砂埃《すなぼこり》が舞い上がる中、早々に刀を構え直した。

警戒心はあれど、冷静で恐れはない、か。

俺が何者であるのか、冷静に見極めようとしている。

「チッ、人か。……あやかしが学生に化けているのではないかと思ったが、さすがにあやかしと人間くらい、一度霊力を受け止めれば見極められる」

「へえ。随分とたくさんのあやかしと戦ってきたんだな……」

さすがにあのぼんくらぬらりひょんの孫とは格が違う、か。

しかし弱点はある。陰陽局の退魔師はあくまで対あやかしの戦闘員。

人間を、傷つけることはできない。

「なら、押し通る！　そこの悪妖を、今度こそ逃すわけにはいかねーんでな！」

「!?」

津場木茜の足元に五芒星《ごぼうせい》が描かれ、音もなく加速し、一瞬で俺の横を通り過ぎる。

「――祓《はら》いたまえ、清めたまえ」

まずい。この黒いあやかしを調伏するつもりだ。刀を一直線に構え、悪妖と見定めたそれを貫いて、邪気ごと祓おうとしている。しかし……

「……は？」

津場木茜は、何が起こったのか、理解できないという顔をしていた。

切っ先が悪妖を貫こうとした瞬間、奴は先ほど五芒星を描いた場所に戻っていたからだ。

「言っておくが、この狭間の王は俺だ。全ては俺の意思に準ずる」

術の痕跡《こんせき》を利用して、津場木茜の位置情報を書き直した。

悪妖の前に立ち、バットを刀のようにして、再び構える。

「この悪妖を真紀が救おうとしている。それは真紀にしかできないことだ。だから、真紀の邪魔をする奴は……この俺が場外さよならホームランだっ！」

きまった……つもりだったが「真紀ちゃんの真似かな？」「パクリでしゅ～」と水蛇と手鞠河童たちのひそひそ会話する声が聞こえてきたので「ちょっとそこ黙りなさい」と。

しかしこれが津場木茜の、十代男子特有の負けん気を刺激してしまったのか。

怒り任せの逆立った霊力が、轟々《ごうごう》と音を鳴らして奴の体を取り巻いている。

「てめえ、調子に乗りやがって……肩の傷を、また抉《えぐ》ってやんぞこのタコ!!」

あ、これ俺が良く読んでる少年漫画的展開だ。

しかし俺だって、ここで引く訳にはいかない。

真紀の全てを守る。それが俺の、今世の誓いなのだから。

第十話　人狼の記憶

そこは、暗い森の中だった。

森の木々の隙間から、満月が見える。

私と、肩にとまる八咫烏《やたがらす》のミカは、当てもなく静かに森を進んでいた。

「……あ」

遠吠《とおぼ》えが聞こえた。これはあの悪妖《あくよう》の鳴き声だろうか……

「茨姫《いばらひめ》様。ここはすでに、あの黒き悪妖の記憶の中です。心の声が、聞こえてくるかと」

「……ええ。分かっているわ」

耳をすませる。届くのは、何かをひたすら恐れている、声。

逃げ出した。あの檻《おり》の中から逃げ出した。

もっともっと遠くへ、逃げなくては。

あいつらが追いかけてくる。

だけど、こんな異国の地で、どこへ行けばいいと言うのだろう。

帰りたい。帰りたい……帰りたい……

森を走って抜けていくのは、黒い犬……？

いや、あれは狼だ。首と足には引きちぎった鎖がついていて、傷だらけ。

元々は何者かに囚《とら》われていた、そういう痕跡だ。

『待て！　ルー・ガルー！』

追う者の声が、そう呼んだ。

ルー・ガルー……？

確か、異国の〝人狼〟の意味だ。

ならあの子は、この国ではなく異国から連れてこられた、人狼だということだろうか。

日本のあやかしでは無かったのね。

「聞いたことがあるわ。ああいう、人狼のような魔物やあやかしを捕獲して、売買している者たちが居るって。日本のあやかしが密猟されて海外に売られることもあるけれど、こうやって、異国のあやかしが捕らわれこの国に連れてこられることもあるのね……」

「許せない。……だから僕は、ずっとどこかに、隠れていたかった」

「……ミカ」

ミカもずっと黄金の瞳《ひとみ》を狙われ続けた。

あやかしとは、その特殊な見た目や性質のせいで人々に追われたり奪われたり……

それなのに都合が悪い時は〝悪〟と決めつけ、不条理に傷つけられたり処分されたりするのよ。

「あ……っ」

ルー・ガルーという黒い狼が、人間たちによって捕らわれた。

銀の杭《くい》を体に打ち込まれ、痛みに吠《ほ》えるその姿を、見ているだけなのは辛《つら》い。

駆け寄って、こんなことをする輩《やから》をぶん殴って、助け出してあげたい……

そんな衝動にかられたが、これはもう、過去の出来事。

要するに、こういう過去がこの子にはあったのだ。

「逃げたぞ！」

「待て!!」

しかし、ルー・ガルーは逃げた。体に杭を打たれた状況でも、必死に〝生き延びたい〟と願い、逃げたのだ。

私たちはそれを追いかける。森を抜けた、狼の行方を知るために……

ルー・ガルーが飛び出た先は、山沿いの道路だった。

キイイイイィィィイイイ────ッ!!

「……え？」

一台の車が急ブレーキをかけた事で、複数の車の玉突き事故が起きている。

炎上している車もある。

「あ……っ」

その中には、私の知る青のワンボックスカーが……

「パパ、ママ」

思い出した。両親が亡くなった玉突き事故の原因は、野良の〝黒い犬〟のようなものが飛び出した事で起きたと、聞いていた。ここは山沿いでありながら、人口の多い街に繋《つな》がる国道で、帰宅ラッシュ時で走る車も多かったのだ。

そうか。そうか。

そうだったのか……

こんなところで、父と母の死の原因を知る事になろうとは思わなかったけれど。

これも一つの、運命というわけ。

「茨姫……様？」

静かに、だけど確かに動揺する私に気がついたミカが、心配そうな声で名を呼ぶ。

ええ、そうね。今はそれに、心を乱してはいけない。

これは数年も前のこと。

このルー・ガルーにはまだ、続きの記憶がある。

「あの子は……」

道路から、ルー・ガルーの姿は無くなっていた。道路を挟んだ向こう側に逃げたようだ。

奇《く》しくもこの事故のおかげで、密売人たちは足止めをくらい、ルー・ガルーを追いかけ続ける事が出来なかったようだ。


場面は変わった。

そこは、先ほどの森とはまるで違う洋館の一部屋の様だった。

重々しい空気のある、窓から差し込む月明かりのみが照らす部屋。ここはいったい……

『そんなに人間が憎いかい？　家族を殺され、ひとり故郷から連れ攫《さら》われ、こんな異国の地で見世物にされ、銀の杭を打たれた。お前を傷つけた、罪多き、醜い人間が……』

血の色の様な絨毯《じゅうたん》が敷かれた部屋の、最も奥にある椅子に座る者が居た。

上品な物言いで、いまいち聞き取りにくいが若い男の声のように思える。

陰になって顔は見えないが、洒落《しゃれ》たスーツのズボンの裾《すそ》と、革の靴だけは分かる。

『憎い』

くぐもった声で答えたのは、ルー・ガルーだ。

椅子に座る男と向き合う形で、ボサボサの髪の、人型のシルエットが唸《うな》る。

その確かな姿を見る事は出来ない。

「あれは先ほどの人狼でしょうか」

「ええ……さっきは狼姿だったけれど、今は人の姿のようね」

私とミカは確認しあった。そして、再びこの場面を見つめる。

『憎い……。帰りたい、故郷へ』

『……分かるとも。オレだってそうだ。あの場所へ帰りたいと、毎夜思う』

革靴の男は、立ち上がった。

『ならば、君に一つ、助言してあげよう』

ルー・ガルーに歩み寄り、その頭を抱く様にして、男はルー・ガルーの首筋に噛《か》み付いた。ルー・ガルーは低く唸り、痛みに耐えた様に見える。

しばらくして男はルー・ガルーを解放し、血で濡《ぬ》れた口元を胸ポケットに入れていたハンカチで拭《ふ》いた。ルー・ガルーはその場に倒れこむ。

『人狼の血なんて、飲むもんじゃないね』

革靴の男は苦笑する。

『君の中の銀の杭を、オレが抜くことはできない。オレもそれが少し苦手でね。君はもうすぐ悪妖に成り果てるだろうが、憎い相手に復讐《ふくしゅう》するには、それだけでは力不足だ。だけど唯一、君を救ってくださる方がいる。その方の名は……茨木真紀《いばらきまき》』

私とミカは、その名に反応し、お互いに横目に見る。

『君は、そうだな……その娘を、喰《く》らってしまえばよい』

「!?」

『そうすれば、絶対的な力を手にする事ができるだろう。人間に怯《おび》える必要のない、偉大な力。あやかしを狩る卑劣な輩をひと撫《な》でするだけで裁ける、あやかしの王たる力だ』

ルー・ガルーは『イバラキ……マキ……を、喰らう』と、私の名を復唱している。

そうか。

私を狙うあやかしが、あの墓地に度々出現していたのは、私が浅草《あさくさ》の地を離れる機会が、あの時しかなかったからなのかもしれない。

浅草は浅草寺《せんそうじ》を始め、数々の神社仏閣、その神々によって守られた土地。

また数多くのあやかしたちの霊力で満ちているし、私の家は浅草地下街の組長が施した結界によって守られている。

元々警戒していたのもあるけれど、浅草という地で私を捉《とら》えきるのは困難だ。

だけど、気がかりなことと言えば……

私を知るこの革靴の男は、いったい何者なのだろう。

『ウガアアアッ、ウガアアアアアアア!!』

突然、ルー・ガルーが苦しみもがき、その体から邪気を漏らし、黒い霧で覆う。
まだ悪妖に成り果ててはいないが、墓場で出会ったあの姿だ。
時間の問題ではあったが、悪妖化を促したのは、この革靴の男の力か……
『オレはね、超えたいんだ。再びあの方が、この世に現れたのだから』
革靴の男は天井を仰ぎ、両手を広げ、歓喜すら滲《にじ》ませた口調で、続けた。
『オレは今世こそ、茨姫を越える』

――――え？
男が口にした名は、かつて、限られた者だけが呼んでいた名。
あなたは……お前は、いったい誰。
私は、ここがただの記憶の世界だと分かっていながら、その男に向かって駆け出した。
しかし徐々に記憶の世界は曖昧《あいまい》になっていく。
「待って、待ちなさい！」
手を伸ばし、叫ぶ。とたんに左目がズキンと痛む。私がミカから借りている黄金の瞳の
力が、何かに反応したのだ。
私とそれが、顔を見合った訳では決してない。だけど……

本来はミカの下で揃っているはずの黄金の双眼。

今は左を持つ私と、なぜか右を持つ男が、一瞬、視線を交わし合った。

「…………」

こちらを振り返った革靴の男の顔を見て、私は目を見開く。

乱れなくまっすぐな、銀糸のごとく美しい髪。左の前髪の分かれ目から斜めに伸びる白銀の一角。

血の気のない肌色を持ち、本来の紫の瞳を左に残し、ミカの黄金の瞳を右に宿す。

お前、お前は……

かつての茨木童子《どうじ》の四眷属《けんぞく》の一人。

吸血の一角鬼・凛音《りんね》。……私は、あの子をリンと呼んでいた。

「…………」

記憶を覗《のぞ》き終わっても、そこは暗い、呪いの沼。

横たわっているのは、やせ細ったボロボロの狼だ。

「そう。あなた、あの子に利用されてしまったのね」

まだ、全てを理解した訳ではない。

正直、考えたくもないことばかりが、脳内を巡っている。

だけど今は、目の前のこの子を、助けてあげなくてはならないわね。

「茨姫様……こいつは茨姫様を喰おうとしたのです。あの凛音に、けしかけられて」

「ミカも、あれが凛音だと分かっているのね」

「はい。正直言って、あいつをこの僕が殺したい気分ですが」

「………」

「でも、それはできませんから、我慢です」

ミカはその怒りと衝動を、必死に抑えているように見える。

我慢、と言った理由は多々ある。ミカは陰陽局《おんみょうきょく》に睨《にら》まれ、勝手ができない状況だ。

ただそれ以前に、私がそれをダメだと言うと、分かっているのだと思う。

「茨姫様、この人狼を助けますか」

「ええ」

「僕を、救ってくださったように？」

「……あなたの時とは、色々と事情が違うけれど、そうね。この子がこうなってしまった理由の一端を、私が担ってしまっているみたいだし。それに……」

そこまで言って、私は言葉を続けられずにいた。

パパとママの、事故の現場を思い出す。

この子を助けると言うことは、ある意味で二人の死の原因を救うと言うこと。

それは……とても複雑な何かを孕《はら》んでいる。私は、親不孝なことをしているのかもね。

一度、深く息を吸って、吐く。

「でもね……私は、ずっとずっと昔に、あやかしたちに救われたの。苦しくて、寂しくて、寒くてやっぱり苦しい。そんな時に」

霊力が枯渇して、陰陽師《おんみょうじ》の術によって苦痛を与え続けられていた。そんな時、だ。

一筋の光が、見えたのだ。

閉ざされた扉をこじ開けて、私に手を差し伸べた。

攫ってくれた。救い出してくれた。

あれは、鬼だった。

平安京《へいあんきょう》で最も疎まれ、嫌われていた、人間にとって最大の悪。

だけど、私にとっては、彼こそが正義だった。

「ごめんね、パパ、ママ。だから私は……苦しんでいるあやかしたちを、見捨てることなんて出来ないのよ」

何かを憎み、何かを許せない。そんな苦しみは、前世で死ぬほど味わった。

救いさえあれば、差し出される手さえあれば、変わる運命はある。私のように。

やせ細った黒狼に覆いかぶさり、横腹に刺さっていた銀の杭を見つけ、思い切り引き抜いた。

「……っ」

なんて悪質な呪詛《じゅそ》。かつて私を束縛したものと同じ。人間があやかしを支配する、あるいは殺す為の、憎たらしい魔具め。

与えられる苦痛は、想像する以上に大きなものだっただろう。

抜いた場所から赤黒い血が吹き出し、私の髪と頬、袴《はかま》を染める。

「茨姫様、邪気に穢《けが》されてしまいます」

「問題ないわ。茨木童子は、血塗られた紅の鬼姫、だったんだから……」

かつて、血のように紅《あか》い私の髪を……強い命の色だと言った、陰陽師がいたっけ。

なぜこんな時に、それを思い出したのかは分からない。苦笑いが出てしまう。

「ねえ、ルー・ガルー。あんたに喰われる訳にはいかないけれど、代わりに、私の血を分けてあげる。本当は眷属にしかあげないものなんだけどね」

私は自分の腕の柔らかい部分を噛んで、切り傷を付ける。

腕を伝って、指先からひたひたと溢《あふ》れる血は、黒い狼の傷口を浸した。

この血は、邪気すら殺す、刺激の強い私の霊力そのもの。

「存分に味わいなさい。そして、元の姿を思い出して、早く元気におなりなさい」

そして何もかもを包み込むように、傷だらけの体を抱きしめた。

「なぜ……助ける。お前を、食らうつもりだったんだぞ」

ルー・ガルーは意識を取り戻し、枯れた声でそのように問う。

「なぜですって？　それが私の、前世の誓い……絶対的な信念だからよ。ルー・ガルー」

「…………」

それでもやはり、ルー・ガルーは私の気持ちや行動が理解できないみたいだ。

「私は、お前の両親を、間接的に殺してしまった？　なぜ……なぜ、許せる……」

血を通して、両親のことを知ったのか。苦い笑みのまま、首を振る。

「それはあんただけのせいじゃないわ」

「私が、憎くないのか？」

「おあいにく様。もっともっと、あんたには想像もできないくらい、人を憎んだ経験があるからね。その憎悪に比べたら、これは、悔しさでしかないわ」

「……悔しさ」

納得できたような、しかしやはり、認められないというような。

ルー・ガルーの複雑な心が伝わってくる。

「……私は、お前みたいにはなれない。お前の下僕に、なる気も無い」

「結構よ。私には優秀な眷属もいるし、頼もしい仲間もいる。愛《いと》しくてたまらない人もね。

だけど、貸したものは返してもらう主義よ」

「…………」

「今回のは貸しよ。だからいつか、一度だけ私を助けてちょうだい。それで全てを、無かったことにしてあげるから」

そうやって私は、あやかしたちを助け、助けられ……

そうやって私は、生きて、生かされている。

ミカは「茨姫様の眷属を嫌がるなんて理解できない」とぶちぶち言っているけれど、眷属が増えたら増えたで拗《す》ねるくせにねえ。

「さあ、ここから出ましょう。邪気のぬかるみに長く居ることは無いわ」

私は立ち上がって、大きな黒い狼を「よっ」と担ぎ上げた。ついでに、足元に転がる銀の杭《くい》を拾い、ふっと息をふいてポケットに入れる。

ミカが私の頭の上に乗っかって「さあ帰りましょう」と。

「うーん、でも出方はイマイチ分からないの。行きはよいよい帰りは怖いってね。こういうのは、私の専門外だし」

というわけで、専門家を呼びましょう。まずは大きく息を吸って——……

「馨《かおる》！　馨馨馨！　かーおーるーっ!!」

はい、これは私の前世の夫の、今の名ですね。

ひたすら大声で、私は馨の名を呼んだ。そのせいか、ぬかるみがまるで蛇のように私の体を這《は》い、絡みついて引き摺《ず》り込もうとする。

ルー・ガルーを縛っていた邪気。狩人《かりゅうど》たちの呪詛。

あの凛音が忍ばせた自分の霊力……

そういった類《たぐい》のものが集い、異形の悪意となって、私を取り込もうとしているのだ。

私は構わず叫び続けた。名を、呼び続けた。

「馨ううう、馨うううううううっ!!」

「ええい、やかましいわ!」

ほら、きたでしょ……?

いつもの馨の声がする。一筋の光が見える。

手が、差し伸べられる。

「真紀……っ」

私の名を呼ぶその人の手を、私は迷わず取った。

闇から引きずり出してくれるのは、そう、いつもこの手だ。

「う……眩《まぶ》しい」

ゆっくりと目を開けると、まず見えたのは馨の心配そうな顔だ。

思わずホッとして、ニコォと笑う。

「なんだその顔は。腹たつな」

どうやら私は馨に抱きかかえられているみたい。

お姫様だっこなんて久々。なんとなく馨の首にぎゅっとした。

「うっ、圧死する」

「馨ったらまたそんな捻《ひね》くれた事を――……っっ」

急に痛みを思い出した。私がさっき、自分で嚙《か》んだ腕の傷だ。

馨がその傷を見て、また眉間《みけん》にしわを寄せて複雑な顔をしている。

「あーあー。真紀ちゃんの傷の手当てしなくちゃ。って馨くーん、いつまで俺ここにいればいいわけっ⁉」

スイだ。狭間《はざま》を管理する陣の中から、こちらに駆けて来たいのを我慢してもだもだしている。

「ねえ、あの子は？　ルー・ガルーよ。人狼だったの」

馨に抱きかかえられたまま、キョロキョロとあたりを見回した。

すると人の姿に化け直していたミカが「こいつですか」と。ボサボサで、黒くて小さな子狼の首根っこを掴《つか》んだまま、それをこちらに差し向けた。

「あら、可愛い。ちゃんと悪妖から元の姿に戻れたのね」

「……随分と弱ってるな。邪気は消えてしまったみたいだが」

「私の血を与えたんだもの。邪気なんてイチコロよ」

「相変わらず破壊神だな、お前は」

ボサボサの子狼は「へっち」とくしゃみをして、鼻水を垂らし震えていた。

「ちり紙でしゅ〜」

　足元をうろついていた手鞠河童《てまりかっぱ》の一匹が、気を利かせて甲羅の中からちり紙を引き抜いてくれる。何そのティッシュ箱仕様。

　それをミカが受け取って、小さなルー・ガルーに「はい、チーンしろ」と。

　多分、おもちにいつもしてあげていることなのだろう。お兄ちゃんになったなあ……

「こいつ、どうしようか。まさか真紀、眷属《けんぞく》の契約をした訳じゃないだろうな？」

　馨が尋ねたことに露骨に反応して顔をあげた、少し向こう側のスイ。

　私は「いいえ」と首を振る。

「その子は人を憎んでいるの。それは簡単に拭《ぬぐ》える傷ではないし、私も無理やり眷属にはしなかった。その代わり貸しを作ったわ。いつか返しに来てもらうつもりでね」

「なるほど。目標を与えたか」

「それはそうと、私、さっきからずっと気になってるんだけど……」

そう。先ほどから視界の端っこでチラチラしていた、ある人物を指差す。

「俺が、俺の刀が……あんなスカしたヤローに……」

ぶちぶち念仏みたいに恨み言を唱えている奴が、そこにうずくまっているのよね。

「ふてくされてるミカン頭が見えるんだけど、あれって陰陽局の津場木茜《つばきあかね》？」

「ああ、あいつこの狭間に入れたみたいで、ムキになって俺に斬りかかろうとするから、バットであいつの刀を思い切り叩《たた》いたんだ。そしたら折れた」

「ええー。あんた髭切《ひげきり》折っちゃったの？　そりゃあいつもふてくされるわよ。あの刀って茨木童子の腕を斬り落とした名刀じゃない」

「ええい、うるせーっ！」

突然うじうじモードを解除して、両手を挙げて荒々しく立ち上がった津場木茜。

「刀が折れたことなんてもはやどうでもいいんだよ！　何度も欠けたり折れたりしてるしっ！　こんなの青桐《あおぎり》さんに簡単に治してもらえる！」

そして、ヤンキーらしい舐《な》めた顔して、ズカズカとこちらまでやってくる。

「おい馬鹿力女。今回の件は、しっかりと陰陽局に報告させてもらうからな。そこのボロ雑巾《ぞうきん》みたいな犬、こっちに渡せよ！」

「犬じゃないわ。その子は人狼、ルー・ガルーよ。密売人によって、異国から攫《さら》われてここに来たの。見世物にされて、逃げ出したら銀の杭を打ち込まれて、人間に酷《ひど》い仕打ちを受けていたのよ。……悪妖《あくよう》からは引き戻せた。だから……」

私は、ポケットから銀の杭を取り出して、津場木茜に差し出した。

彼はそれを乱暴に受け取ると、まじまじと見てから霊符に包む。

「殺したり、しないわよね」

「…………」

「殺すんだったら、私、その子をあんたに引き渡せないわ」

タラタラと血の流れる腕を押さえたまま。

津場木茜は私の腕をチラッと見てから、なぜか舌打ちをする。

「しねーよ。つーか青桐さんが許さねー。まあ、安心しろとか言いたくねえが、異国から連れてこられたり、人間に売り買いされ傷つけられた〝ただのあやかし〟は、一度保護対象となる」

津場木茜はぶっきらぼうな物言いだったが、ルー・ガルーを悪妖とは言わず、ただのあやかしと判断した。

「うちは今、こういうのを密売する〝狩人〟の組織も追ってんだ。そこの人狼には回復してもらい、色々と確認しないといけないことがあるからな」

「そう。なら良《い》いんだけど。……それと」

私は、この子の記憶の中で見た、あの者の名を言おうとして、躊躇《ためら》った。

だけど……言わなくては。

「茨姫様が語ることはありません。僕が伝えます」

「……ミカ？」

しかし私が語る前に、ミカが津場木茜と向き合う。

「そのルー・ガルーの記憶の中で、僕は黄金の瞳《ひとみ》を奪った犯人を見た。そしてそいつは、今回の事件にも関わっている」

「!?」

この場の誰もが驚いていた。ミカは、自らの眼帯にそっと触れ、その名を告げる。

「その者の名は、凛音。……かつて、僕やスイと共に茨木童子様の四眷属だった、銀の一角を持つ吸血鬼だ」

私もまた、ルー・ガルーの記憶の中で見た前世の自分の眷属の姿を思い浮かべ、遥《はる》か遠くを、静かに見据える……

ねえ、リン。

お前はやはり、私を――茨姫を、許せないのね。

第十一話　かつて大妖怪は夢を見た、そして……

学園祭が終わってすぐの土曜日。ただいま馨《かおる》のお引越しの真っ最中である。

「そっか〜。あのリン君がねえ。まあ確かに危ういとこのある三男坊だったけどさあ」

呑気《のんき》な口調でそう言うのはスイだ。

ちょうど馨の部屋の前にある木蓮《もくれん》の下で悠々と煙管《キセル》をふかして、彼は浅草《あさくさ》地下街の軽トラから荷物を運び出す者たちを眺めている。

私もまた、本や教科書がぎっしり詰まった段ボール箱を、三つ重ねて持ち上げようとしていた。普通に余裕だった。

「リンの目的や行動の意図は分からないけど……なんだか嫌な予感がするわ。あいつを見つけたらお尻《しり》を叩いて叱ってやらなくちゃ。弟のものを取ったんだからね」

「えー。なにそれ羨《うらや》ましい〜」

ここでやはり、馨がスイにつっこむ。

「おい水蛇。堂々とサボりながら、変態じみたこと言ってんじゃねーよ。あの真紀《まき》が引越しのお兄さん並の働きをしてんだぞ」

「えー。パワー系の真紀ちゃんと、頭脳系の俺を比べられても……」

前者が人間で、後者があやかしです。一応。

「おーい、家具を入れるぞー」

組長の声だ。今度はトラックから家具を運び出す。ベッドや洗濯機、電子レンジなどは馨が父と話し合って自宅のものを貰《もら》ったらしいのだが、それを、組長が浅草地下街の軽トラを出し、カツオさんに育てられし屈強な組員たちを率いて運んでくれたのだった。

「酒呑童子《しゅてんどうじ》様！　これはどちらに運びますか？」

ミカも一生懸命お手伝いをしている。部屋の中で、荷物をどこに置けば良いか迷っていた様だが、馨がすぐに部屋に入って指示を出す。

「あー。それ何だっけ。あ、服だ服。とりあえずここら辺に……」

「わかりました、酒呑童子様！」

「おいミカ。俺のことはもう酒呑童子とか呼ばなくて良いからな。今の俺は、天酒《あまさけ》馨だ」

「……馨様？」

「うーん、別に様も要らないが……まあ呼びやすいので良いぞ」

「馨様！　馨様!!」

ミカは酒呑童子に憧《あこが》れていたから、今世でも馨と触れ合えるのが嬉《うれ》しいのだろう。

百鬼夜行で馨に怪我をさせたせいで遠慮がちだったミカも、やっと馨に対して、素直な振る舞いができるようになってきた。

「ねえミカ。私のことも、茨姫《いばらひめ》じゃなくて真紀ちゃんって呼んで良いのよ？」

「茨姫様は茨姫様です」

「あ、そう」

ここは普通に真顔で断言されてしまった……

「ふふ、微笑ましいね」

由理《ゆり》が台所で、食器を棚に並べながらこの光景をほんわかと見守っていた。

おもちが側で、ビニールの梱包材《こんぽう》をプチプチ潰《つぶ》して遊んでいる。

「おもちはやっぱり、由理の側が心地よいのかしらね。気がつけばそっちに行ってる」

「同じ霊力の匂いがするのかも。それに僕らはほら、おじいちゃんと孫の関係だから」

こっちはこっちで、謎の関係性だ……

馨の部屋はまだまだ淡白だが、生活道具は早い段階で一通り揃う。

「あれ。むしろ……私の部屋より、なんかオシャレなんですけど」

私の部屋はちゃぶ台とお布団なのに対し、馨の部屋はモノトーンカラーなベッドとカーペット。洒落《しゃれ》たガラスの丸テーブルもあるし、テレビも42インチはありそう！

「ねえ馨、今度からあんたの部屋に入り浸る？」

「ぜってー嫌だ。ここは寝に帰る部屋でしかない。お前の部屋の方が、なんつーか……慣れてるからさ。居心地が好《よ》いっていうか……」

　馨が微妙に照れながら、もごもごなんか言ってる……

「でもテレビ大きい……映画とか迫力ありそう」

「邪魔じゃねーんなら、お前の部屋に持って行くぞ」

「え、ほんと⁉」

「親父のブルーレイレコーダーも貰ってきたし、俺たちの視聴会の質もかなり向上するな」

「わーいわーい！　欲しかったものが手に入ったわー」

　馨からすれば家のものを貰ってきただけなので、いつも私の部屋に入り浸っているのなら、これは私の部屋にあった方が都合が良いのだろう。うんうん、そうね。

　というわけで、我が家のテレビとDVDプレーヤーと取り替えっこ。

　浅草地下街の人たちが簡単に取り付け直してくれた。

「天酒、お前なら心配ないとは思うが、学生の一人暮らしは危険がつきまとう。一階だし、男だからと言ってもお前はイケメンだから、ストーカー女が窓から家の中を覗《のぞ》いている事もあるかもしれん」

「まあストーカーはともかく、用心はしときます。色々とお世話になりました大和《やまと》さん。おかげでだいぶ、金が浮きました」

馨、キリッとした顔で金の話を。

「あと、な。天酒……、それと継見《つぐみ》、茨木《いばらき》」

玄関先で、組長が何かを私たちに伝えようとして、「ああ……うーん」と複雑そうな声を絞り出しながら、髪を掻《か》き毟《むし》る。

せっかくきっちり整えているのに……午後くらいでいつも乱れがちになる組長の髪。

「どうしたの、組長。あからさまに言い淀《よど》んで」

「……いや、その」

しかもこんな時に、組長のスマホに緊急の電話がかかってきたりするのだ。

「なあに〜っ！　錦糸町《きんしちょう》でヌリカベVSヤクザ!?　シャレにならん……っ！」

こうして、何かと引越しの手助けをしてくれた浅草地下街の者たちは、組長の「行くぞ野郎ども」の掛け声により、軽トラに乗って早々に撤収した。撤収っていうか、抗争勃発《ぼっぱつ》の場所に向かったんだと思うけど……

馨のお引越しは、お茶どきにはもう完全に終わっていた。

お手伝いは適当だったスイだが、そこのドンキでジュースやスナック菓子を買ってきてくれていて、私たちは馨の部屋のテーブルを囲んで休憩する。

「それにしても最近やっと涼しくなったねえ〜。もうすぐ秋だねえ」

スイはおつまみ用のピーナッツの殻を割って、食べながらしみじみしている。

またミカが手こずっていたのを「ほら貸して」と言って、割ってあげていた。

「秋といえば、十一月になったら修学旅行があるね」

「まあ定番の京都だがな……」

「そう、京都だよ馨君。僕らにとっては、ある意味で故郷だ」

「……故郷」

由理のその言葉に、私も馨も視線を落とす。

その場所を思い出すと複雑な気持ちになってしまうのは、きっとここにいる誰もが同じ。

仕方がないわ。だってそこは、確かに忘れがたい故郷だもの。

かつて私たちを苦しめた魔都であり、同時に恋い焦がれ続けた理想郷でもある……

「ん？　客？」

馨の部屋のインターホンが鳴り、私たちは思わずびくりと肩を上げた。

「ま、まさかもう新聞の押し売りが……っ」

「馨、何かの時は今てんぷら揚げてるんでって言うのよ！」

私は心配になって居間から玄関先を覗く。馨が覗き穴から一度外を見て「ゲ……」と。

あからさまに嫌そうな反応をしてから、ゆっくりとドアを開けた。なに、誰？

「突然すみません。あ、これお引越し祝いです」

「……なんであんたらがここに」

馨が嫌そうにする訳だ。なんとここを訪ねてきたのは、陰陽局《おんみょうきょく》の退魔師である青桐《あおぎり》さん。

今日もスーツをピシッと着て、爽《さわ》やかに眼鏡を光らせている。

ついでに後ろから睨《にら》みつけている、派手なTシャツ着ている津場木茜《つばきあかね》の姿も……

「先日の学園祭の件で浅草地下街の大和さんにご連絡したところ、今日こちらに皆さんが集まるということで、立ち寄らせていただきました」

「大和さん……これを言い淀んでたのか……。はあ」

馨は律儀に「どうぞ」と彼らを部屋に入れようとしたみたいだが、「あ、いえいえ、お構いなく。ここで大丈夫ですよ」と、青桐さんは丁寧に断った。

「さあ……前へ」

そして、彼らの一番後ろに隠れていた人物を前に促す。

その者は、背の高い女性だった。

ウネリのある肩ほどの黒髪に、浅黒い肌。白いシャツにタイトなジーンズを着た、ちょっとエキゾチックな雰囲気のあるその子に、私はすぐピンとくる。

「もっ、もしかして、あなたルー・ガルー⁉︎　女の子だったのね！」

私は顔だけ出していた居間から飛び出して、馨を押しのける。

見た目でいうと二十歳前後というところだろうか。凛々《りり》しい表情に、キラキラしたビー玉みたいな、美しい水色の双眼がよく映える。

彼女は無表情だったが、私の問いかけには、ちゃんとコクンと頷《うなず》いた。

「ルーさん。あ、えっと、私が勝手にそう呼んでるんですけど、彼女は陰陽局にスカウトしまして、東京スカイツリー支部に所属してもらうことになりました」

「え?」

なにその展開。だってその子は異国の魔物だし、そもそも人間が嫌いなんじゃ……

「そ、それに、故郷に帰りたいんじゃなかったの?」

「バカか。今のまま故国に帰ったって、どうせまたすぐに捕まるだろ。ルー・ガルーって本当は狼男の意味で、女の数は極めて少ないんだ。だから今後も、狙われる可能性がある」

津場木茜がここぞと説明する。やはりどことなくキレ気味に。

「青桐さんはなあ、この人狼が学園祭の件で処分を受けないよう、あえて一度、陰陽局に入れたんだ。お前たちが陰陽局をどう思っているのかは知らないが、式神なんかじゃなく、あやかしが個体で所属していることもあるんだからな」

そうは言っても、私にはやはり、よく分からない。なぜなのかと、彼女に尋ねる。

「……ルー。あなたはそれで良かったの?」

「ああ」

彼女は小さく頷いた。そして、濁りのない瞳《ひとみ》で私を見つめる。

「マキ。あなたには恩がある。その借りを返すまで、私はどうせ、故郷へは戻らない。

……アオギリが言った。陰陽局に居ればあなたを助ける術《すべ》を学べるし、あなたに借りを返すきっかけもあるだろうから、と。だから私はしばらく、そこに居ようと思った」

「…………」

あ、青桐さんめ……そう言ってスカウトしたのなら、ほんと油断のならない人だわ。

「借りは、きっと返そう。あなたは私を許し、この命を、一度救ってくれたのだから」

それだけ言って、ルーはスタスタとこの玄関先から離れていこうとする。

「ま、待ってルー！」

私は馨のつっかけをはいて、彼女を追いかけた。そして、足を止めるルーの前に回り込み、真正面から捉《とら》える。その水色の、吸い込まれそうなほど美しい瞳を。

「ねえ。あなた、とても綺麗《きれい》ね」

「⁉」

突然すぎる褒め言葉に、ルーは目をぱちくりさせ、ポンと狼の黒い耳と尻尾《しっぽ》を顕《あらわ》にしてしまう。

またルーだけでなく、周囲にいた者たちも「はあ？」と。だけど私は構わず続けた。

「あなたの素顔が見れて嬉しかったわ。とても好きよ、あなたの顔。その瞳の色も、ふさふさな耳も尻尾も素敵ね！　……だからもう、せっかくの綺麗な姿を、あんな黒い邪気で覆い隠してはダメよ」

今の今まで無表情だったルーが、ほのかに頰を染める。そしてまた、小さく頷いた。

見た目はクールなお姉さんという感じだが、反応はどこか女の子らしい。

しかもモサモサな尻尾がどこか揺れていたので、これは……

「あーっ。もうかわいい」

思わずルーに抱きついてしまった。

そして私よりずっと背の高い彼女を、不敵な微笑みで見上げる。

「陰陽局に取られるくらいなら……あなたのこと、私の眷属《けんぞく》にしてしまえばよかったわ」

「マ、マキ……っ」

顔を真っ赤にさせて、あわあわとしているルーも可愛い。ついでに尻尾に触れて、モサモサーっと。ああ……想像以上にモサモサでたまんないわね……

「おい真紀。セクハラしながらあやかしを口説くな」

「あいたっ！」

いつの間にか後ろに馨が立っていて、お得意のチョップをかまされる。

頭をさすっていたら、ルーが少し心配そうにしていたので、口元に人差し指を当て大丈夫だと言った。だって私は、とても強くて頑丈な茨姫。

「では、我々はこれにて失礼します。あ……」

「……マキ」

立ち去ろうとしていた青桐さんは、何かを言い忘れたのかこちらを振り返って、微笑む。

その微笑みは、いつものカラッとしたものより、少しだけ意味ありげな気がして……

「茨木さん。陰陽局の者が一人、もうすぐあなたの下にご挨拶《あいさつ》に伺うと思います。もしかしたら、あなたもよく知っている方かもしれません」

「はい？」

陰陽局に、知り合いなんていたっけ？

「その時は……どうぞよろしくお願いします」

あまりよろしくしたくはない、が。

青桐さんは一度深々とお辞儀をすると、私の返答を待たずして、あかんべーをする生意気な津場木茜といまだポッポと頬を染めているルーを車に乗せ、さくさく行ってしまった。

嵐のような輩《やから》だったな……

「見てよ真紀ちゃん！　眼鏡の彼が置いていったお土産、高級フルーツゼリーだよ～」

「なっ、なんですって⁉　食べる食べる」

一方、スイが部屋の中でお土産を勝手に開けていた。私はいそいそと戻る。

馨が後ろからついてきながら「卑しんぼめ」とか言ってる。

部屋の中央のテーブルを囲む、仲間たちがいる。

世の中はとても目まぐるしい。だけどここは、賑《にぎ》やかだ。

心配なこと、気がかりは数多くある。

しかし大切なものも、絆《きずな》の糸や因縁の紐《ひも》に手繰り寄せられ……ここに集いつつある。

私は、そんな気がしていた。


「……ね、私の毎日はなかなか面白いでしょ？　パパ、ママ」

秋晴れの空の下、線香の香りに胸を締め付けられる。

私はまた、両親のお墓参りに来ていた。色々な話をするためだ。

学園祭で、由理が女装コンテストで優勝して、私と馨も二人三脚障害物レースでギリギリ勝って……最後は、ルー・ガルーの騒動を、頼もしい皆の力で解決した。

のんきに雀《すずめ》を追うおもちを連れ戻し、お墓と私の隙間に座らせる。

「見て、おもちよ。かわいいでしょ？　私と馨と、スイやミカ、由理と協力しあって、この子を育《はぐく》んでいるの」

おもちは「ぺヒョッ」と鳴いて、片羽を上げた。多分、挨拶のつもりだ。

お墓ってものが何なのか、この子には分かってないんでしょうけどね……

「……よしよし」

足元の石をコロコロして遊ぶおもちを両手で囲ったまま、私はあの後の話もした。

結局学園祭は、あのまま何事もなかったように続いて、三日目の最終日にある企画賞で、文化部連合「うちのかっぱ知りませんか？」は見事グランプリを獲得した。

「あ、そうそう。学園祭の最終日に副会長が大黒《だいこく》先輩と早見《はやみ》君を呼び出して、今回のことを謝ってきたみたい。おかげで学園祭が盛り上がったって、感謝もされたんだって」

色々と腹立つ言動を忘れた訳ではないが、あの子はあの子で、潔いというか何というか。

悪妖《あくよう》に襲われかけた事も大黒先輩のおかげですっかり忘れてしまったみたいだが、同時に毒気も抜けちゃったのかな。

あとUMA研究会の早見君。学園祭のあと、本物の河童《かっぱ》を学校で見たって大騒ぎしてみんなに主張していた。

誰もが「とうとう幻覚が……」と早見君に哀れな目を向けていたが、彼の手に手鞠《てまり》河童の〝呪い手形〟がペチペチとあったので、私たちだけは、本当なんだなと信じられる。

きっと、早見君の強い願望が、あの瞬間の神がかり的な力によって叶《かな》えられたのだろうと思う。手鞠河童は、実際に学園をうろついていたからね。

また、ルー・ガルー事件で馨が生み出した、学園をまるっとコピーした狭間《はざま》〝裏明城《めいじょう》学園〟は、管理を浅草地下街に任せあのままひっそりと存在することになった。

結構大きな狭間だったし、馨が作ったものなら頑丈で質が良《い》いからね。

現代では新規の狭間が生まれることがほとんどないし、学園を模したものは初ということで、いつかあの場所で、夜のあやかし大運動会でもしようかって話になってる。

あと手鞠河童たちがカッパーランドの建設を目論《もくろ》んでいるとか……

「なんだかんだ、楽しかったなー、学園祭」

遠ざけがちだった人の子たちと触れ合い、自分の仕事や役割をしっかり果たし、みんなで一つのものを作った。

「私、人間も面白いなと初めて感じたの。人の力って、大きなものを生むんだなって」

今まで興味を持った人間なんて数えきれるほどしかいなかったし、人の子を苦手とすら思っていた。

人間は基本、弱く儚《はかな》く、移ろいやすく忘れやすく、絆や愛に乏しいものなのだと……

「ねえ…………パパ、ママ」

秋の、乾いた風が吹いて、線香の煙が流され頬をかすめた。

そして、自分の父と母も、人であったことを思い出す。

車がいくつも追突し、炎上し、その中にあった両親の青のワンボックス。ルーの記憶で見た光景も、しっかり目に、焼き付いている。

手を合わせ、続きの言葉もなく目を瞑《つぶ》る。

「…………」

この世に生を受け、母と父の温かな手に触れた時のことを、私はしっかり覚えている。

死の間際、そして暗闇から反転し、ぼんやりとした淡い金色の視界の中、大きく息を吸ったあの瞬間に……思わずおぎゃーと、赤ん坊らしく泣いた。

あまりの清々《すがすが》しい目覚めに、新しい命が始まったのだと知った。

それがとても、とても悔しくて。

小さな両手に握りしめて持ってきた記憶が、あまりに愛《いと》おしく、重たくて。

だけど、恋しい母の甘い愛情と、焦がれた父のぬくもりが、ここにはあった。

何も出来ない赤ん坊、暴れん坊な幼稚園児、ませた小学生、あまり思春期を感じさせない中学生と、すくすく育った、元気な私。

そんな私の、人の子としての日々を側で見守ってくれていた。

ならば、ならば……

「パパとママに、花嫁姿を見てもらいたかったな……」

それはきっと、遠い先のこと。

だけど確実にあったはずの、親と子の一つの別れ。

別れがあるのなら、そんな幸せな別れを……喜ぶ両親の涙を、今世こそ見てみたかったと思う。

「………」

ゆっくり瞼《まぶた》を開け、おもちを抱いて立ち上がり、片手でキュロットスカートの膝《ひざ》を叩《たた》く。

ふと香った金木犀《きんもくせい》に、季節の変わり目を感じた。

「ね、おもち。秋の香りがするわね」

おもちはすんすんと鼻を鳴らし、この爽《さわ》やかで甘い香りに興味を持っている。

だから側にあった金木犀の、小さくて可愛いオレンジの花を見せて、それに触れさせた。

パラパラと散って落ちるこの花が、とても面白いものに映るみたい。

「真紀」

ちょうど、霊園の出入り口で馨が迎えに来ていた。

お墓参りに行くと言っていたけれど、わざわざ迎えに来なくても、勝手に帰るのに。

「ねえ、見て馨……金木犀の季節ね。いい香りだわ」

「これってほんと、いきなり香ってくるよな」

おもちがパパを見つけてはしゃいで、そちらへ行きたがった。

なので、馨に抱っこしてもらう。しかしそのせいで私の暖が激減。

「うう……でもちょっと寒いかも。薄着で来ちゃったわ」

「今日は肌寒いって、天気予報で言ってたぞ。せっかくでかいテレビがあるんだから、ニュースくらいチェックしろよ」

「ねえ馨、どうせ手は繋《つな》いでくれないでしょうから、腕ちょうだい」

「……腕、ちょうだいって」

馨は「お前に言われると取って食われそう」とか言いながら、おもちを片腕で抱いて、もう片方の肘《ひじ》をしぶしぶこちらに突き出す。私はそこに、ぐっと腕を回す。

「あー、私の湯たんぽ……」

奴は秋っぽい薄手の灰色ニットを着ていたので、それがなんだか温かくて柔らかくて、思わずすりすりしてしまう。

「おいあんまり擦り寄るな。静電気がバチッってなるぞ」

「……髪の毛くっついちゃった」

「ほらみろー。山姥《やまんば》みたいになってるし、なんか俺の腕に絡みついてきて怖い」

瞬間、ピューっと風が吹いて、やはりお互いにブルッと震えて身を寄せ合う。

「あ、見て。石焼き芋」

バス停に行く道の途中、移動販売をしている石焼き芋屋を見つけた。

いよいよ秋の風物詩までご登場とは。甘く香ばしい、魅惑の匂いが……

「ああ。たまんない匂いねえ。秋の空《す》きっ腹にダイレクトに響くわねえ、石焼き芋って」

イモって単語に露骨に反応したのは、馨の腕の中で自分のお腹の毛をもさもさしていたおもちだ。あからさまに落ち着きが無くなる。

「おもちも好きよね～おイモ」

「ペヒョッ、ペヒョッ！」

おもちがパタパタフリッパーを猛烈に動かしてはしゃぐ。私は自分の財布を取り出しおもちに買ってあげようとしたが、馨が「いいよ、バイト代入ったし俺が買う」と、自分から財布を取り出す。

これは家族サービスのため搾取される旦那《だんな》のお小遣いの図……

「ありがと馨。でも一個でいいわよ」

「ほおー、奢《おご》ってもらいたがりの真紀さんにしては控えめだな」

「あったかいのをみんなで分けて食べたい気分なの。……ん？」

財布を取り出した拍子に、彼のジーンズのポケットからぽろっと顔を出したイカのスルメがある。いや、これは……イカのスルメの食品サンプルだ。

「これ、前に合羽橋《かっぱばし》で、私があんたに買ったやつ？」

「あ？　ああ……新居の鍵《かぎ》につけるのに、ちょうどよかったよ」

スルメの食品サンプルを引っ張って取り出したのは、引っ越したばかりの、いばら荘107号室の鍵。私の部屋の、真下の鍵だ。

「……ふふっ」

「なに笑ってんだよ」

「いいえ！　あの時買ったの、役に立ってよかったなって」

それが、新しい馨の居場所を守る、思い出の品であるのなら。

「ほら、石焼き芋」

馨が石焼き芋を買ってくれた。それをバス停のベンチで、バスを待ちながら食べることにする。銀紙に包まれた太っちょの石焼き芋。

「おお……」

銀紙をむいて、馨がこれを割ると、焦げた紫の皮からお目見えする黄金色の蜜《みつ》たっぷりのほくほく山……真ん中がちょっとねっとりしているのが、まさに石焼き芋の真髄。

「あつあつ……あー、甘い……」

一口齧《かじ》って、その温かく懐かしい甘さに、妙な安心感を覚えた。

馨がおもちにも、小さく割った方の石焼き芋を、ふーふーして与えている。

おもちはそれを両羽で器用に持って、夢中になって食べていた。

「はい、馨」

私は自分の食べていたのを馨に手渡す。

馨はそれを当たり前のように受け取って、男の子らしく大きくかぶりつく。

「……美味《うま》いな」

「石焼き芋って、やっぱり家で蒸すのと全然違うわよね。味が濃い気がするわ」

カサカサ……もぐもぐ……

銀紙を剝《は》ぐ音と、お互いに無言で手渡しながら食べる静かな時間。

そういうのが、無性に愛おしい。共に過ごすだけの平穏が、私は大事だ。

そうやって、当たり前のように寄り添って、連れ添って。

ふとした時に心に落ちる影の寒さに耐え、温めあって日々を生きる。

「…………」

なんとなく馨の手に触れようとして、ひっこめた。どうせ「熱い」とか言って、握り返してはくれないだろうと思ったから。

しかし私のそぶりに気がついていたのか、馨がさりげなく私の手を取る。

「……珍しいわね。あんたから手を繋いでくれるのは。ふふふっ」

「笑うな。……お前の手は熱いからな。ホッカイロだ」

皮肉を言い合っていても、お互いに指を絡め、きつく繋ぎあった手が語る。

今世、私たちが別たれることは、決してないのだと。

それが時々、泣きたくなるほど、切なく感じる時がある。

ここは理想郷。千年前の私たちが恋い焦がれ、つくろうとした、平穏な世界。

あの時代、手に入らなかったもの。

失ったもの。

それが、今世は当たり前のように、側にある。

私たちはただ、幸せになりたい。

願わくば、この平穏が夢なんかじゃなく、一生続きますように。


翌日。

私はいつものとおり起きて、いつものとおり馨と一緒に登校した。

寝坊はしなかった。

なぜか今朝は、生まれたばかりのあの日のように、とても清々しい目覚めだった。

「おはよう真紀ちゃん、馨君」

「おはよー」

「はよ」

先にクラスにいた由理に、私と馨が慣れた挨拶《あいさつ》をする。

「あれ、なんかクラス……騒がしくない？　特に女子」

クラスメートの浮ついた異常な空気に気がつく。特に、女子。

由理がクスッと笑って、説明してくれた。

「前に話してたよね。生物の新しい先生が来るって。産休に入る山本《やまもと》先生の後任だから、このクラスの副担任ってことになるみたい。まだ若くてかっこいい男の先生なんだって」

「ああ……それで女子が騒いでるってわけ。女の子はみんなイケメンが好きだからねえ」

馨とか由理を見慣れているせいか、私のイケメンの基準はとても高いから、その先生はお手並み拝見って感じかしら。

「なんかね、ハーフらしいよ」

「ハーフって、外国人と日本人の？　ああでも、それで金髪だったんだ……」

前に、旧館3階の理科室で見かけた、あの金髪の先生のことを思い出す。

金髪だなんて変わってるなとは思ってたんだけど、これで納得だ。

馨なんてもう話すら聞いていないみたいで、席についてバイトの情報誌に夢中だ。

「はーい、みんな席についてー」

担任の浜田《はまだ》先生が教室にやってきた。

ガタガタと席に着く生徒たち。私も由理も、それぞれの席に着く。馨はやっぱり、まだアルバイトの情報誌を読んでいる。

「おはようみんな。学園祭の浮かれた空気が抜けてない奴らもいるけど、すぐ中間テストもあるから、そこんとこよろしく」

「ええ～」

浜田先生らしい軽快かつ無情な挨拶ののち、先生は出入り口の方をちらりと見た。

――金。


その色が、視界にチラつく。

靴を鳴らしこのクラスに入ってきたのは、背の高い白衣姿の、金髪の男性だった。

やっぱり……あの理科室の……

なんて私は今の今まで頬杖《ほおづえ》をついて、新しい先生の綺麗《きれい》な髪を大雑把に捉《とら》え、ぼんやりとしていた。それなのに……

「…………」

その、作り物のように整った顔を見た途端、私はじわりと、目を見開いた。

さわさわと静かに、だけど確かに、心掻《か》き乱される。

消えない、過去の傷に、気がつく。

「今日はみんなに新しい先生を紹介するわ。産休に入った山本先生の後任である、生物の先生。そして二年一組の副担任となる〝叶冬夜《かのうとうや》〟先生よ」

教室は、女子の黄色い声とざわめきに支配された。

だけど、どんな音も、私の耳には届きやしない。

由理も、さっきまで情報誌を熱心に読んでいた馨でさえも……

顔を上げ、もう目前の男から目を逸《そ》らすこともなく、瞬《まばた》き一つ出来なかった。

呼吸すら、止まりそう。
だけど血だけは、熱く滾《たぎ》って体を巡る。
私たちは、知っている。
ああ……奴を知っている。

「叶冬夜です。……よろしく」

抑揚のない、淡々とした低い声。熱を感じない無表情。
底知れぬ闇の色を抱いた瞳《ひとみ》を。
憎らしいまでに恐れを抱いてしまう、その霊力の匂いを。

忘れるはずも無い。
お前は……
お前は――安倍晴明《あべのせいめい》。

あとがき

おひさしぶりです。友麻碧《ゆうまみどり》です。

この度は浅草鬼嫁日記・第二巻をお手に取っていただきありがとうございました。

第一巻の発売日に浅草寺《せんそうじ》にお参りに行き、戦々恐々としながらこの作品を世に出した六ヶ月前を今でも覚えております。友麻の想像以上にたくさんの方に読んでいただき、無事にシリーズ化となりました。

さて。今回は主に学園祭のお話でした。我ながら意味不明なほど、かっぱ推しですね。

表紙にもたくさんの可愛い手鞠河童《てまりかっぱ》がいますよ！（さて何匹いるでしょう？）

実はこの浅草鬼嫁日記というお話、そしてこの学園祭のお話は、友麻がまだL文庫で本を書かせていただく前に長くWEB上で書き続けていたものがベースになっております。

その頃の友麻のペンネームは一個人にして〝かっぱ同盟〟でして、ええ、知っている人は知っているかもしれませんが……我ながら変なペンネーム……UMA《ユーマ》ですUMA。

なので、今回はペンネームにまつわるお話を少し。

なぜ〝かっぱ同盟〟とかいう謎ペンネームだったかというと、WEBサイトに登録したちょうどその頃、通っていた美大の進級制作でかっぱの出てくるホラーアニメーションを制作していて、やたらとかっぱを描いていたので、パッと思いつきでつけてしまったんですね。結局このペンネームのままWEB上の小説をいくつか書籍化したのですが、お仕事や出版社パーティーで名刺を差し出しこの名を口にする時が、一番キツくて恥ずかしくて、変な汗が出たのを覚えております。はい。

そんなこんなで、初の書き下ろし「かくりよの宿飯」を書かせてもらった時に、さすがに一般の棚に並ぶのにかっぱ同盟は無いだろうと、名前を友麻碧（かっぱ↓緑のUMA↓みどりのゆうま↓ゆうまみどり↓友麻碧）に変えました。

あやかしものを書くようになってからは、愛すべきかっぱを惜しみなく出してこんな感じになっております。そんなにニーズがある気もしないけれど、かっぱ推しをやめられないとまらない、そんな友麻の小説ですが……狂ったようにかっぱを出しても許してくれる富士見L文庫さんと読者さんに感謝を！

さて。最近、長くお世話になっていた担当編集様が代わりました。

以前の担当編集様。友麻がまだしがないかっぱ同盟だった頃に声をかけてくださり、かくりよの宿飯と浅草鬼嫁日記を世に出してくれました。今の友麻がいるのは間違いなく氏のおかげです。本当にありがとうございました。

そして友麻の二シリーズを受け持ってくださった、新しい担当編集様。執筆においてたくさんサポートしていただき、感謝ばかりです。また原稿で笑ってくださったり大黒《だいこく》先輩を気に入ってくださったり……嬉しかったです！

イラストレーターのあやとき様。今回も表紙を担当していただきありがとうございました。あやときさんならではの鮮やかでフレッシュな色使い、幸せそうな彼らの姿に、真紀《まき》の思い描いた理想郷を見ました。あとスイの表情の、とても良い意味で腹たつ感じがお気に入りでございます。由理子《ゆりこ》がとても清楚《せいそ》可愛い……（だが男だ）。

そして、読者の皆様。一巻の重版が続いてくれたことは、物語の続きの巻を書く上でとてつもない支えとなります。たくさんの作品の中から見つけていただき、本当にありがとうございました。

自分の思い描く結末までしっかり皆様にお届けできるよう、とにかく頑張りたいと思います。

次巻から物語が本格的に動くと思いますが、ぜひ、幸せになりたい元大妖怪《ようかい》の、今世の人生を見守っていただけたら。そう思える二巻であったらと、切に願っております。

長くなってしまいましたが、このへんで。

第三巻は本編の季節と現実の季節が、珍しく合っているかもしれません。

友麻碧

お便りはこちらまで

〒一〇二―八五八四
富士見L文庫編集部　気付
友麻碧（様）宛
あやとき（様）宛

富士見L文庫

浅草鬼嫁日記《あさくさおによめにっき》　二
あやかし夫婦《ふうふ》は青春《せいしゅん》を謳歌《おうか》する。

友麻《ゆうま》 碧《みどり》

2017年5月15日　初版発行
2023年10月10日　20版発行

発行者　山下直久
発　行　株式会社 KADOKAWA
〒102-8177　東京都千代田区富士見2-13-3
電話　0570-002-301（ナビダイヤル）

印刷所　株式会社 KADOKAWA
製本所　株式会社 KADOKAWA
装丁者　西村弘美

定価はカバーに表示してあります。　◆◇◇

●お問い合わせ
https://www.kadokawa.co.jp/（「お問い合わせ」へお進みください）
※内容によっては、お答えできない場合があります。
※サポートは日本国内のみとさせていただきます。
※Japanese text only

ISBN 978-4-04-072253-5 C0193